Harry Potter

17

Harry Potter and
the Deathly Hallows

ハリー・ポッターと
死の秘宝

7-1

J.K.ローリング

松岡佑子＝訳

WORLD

静山社

The
dedication
of this book
is split
seven ways:
to Neil,
to Jessica,
to David,
to Kenzie,
to Di,
to Anne,
and to you,
if you have
stuck
with Harry
until the
very
end.

この
物語を
七つに
分けて
捧げます。
ニールに
ジェシカに
デイビッドに
ケンジーに
ダイに
アンに
そしてあなたに。
もしあなたが
最後まで
ハリーに
ついてきて
くださったの
ならば。

おお、この家を苦しめる業《ごう》の深さ、

そして、調子はずれに、破滅がふりおろす

血ぬれた刃、

おお、呻きをあげても、堪えきれない心の煩《わずら》い、

おお、とどめようもなく続く責苦《せめく》。

この家の、この傷を切り開き、膿《うみ》をだす

治療の手だては、家のそとにはみつからず、

ただ、一族のものたち自身が、血を血で洗う

狂乱の争いの果てに見出すよりほかはない。

この歌は、地の底の神々のみが、嘉《よみ》したまう。

いざ、地下にまします祝福された霊たちよ、

ただいまの祈願を聞こし召されて、助けの力を遣わしたまえ、

お子たちの勝利のために。お志を嘉したまいて。

アイスキュロス「供養するものたち」より

（久保正彰訳『ギリシア悲劇全集I』岩波書店）

死とはこの世を渡り逝くことに過ぎない。友が海を渡り行くように。

友はなお、お互いの中に生きている。

なぜなら友は常に、偏在する者の中に生き、愛しているからだ。

この聖なる鏡の中に、友はお互いの顔を見る。

そして、自由かつ純粋に言葉を交わす。

これこそが友であることの安らぎだ。たとえ友は死んだと言われようとも、

友情と交わりは不滅であるがゆえに、最高の意味で常に存在している。

ウィリアム・ペン「孤独の果実」より

（松岡佑子訳）

Original Title: HARRY POTTER AND THE DEATHLY HALLOWS

First published in Great Britain in 2007
by Bloomsbury Publishing Plc, 50 Bedford Square, London WC1B 3DP

Japanese edition first published in 2008

This book is published in Japan by arrangement with
the author through The Blair Partnership

ハリー・ポッターと
死の秘宝　7-2

ハリー・ポッターと
死の秘宝　7-3

ハリー・ポッターと
死の秘宝　7-4

第１章　闇の帝王動く

月明かりに照らされた狭い道に、どこからともなく同時に二人の男が現れる。男たちの間はほんの数歩と離れていない。互いに一瞬、相手の胸元に杖《つえ》を向けたまま身じろぎもしなかった。やがて双方の顔を認めると、二人とも杖をマントにしまい、足早に同じ方向に歩き出す。

「情報は？」背の高い男が聞く。

「上々だ」セブルス・スネイプが答える。

小道の左側には茨の灌木《かんぼく》がぼうぼうと伸び、右側にはきっちり刈り揃えられた高い生け垣が続く。長いマントの裾《すそ》をはためかせながら、男たちは先を急いだ。

「遅れてしまったかもしれん」ヤックスリーが言った。

覆いかぶさる木々の枝が月明かりを遮《さえぎ》り、その隙間からヤックスリーの厳《いか》つい顔が見え隠れする。

「思っていたより少々面倒だった。しかし、これであの方もお喜びになることだろう。君のほうは、受け入れていただけるという確信がありそうだな？」

スネイプはうなずいただけでなにも言わない。右に曲がると、小道は広い馬車道に変わる。行く手には壮大な鍛鉄《たんてつ》の門が立ち塞がる。高い生け垣も同じく右に折れ、道に沿って門の奥まで続いている。二人とも足を止めず、無言のまま左腕を伸ばして敬礼の姿勢を取り、黒い鉄が煙でもあるかのように、そのまま門を通り抜けた。

イチイの生け垣が、足音を吸い込む。右のほうでザワザワという音がした。ヤックスリーがふたたび杖《つえ》を抜き、スネイプの頭越しに狙いを定めたが、音の正体は単なる孔雀だった。生け垣の上を気位高く歩いている。

「ルシウスのやつ、相変わらず贅沢な趣味だな。孔雀とはね……」

ヤックスリーはフンと鼻を鳴らしながら、杖をマントに納めた。

まっすぐに延びた馬車道の奥の暗闇に、瀟洒《しょうしゃ》な館が姿を現す。一階の菱形の窓に明かりがきらめいている。生け垣の裏の暗い庭のどこかで、噴水が音を立てている。玄関へと足を速めるスネイプとヤックスリーの足下で、砂利が軋《きし》んだ。二人が近づくと、人影もないのに玄関のドアが突然内側に開いた。

明かりをしぼった広い玄関ホールは贅沢に飾り立てられ、豪華なカーペットが石の床をほぼ全面にわたって覆っている。壁に掛かる青白い顔の肖像画たちが、大股に通り過ぎる二人の男を目で追う。ホールに続く部屋の、がっしりした木の扉の前で二人は立ち止まり、一瞬のためらいの後、スネイプがブロンズの取っ手を回した。

装飾を凝らした客間の長テーブルは、黙りこくる面々で埋まっていた。日常置かれている家具は、無造作に壁際に押しやられている。見事な大理石のマントルピースの上には金箔《きんぱく》押しの鏡が掛かり、その下で燃え盛る暖炉の火だけが部屋を照らしている。スネイプとヤックスリーは、しばらく部屋の入口に佇《たたず》んでいた。薄暗さに目を慣らした二人は、その場の最も異様な光景に引きつけられ、視線を上に向ける。テーブルの上に逆さになって浮かんでいる人間がいる。どうやら気を失っているようだ。見えないロープで吊り下げられているかのようにゆっくりと回転する姿が、暖炉上の鏡とクロスの掛かっていない磨かれたテーブルとに映っている。テーブルに着く面々は、だれ一人としてこの異様な光景を見ていない。ただ、真下に座っている青白い顔の青年だけは、ほとんど一分おきに、ちらちらと上を見ずにはいられない様子でいる。

「ヤックスリー、スネイプ」

テーブルの一番奥から、かん高い、はっきりした声が上がる。

「遅い。遅刻すれすれだ」

声の主は暖炉を背にして座っている。そのため、いま到着したばかりの二人には、はじめその黒い輪郭しか見えなかった。しかし、影に近づくにつれて、薄明かりの中にその顔が浮かび上がってくる。髪はなく、蛇のような顔に鼻孔《びこう》が切り込まれ、赤い両眼の瞳は、細い縦線のようだ。蠟《ろう》のようなその顔は、青白い光を発しているように見える。

「セブルス、ここへ」ヴォルデモートが自分の右手の席を示した。「ヤックスリー、ドロホフの隣へ」

二人は示された席に着く。ほとんどの目がスネイプを追い、ヴォルデモートが最初に声をかけたのもスネイプだった。

「それで?」

「わが君、不死鳥の騎士団は、ハリー・ポッターを現在の安全な居所から、きたる土曜日の日暮れに移動させるつもりです」

テーブルがにわかに色めき立つ。緊張する者、そわそわする者、全員がスネイプとヴォルデモートを見つめている。

「土曜日……日暮れ」

ヴォルデモートが繰り返した。赤い眼がスネイプの暗い目を見据《みす》える。その視線のあまりの烈《はげ》しさに、傍《はた》で見ていた何人かは目を背けた。凶暴な視線に自分の目を焼き尽くされるのを恐れているかのようだ。しかしスネイプは、静かにヴォルデモートの顔を見つめ返している。ややあって、ヴォルデモートの唇のない口が動き、笑うような形になった。

「そうか。よかろう。情報源は――」

「打ち合わせどおりの出所から」スネイプが答える。

「わが君」

ヤックスリーが長テーブルの向こうから身を乗り出して、ヴォルデモートとスネイプを見る。全員の顔がヤックスリーに向いた。

「わが君、わたしの得た情報はちがっております」

ヤックスリーは反応を待った。しかし、ヴォルデモートが黙ったままなので、言葉を続ける。

「闇祓《やみばら》いのドーリッシュが漏《も》らしたところでは、ポッターは十七歳になる前の晩、すなわち三十日の夜中までは動かないとのことです」

スネイプがにやりと笑う。

「我輩《わがはい》の情報源によれば、偽《にせ》の手掛かりを残す計画があるとのことだ。きっとそれだろう。ドーリッシュは『錯乱《さくらん》の呪文』をかけられたにちがいない。これがはじめてのことではない。あやつは、かかりやすいことがわかっている」

「畏《おそ》れながら、わが君、わたしが請け合います。ドーリッシュは確信があるようでした」ヤックスリーが言い張った。

『錯乱《さくらん》の呪文』にかかっているとすれば、確信があるのは当然だ」スネイプが反論する。「ヤックスリー、我輩《わがはい》が君に請け合おう。闇祓《やみばら》い局は、もはやハリー・ポッターの保護にはなんの役割も果たしておらん。騎士団《きしだん》は、我々が魔法省に潜入していると考えている」

「騎士団も、一つぐらいは当たっているじゃないか、え？」

ヤックスリーの近くに座っているずんぐりした男が、せせら笑う。引き攣《つ》ったようなその笑い声を受けて、テーブルのあちこちに笑いが起こった。

ヴォルデモートは笑わない。上でゆっくりと回転している宙吊りの姿に視線を漂わせたまま、考え込んでいるようだ。

「わが君」ヤックスリーがさらに続ける。「ドーリッシュは、例の小僧の移動に、闇祓い局から相当な人数が差し向けられるだろうと考えておりますし――」

ヴォルデモートは、指の長い蠟《ろう》のような手を挙げて制した。ヤックスリーはたちまち口をつぐみ、ヴォルデモートがふたたびスネイプに向きなおるのを恨めしげに見た。

「あの小僧を、今度はどこに隠すのだ？」

「騎士団のだれかの家です」スネイプが答える。「情報では、その家には、騎士団と魔法省の両方が、できうるかぎりの防衛策を施したとのこと。いったんそこに入れば、もはやポッターを奪う可能性はまずないと思われます。もちろん、わが君、魔法省が土曜を待たずして陥落すれば話は別です。さすれば我々は、施された魔法のかなりの部分を見つけ出して破り、残りの防衛線を突破する機会も十分にあるでしょう」

「さて、ヤックスリー？」

ヴォルデモートがテーブルの奥から声をかけた。赤い眼に暖炉の灯《あか》りが不気味に反射している。

「果たして、魔法省は土曜を待たずして陥落しているか？」

ふたたび全員の目がヤックスリーに注がれる。ヤックスリーは肩をそびやかした。

「わが君、そのことですが、よい報《しら》せがあります。わたしは――だいぶ苦労しましたし、並たいていの努力ではなかったのですが――パイアス・シックネスに『服従《ふくじゅう》の呪文』をかけることに成功しました」

ヤックスリーの周囲には、感心したような顔をする者が多くいた。隣に座っている、長いひん曲がった顔のドロホフが、ヤックスリーの背中をパンとたたく。

「手緩《てぬる》い」ヴォルデモートが声を上げる。「シックネスは一人にすぎぬ。俺様《おれさま》が行動に移る前に、我が手勢でスクリムジョールを包囲するのだ。大臣の暗殺に失敗でもすれば、俺様は大幅な後退を余儀なくされよう」

「御意《ぎょい》――わが君、仰《おお》せのとおりです――しかし、わが君、魔法法執行部の部長として、シックネスは魔法大臣ばかりでなく、他の部長全員とも定期的に接触しています。このような政府高官を我らが支配の下に置いたからには、他の者たちを服従せしめるのは容易《たやす》いことだと思われます。そうなれば、連中が束になってスクリムジョールを引き倒すでしょう」

「我らが友シックネスが、他のやつらを屈服させる前に見破られてしまわなければ、だがな――」ヴォルデモートが冷たく言い放つ。「いずれにせよ、土曜までに魔法省が我が手に落ちるとは考えにくい。小僧が目的地に着いてからでは手出しができないとなれば、移動中に始末せねばなるまい」

「わが君、その点につきましては我々が有利です」

ヤックスリーは、少しでも認めてもらおうと躍起になっていた。

「魔法運輸部に何人か手勢を送り込んでおります。ポッターが『姿現わし』したり、『煙突飛行ネットワーク』を使ったりすれば、すぐさまわかりましょう」

「ポッターはそのどちらも使いませんな」スネイプが口を挟む。「騎士団は、魔法省の管理・規制下にある輸送手段すべてを避けています。魔法省がらみのものは、いっさい信用しておりません」

「かえって好都合だ」ヴォルデモートが言う。「やつはおおっぴらに移動せねばならん。ずっと容易いわ」

ヴォルデモートはふたたびゆっくりと回転する姿を見上げながら、言葉を続けた。

「あの小僧は俺様《おれさま》が直々に始末する。ハリー・ポッターに関しては、これまであまりにも失態が多かった。俺様自身の手抜かりもある。ポッターが生きているのは、あやつの勝利というより俺様の思わぬ誤算によるものだ」

テーブルを囲む全員が、ヴォルデモートを不安な表情で見つめた。どの顔も、自分がハリー・ポッター生存の責めを負わされるのではないかと恐れている。しかしヴォルデモートは、だれに向かって話しているわけでもない。頭上に浮かぶ意識のない姿に眼を向けたまま、むしろ自分自身に話している。

「俺様は侮っていた。その結果、綿密な計画には起こりえぬことだが、幸運と偶然というつまらぬやつに阻まれてしまったのだ。しかし、いまはちがう。以前には理解していなかったことが、いまはわかる。ポッターの息の根を止めるのは、俺様でなければならぬ。そうしてやる」

その言葉に呼応するかのように、突然、苦痛に満ちた恐ろしいうめき声が、長々と聞こえてきた。テーブルを囲む者の多くが、ぎくりとして下を見る。うめき声が足下から上がってくるように思えたからだ。

「ワームテールよ」

ヴォルデモートは、想いにふける静かな調子をまったく変えず、宙に浮かぶ姿から眼を離すこともなく呼びかける。

「囚人をおとなしくさせておけと言わなかったか？」

「はい、わ――わが君」

テーブルの中ほどで、小さな男が息を呑《の》んだ。あまりに小さくなって座っていたので、一見、その席にはだれも座っていないように見えた。ワームテールはあわてて立ち上がり、大急ぎで部屋を出ていく。あとには得体のしれない銀色の残像が残るだけだった。

「話の続きだが――」

ヴォルデモートは、ふたたび部下の面々の緊張した顔に眼を向けた。

「俺様《おれさま》は、以前よりよくわかっている。たとえば、ポッターを亡き者にするには、おまえたちのだれかから、杖《つえ》を借りる必要がある」

全員が衝撃を受けた表情になる。腕を一本差し出せと宣言されたかのようだ。

「進んで差し出す者は？」ヴォルデモートが聞く。

「さてと……ルシウス、おまえはもう杖を持っている必要はなかろう」

ルシウス・マルフォイが顔を上げた。暖炉の灯《あか》りに照らし出される顔は、皮膚が黄ばんで蠟《ろう》のように血の気もなく、両眼は落ち窪んで隈《くま》ができている。

「わが君？」聞き返す声がかすれていた。

「ルシウス、おまえの杖だ。俺様はおまえの杖を御所望《ごしょもう》なのだ」

「私は……」

マルフォイは横目で妻を見た。夫と同じく青白い顔をした妻は、長いブロンドの髪を背中に流し、まっすぐ前を見つめたままでいる。しかしテーブルの下では一瞬、ほっそりしたその指が夫の手首を包んでいた。妻の手を感じたマルフォイは、ローブに手を入れて杖を引き出し、杖は次々と手送りでヴォルデモートに渡された。ヴォルデモートはそれを目の前にかざし、赤い眼で丹念に調べる。

「ものはなんだ？」

「楡《にれ》です、わが君」マルフォイがつぶやくように答える。

「芯は？」

「ドラゴン――ドラゴンの心臓の琴線です」

「うむ」ヴォルデモートは自分の杖を取り出して長さを比べた。

ルシウス・マルフォイが一瞬、反射的に体を動かす。代わりにヴォルデモートの杖を受け取ろうとしたような動きだ。ヴォルデモートは見逃さなかった。その眼が意地悪く光る。

「ルシウス、俺様の杖をおまえに？　俺様の杖を？」

周囲から嘲笑《あざわら》う声が上がる。

「ルシウス、おまえには自由を与えたではないか。それで十分ではないのか？　どうやらこのところ、おまえも家族もご機嫌麗しくないように見受けるが……ルシウス、俺様《おれさま》がこの館にいることがお気に召さぬのか？」

「とんでもない――わが君、そのようなことは、けっして！」

「ルシウス、この嘘つきめが……」

残忍な唇の動きが止まったあとも、シューッという密やかな音が続いている。そのシューッという音は次第に大きくなり、居並ぶ魔法使いが身動きもしない中で、一人、二人とこらえ切れずに身震いを始める。同時に、テーブルの下をなにか重たいものが滑っていく音が聞こえた。

巨大な蛇が、ゆっくりとヴォルデモートの椅子に這《は》い上がる。大蛇は、どこまでも伸び続けるのではないかと思われるほど高々と伸び上がり、ヴォルデモートの首のまわりにゆったりと胴体を預けた。大の男の太腿ほどもある鎌首。瞬きもしない両眼。縦に切り込まれた瞳孔《どうこう》。ヴォルデモートは、ルシウス・マルフォイを見据《みす》えたまま、細長い指で無意識に蛇をなでている。

「マルフォイ一家はなぜ不幸な顔をしているのだ？　俺様が復帰して勢力を強めることこそ、長年の望みだったと公言していたのではないか？」

「わが君、もちろんでございます」

ルシウス・マルフォイが言った。上唇の汗を拭《ぬぐ》うマルフォイの手が震えている。

「私どもはそれを望んでおりました——いまも望んでおります」

マルフォイの左隣で、ヴォルデモートと蛇から目を背けたまま妻が不自然に硬いうなずきを見せる。右隣では、宙吊りの人間を見つめていた息子のドラコが、ちらりとヴォルデモートに目を遣《や》るが、目の合うことを恐れるようにすぐに視線を逸らす。

「わが君」

テーブルの中ほどにいた黒髪の女が、感激に声を詰まらせて口を開いた。

「あなた様が我が親族の家にお留《とど》まりくださることは、この上ない名誉でございます。これに優る喜びがありましょうか」

厚ぼったい瞼《まぶた》に黒髪の女は、隣に座っている妹とは似ても似つかない容貌《ようぼう》の上、立ち居振る舞いもまったくちがっていた。体を強張らせ、無表情で座る妹のナルシッサに比べて姉のベラトリックスは、お側に侍《はべ》りたい渇望を言葉では表し切れないとでもいうように、ヴォルデモートに向かって身を乗り出している。

「これに優る喜びはない」

ヴォルデモートは言葉を繰り返し、ベラトリックスを吟味するようにわずかに頭を傾《かし》げる。

「おまえの口からそういう言葉を聞こうとは。ベラトリックス、殊勝なことだ」

ベラトリックスはぱっと頬を赤らめ、喜びに目を潤ませた。

「わが君は、私が心からそう申し上げているのを御存知でいらっしゃいます！」

「これに優る喜びはない……今週おまえの親族に喜ばしい出来事があったと聞くが、それに比べてもか？」

ベラトリックスは、ぽかんと口を開け、困惑した目でヴォルデモートを見た。

「わが君、なんのことやら私にはわかりません」

「ベラトリックス、おまえの姪《めい》のことだ。ルシウス、ナルシッサ、おまえたちの姪でもある。先ごろその姪は、狼男のリーマス・ルーピンと結婚したな。さぞ鼻が高かろう」

一座から嘲笑《ちょうしょう》がわき起こった。身を乗り出して、さもおもしろそうに顔を見合わせる者も大勢いたし、テーブルを拳《こぶし》でたたいて笑う者もいた。騒ぎの気に入らない大蛇が、かっと口を開けて、シューッと怒りの音を出す。しかし、ベラトリックスやマルフォイ一族が辱《はずかし》めを受けたことに狂喜している死喰い人たちの耳には入らない。いましがた喜びに上気したばかりのベラトリックスの顔は、ところどころ赤い斑点《はんてん》の浮き出た醜い顔に変わった。

「わが君、あんなやつは姪ではありません」

大喜びで騒ぐ周囲の声に負けじと、ベラトリックスがさけぶ。

「私たちは――ナルシッサも私も――穢《けが》れた血と結婚した妹など、それ以来一顧《いっこ》だにしておりません。そんな妹のガキも、そいつが結婚する獣も、私たちとはなんの関係もありません」

「ドラコ、おまえはどうだ？」ヴォルデモートの声は静かだが、野次や嘲笑を突き抜けてはっきりと響いた。「狼の子が産まれたら、子守をするのか？」

浮かれ騒ぎがいちだんと高まる。ドラコ・マルフォイは恐怖に目を見開いて父親を見た。しかし、ルシウスは自分の膝《ひざ》をじっと見つめたままでいる。今度は母親の視線を捕える。ナルシッサはほとんど気づかないほどに首を振ったきり、向かい側の壁を無表情に見つめる姿勢にもどった。

「もうよい」気の立っている蛇をなでながら、ヴォルデモートがみなを制した。「もうよい」

笑い声は、ぴたりとやんだ。

「旧い家柄の血筋も、時間とともにいくぶん腐ってくるものが多い」

ベラトリックスは息を殺し、取りすがるようにヴォルデモートを見つめながら聞いている。

「おまえたちの場合も、健全さを保つには枝落としが必要ではないのか？　残り全員の健全さを損なう恐れのある、腐った部分を切り落とせ」

「わが君、わかりました」ベラトリックスはふたたび感謝に目を潤ませて、ささやくように請け合う。「できるだけ早く！」

「そうするがよい」ヴォルデモートが続ける。「おまえの家系においても、世界全体でも……純血のみの世になるまで、我々を蝕む病根を切り取るのだ……」

ヴォルデモートはルシウス・マルフォイの杖《つえ》を上げ、テーブルの上でゆっくり回転する宙吊りの姿をぴたりと狙って小さく振った。息を吹き返した魔女はうめき声を上げ、見えない束縛から逃れようともがく。

「セブルス、客人がだれだかわかるか？」ヴォルデモートが聞いた。

スネイプは上下逆さまになった顔のほうに目を上げた。居並ぶ死喰い人も、興味を示す許可が出たかのように囚われ人を見上げる。宙吊りの顔が暖炉の灯《あか》りに向いたとき、魔女が怯《おび》え切ったかすれ声を出した。

「セブルス！　助けて！」

「なるほど」

囚われの魔女の顔がゆっくりと向こうむきになったとき、スネイプが言った。

「おまえはどうだ？　ドラコ？」

杖を持っていない手で蛇の鼻面をなでながら、ヴォルデモートが聞く。ドラコは痙《けい》攣《れん》したように首を横に振った。魔女が目を覚ましたいまは、ドラコはもうその姿を見ることさえできないようだ。

「いや、おまえがこの女の授業を取るはずはなかったな」ヴォルデモートが言う。「知らぬ者にご紹介申し上げよう。今夜ここに御出《おい》でいただいたのは、最近までホグワーツ魔法魔術学校で教鞭《きょうべん》を執られていたチャリティ・バーベッジ先生だ」

周囲から、合点がいったような声がわずかに上がる。怒り肩で猫背の魔女が、尖《とが》った歯を見せてかん高い笑い声を上げた。

「そうだ……バーベッジ教授は魔法使いの子弟にマグルのことを教えておいでだった……やつらが我々魔法族とそれほどちがわないとか……」

死喰い人の一人が床に唾《は》を吐く。チャリティ・バーベッジの顔が回転して、またスネイプと向き合った。

「セブルス……お願い……お願い……」

「黙れ」

ヴォルデモートがふたたびマルフォイの杖をひょいと振ると、チャリティは猿轡《さるぐつわ》を噛《か》まされたように静かになった。

「魔法族の子弟の精神を汚辱《おじょく》するだけでは飽き足らず、バーベッジ教授は先週、『日刊予言者新聞《にっかんよげんしゃしんぶん》』に穢《けが》れた血を擁護する熱烈な一文をお書きになり、その中で我々の知識や魔法を盗むやつらを受け入れなければならぬ、とのたもうた。純血が徐々に減ってきているのは、教授によればむしろ望ましい状況であるとのことだ……我々全員をマグルと交じわらせるおつもりよ……もしくは、もちろん、狼人間とだな……」

今度はだれも笑わない。ヴォルデモートの声には、まぎれもなく怒りと軽蔑がこもっていた。チャリティ・バーベッジがまた回転し、スネイプと三度目の向き合いになる。涙がこぼれ、髪の毛に滴《したた》り落ちている。ゆっくり回りながら離れていくその目を、スネイプは無表情に見つめ返した。

「アバダ　ケダブラ」

緑色の閃光《せんこう》が、部屋の隅々まで照らし出す。チャリティの体は、真下のテーブルに落下した。ドサッという音が響き渡り、テーブルは揺れ、軋《きし》む。死喰い人の何人かは椅子ごと飛び退《の》き、ドラコは床に転げ落ちた。

「ナギニ、夕食だ」

ヴォルデモートの優しい声を合図に、大蛇はゆらりと鎌首をもたげ、ヴォルデモートの肩から磨き上げられたテーブルへと滑り降りた。

第2章　追悼

ハリーは血が流れている右手を左手で押さえ、小声で悪態をつきながら二階の寝室のドアを肩で押し開けた。ガチャンと陶器の割れる音と足裏の違和感。ハリーは、ドアの外に置かれていた冷めた紅茶のカップを踏んづけていた。

「いったいなんだ――？」

あたりを見回す。プリベット通り四番地の家。二階の階段の踊り場にはだれもいない。紅茶のカップは、ダドリーの仕掛けた罠《わな》だったのかもしれない。ダドリーは、賢い「まぬけ落とし」と考えたのだろう。血の出ている右手を上げてかばいながら、ハリーは左手で陶器のかけらをかき集め、ドアの内側に少しだけ見えているゴミ箱に投げ入れた。ゴミ箱はすでに、ぎゅう詰めの状態だ。それから腹立ちまぎれに足を踏み鳴らしてバスルームまで行き、指を蛇口の下に突き出して洗った。

あと四日間も魔法が使えないなんて、ばかげている。なんの意味もないし、どうしようもないほどいらだたしい……しかし考えてみれば、たとえ魔法が使えたってこの指のぎざぎざした切り傷はどうにもならない。傷の治し方など習ったことがないのだもの。そう言えば——とくにこれからやろうとしている計画を考えると——これは、ハリーが受けてきた魔法教育の重大な欠陥に思える。どうやって治すのかハーマイオニーに聞かなければ、と自分に言い聞かせながら、ハリーはトイレットペーパーを分厚く巻き取ってこぼれた紅茶をできるだけきれいに拭《ふ》き取り、部屋にもどってドアをバタンと閉めた。

ハリーは、六年前に荷造りしたとき以来はじめて、学校用のトランクを完全に空にするという作業を、午前中一杯続けていた。これまでは、学期が始まる前にトランクの上から四分の三ほどを入れ替えたりするだけで、その下のガラクタの層には手をつけなかった——手つかずで残っていたものは、古い羽根ペン、干からびたコガネムシの目玉、片方しかない小さくなったソックスなどだ。その万年床に、ほんの数分前に右手を突っ込んだとたん、薬指に鋭い痛みを感じて引っ込めた。見ると、ひどく出血している。

ハリーは、今度はもっと慎重に取り組もうと、もう一度トランクの横に膝《ひざ》をついて、底のほうに探りを入れる。「セドリック・ディゴリーを応援しよう」と「汚いぞ、ポッター」の文字が交互に光る古いバッジが弱々しく光りながら出てきたあとに、割れてボロボロになった「かくれん防止器」と、「R・A・B」の署名のあるメモが隠されていた金のロケットが出てきた。それからやっと、切り傷を負わせた犯人を見つけた。正体はすぐにわかった。名付け親のシリウスが死ぬ前にくれた魔法の鏡の、長さ六センチほどのかけらだ。それを脇に置き、ほかにかけらは残っていないかと注意深く手探りしたが、粉々になったガラスが一番底のガラクタにくっついてキラキラしているだけで、シリウスの最後の贈り物は、ほかになにも残っていなかった。

座りなおして、指を切ったぎざぎざの鏡のかけらを覗いてみるが、自分の明るい緑の目が見つめ返すばかりだ。ハリーは、読まずにベッドの上に置いてあるその日の「日刊予言者新聞《にっかんよげんしゃしんぶん》」の上に、そのかけらを置いた。割れた鏡が、辛《つら》い思い出を一時《いっとき》に蘇《よみがえ》らせる。後悔が胸を刺し、会いたい思いが募る。ハリーはトランクに残ったガラクタの整理に集中することで、胸の痛みを堰《せ》き止めようとした。

むだな物を捨て、残りを今後必要なものと不要なものとに分けて積み上げ、トランクを完全に空にするのにまた一時間かかった。学校の制服、クィディッチのユニフォーム、大鍋《おおなべ》、羊皮紙《ようひし》、羽根ペン、それに教科書の大部分は置いていくことにして、部屋の隅に積み上げる。ふと、おじさんとおばさんはどう処理するのだろう、と思う。恐ろしい犯罪の証拠でもあるように、たぶん真夜中に焼いてしまうにちがいない。マグルの洋服、透明マント、魔法薬調合キット、本を数冊、それにハグリッドに昔もらったアルバムや手紙の束と杖《つえ》は、古いリュックサックに詰めた。リュックの前ポケットには、忍びの地図と「R・A・B」の署名入りメモが入ったロケットをしまう。ロケットを名誉ある特別室に入れたのは、それ自体に価値があるからではなく――普通に考えればまったく価値などない――払った犠牲の大きさからだ。

残るは新聞の山の整理だ。ペットの白ふくろう、ヘドウィグの横の机に積み上げられている。プリベット通りで過ごしたこの夏休みの日数分だけある。

ハリーは床から立ち上がり、伸びをして机に向かう。ハリーが新聞をぱらぱらめくっては一日分ずつゴミの山に放り投げる間、ヘドウィグはぴくりとも動かなかった。眠っているのか眠ったふりをしているのか、最近はめったに鳥籠《とりかご》から出してもらえないので、ハリーに腹を立てているようだ。

新聞の山が残り少なくなり、ハリーはめくる速度を落とす。探している記事は、たしか夏休みにプリベット通りにもどって間もなくの日付の新聞に載っていたはずだ。一面に、ホグワーツ校のマグル学教授であるチャリティ・バーベッジが辞職したという記事が、小さく載っていた記憶がある。ようやくその新聞を見つけ出し、ハリーは十面をめくりながら椅子に腰を落ち着かせて、探していた記事をもう一度読みなおした。

アルバス・ダンブルドアを悼《いた》む

エルファイアス・ドージ

私がアルバス・ダンブルドアと出会ったのは、十一歳のとき、ホグワーツ入学の最初の日だった。互いにのけ者だと感じていたことが、二人を惹《ひ》きつけたにちがいない。私は登校直前に龍痘《りゅうとう》にかかり、他人に感染する恐れはもうなかったもののあばたが残っており、顔色も緑色がかっていたため、積極的に近づこうとする者はほとんどいなかった。一方のアルバスも、芳しくない評判を背負ってのホグワーツ入学だった。父親のパーシバルが三人のマグルの若者を襲った件で有罪になり、その残忍な事件がさんざん報道されてからまだ一年と経っていなかったからだ。

アルバスは、父親（その後アズカバンで亡くなった）がそのような罪を犯したことを、否定しようとはしなかった。むしろ、私が思い切って聞いたときには、父親の有罪を隠そうともせず認めた。この悲しむべき出来事については、どれだけ多くの者が聞き出そうとしても、ダンブルドアはそれ以上話そうとはしなかった。実は、一部の者が彼の父親の行為を称賛する傾向にあり、その者たちはダンブルドアもまた、マグル嫌いなのだと思い込んでいた。見当違いもはなはだしい。アルバスを知る者ならだれもが、彼には反マグル的傾向の片鱗すらなかったと証言するだろう。むしろ、その後の長い年月、断固としてマグルの権利を支持してきたことで、アルバスは多くの敵を作っている。

しかしながら、入学後数か月を経ずして、アルバス自身の評判は、父親の悪評を凌《しの》ぐほどになる。一学年の終わりには、マグル嫌いの父親の息子という見方はまったくなくなり、ホグワーツ校始まって以来の秀才ということだけで知られるようになる。光栄にもアルバスの友人であった我々は、彼を模範として見習うことができただけでなく、アルバスが常に喜んで我々を助けたり、激励してくれたりしたことで恩恵を受けたことは言うまでもない。後年アルバスが私に打ち明けてくれたことには、すでにそのころから、人を導き教えることがアルバスの最大の喜びだったと言う。

学校の賞という賞を総嘗《そうな》めにしたばかりでなく、アルバスはまもなく、その時代の有名な魔法使いたちと定期的に手紙のやり取りをするようになる。たとえば、著名な錬金術師のニコラス・フラメル、歴史家として知られるバチルダ・バグショット、魔法理論家のアドルバート・ワフリングなどが挙げられる。彼の論文のいくつかが、「変身現代」や「呪文の挑戦」、「実践魔法薬」などの学術出版物に取り上げられるようになった。ダンブルドアには、華々しい将来が約束されていると思われた。あとは、いつ魔法大臣になるかという時期の問題だけだった。後年、幾度となく、ダンブルドアがまもなくその地位に就くと人の口に上ったが、彼が大臣職を望んだことは、実は一度もない。

我々がホグワーツに来て三年後に、弟のアバーフォースが入学してきた。兄弟とはいえ、二人は似ていなかった。アバーフォースはけっして本の虫とは言えず、揉《も》め事の解決にも、アルバスとはちがって論理的な話し合いよりも決闘に訴えるほうを好んだ。とはいえ、兄弟仲が悪かったという一部の見方は大きなまちがいである。あれだけ性格のちがう兄弟にしては、うまく付き合っていた。アバーフォースのために釈明するが、アルバスの影のような存在であり続けるのは、必ずしも楽ではなかったにちがいない。アルバスの友人であることは、なにをやっても彼にはかなわないという職業病を抱えるようなものだったのだから、弟だからといって、他人の場合より楽だったはずはない。

アルバスとともにホグワーツを卒業したとき、私たちは、そのころの伝統であった卒業世界旅行に一緒に出かけるつもりでいた。海外の魔法使いたちを訪ねて見聞を広め、それから各々の人生を歩み出そうと考えたのだ。ところが、悲劇が起こる。旅行の前夜、アルバスの母親ケンドラが亡くなり、アルバスは家長であり家族唯一の稼ぎ手となってしまった。私は出発を延ばしてケンドラの葬儀に列席し、礼を尽くした後に、一人旅となってしまった世界旅行に出かけた。面倒をみなければならない弟と妹を抱え、残された遺産も少なく、アルバスはとうてい私と一緒に出かけることなどできなくなっていた。

それからしばらくは、我々二人の人生の中で、最も接触の少ない時期となる。私はアルバスに手紙を書き、いま考えれば無神経にも、ギリシャで危うくキメラから逃れたことからエジプトでの錬金術師の実験にいたるまで、旅先の驚くべき出来事を書き送った。アルバスからの手紙には、日常的なことはほとんど書かれていなかった。あれほどの秀才のことだ。毎日が味気なく、焦燥感に駆られていたのではないか、と私は推察している。旅の体験にどっぷり浸かっていた私は、一年間の旅の終わり近くになって、ダンブルドア一家をまたもや悲劇が襲ったという報《しら》せを聞き、驚愕した。妹、アリアナの死だ。

アリアナは長く病弱だった。とはいえ、母親の死に引き続くこの痛手は、兄弟二人に深刻な影響を与えた。アルバスと近しい者はみな——私もその幸運な一人だが——アリアナの死と、その死の責めが自分自身にあると考えたことが（もちろん彼に罪はないのだが）、アルバスに一生消えない傷痕《きずあと》を残したという一致した見方をしている。

帰国後に会ったアルバスは、年齢以上の辛酸《しんさん》をなめた人間になっていた。以前に比べて感情を表に出さず、快活さも薄れていた。アルバスをさらに惨《みじ》めにしたのは、アリアナの死によって、アバーフォースとの間に新たな絆が結ばれるどころか、仲違《なかたが》いしてしまったことだ（その後この関係は修復する――後年、二人は親しいとは言えないまでも、気心の通じ合う関係にもどっている）。しかしながら、それ以降アルバスは、両親やアリアナのことをほとんど語らなくなり、友人たちもそのことを口にしないようになった。

その後のダンブルドアの顕著な功績については、他の著者の羽根ペンが語るであろう。魔法界の知識を豊かにしたダンブルドアの貢献は数え切れない。たとえば、ドラゴンの血液の十二の利用法などは、この先何世代にもわたって役立つであろうし、ウィゼンガモット最高裁の主席魔法戦士として下した、数多くの名判決に見る彼の叡智《えいち》も然《しか》りである。さらに、いまだ、一九四五年のダンブルドアとグリンデルバルドとの決闘を凌《しの》ぐものはないと言われている。決闘の目撃者たちは、傑出《けっしゅつ》した二人の魔法使いの戦いが、見る者をいかに畏怖《いふ》せしめたかについて書き残している。ダンブルドアの勝利と、その結果魔法界に訪れた歴史的な転換の重要性は、国際機密保持法の制定もしくは「名前を言ってはいけないあの人」の凋落《ちょうらく》に匹敵するものだと考えられている。

アルバス・ダンブルドアはけっして誇らず、驕《おご》らなかった。だれに対しても、たとい傍目《はため》にはどんなに取るに足りない者、見下げ果てた者にでも、なにかしら優れた価値を見出した。若くして身内を失ったことが、彼に大いなる人間味と思いやりの心を与えたのだと思う。アルバスという友を失ったことは、私にとって言葉に尽くせないほどの悲しみである。しかし、私個人の喪失感は、魔法界の失ったものに比べればなにほどのものでもない。ダンブルドアがホグワーツの歴代校長の中でも最も啓発力に富み、最も敬愛されていたことは疑いの余地がない。彼の生き方は、そのまま彼の死に方でもあった。常により大きな善のために力を尽くし、最後の瞬間まで、私がはじめて彼に出会ったあの日のように、龍痘《りゅうとう》の少年に喜んで手を差し伸べたアルバス・ダンブルドアそのままであった。

ハリーは読み終わってもなお、追悼文《ついとうぶん》に添えられた写真を見つめ続けていた。ダンブルドアは、いつものあの優しいほほえみを浮かべている。しかし新聞の写真にすぎないというのに、半月形メガネの上から覗いているその目は、ハリーの気持ちをX線のように透視しているようだ。ハリーのいまの悲しみには、恥じ入る気持ちが交じっている。

ハリーはダンブルドアをよく知っているつもりだった。しかしこの追悼文を最初に読んだときに、実はほとんどなにも知らなかったことを思い知らされた。ダンブルドアの子供のころや青年時代など、ハリーは一度も想像したことがなかった。最初からハリーの見知っている姿で出現した人のような気がしていた。人格者で、銀色の髪をした高齢のダンブルドアの姿だ。十代のダンブルドアなんてちぐはぐで想像できない。愚かなハーマイオニーとか、人懐っこい「尻尾《しっぽ》爆発スクリュート」と同じくらいおかしい。

ハリーは、ダンブルドアの過去を聞こうとしたことさえない。聞くのはなんだかおかしいし、むしろ無遠慮な行為だと思った。しかし、ダンブルドアが臨んだグリンデルバルドとのあの伝説の決闘なら、だれでも知っていることだ。それなのにハリーは、決闘の様子をダンブルドアに聞こうともしなかったし、そのほかの有名な功績についても、いっさい聞こうとは思わなかった。そう。いつも二人はハリーのことを話した。ハリーの過去、ハリーの未来、ハリーの計画……自分の未来がどんなに危険きわまりなく不確実なものであったにせよ、ダンブルドアについてもっといろいろ聞いておかなかったのは、いまにして思えば取り返しのつかない機会を逃してしまったということだ。もっとも、ハリーは、たった一度だけダンブルドア校長に個人的な質問をしたことがある。しかし、そのときだけは、ダンブルドアが正直に答えなかったのではないかと思う。

〝先生ならこの鏡でなにが見えるんですか〟

〝わしかね？　厚手のウールの靴下を一足、手に持っておるのが見える〟

しばらく考えにふけったあと、ハリーは「日刊予言者新聞《にっかんよげんしゃしんぶん》」の追悼文《ついとうぶん》を破り取り、きちんとたたんで『実践的防衛術と闇の魔術に対するその使用法』第一巻の中に挟み込んだ。それから、破った残りの新聞をゴミの山に放り投げ、部屋を眺める。ずいぶんすっきりした。まだ片付いていないのは、ベッドに置いたままにしてある今朝の「日刊予言者新聞」と、その上に載せた鏡のかけらだけだ。

ハリーはベッドまで歩いて、鏡のかけらを新聞からそっと滑らせて脇に落とし、紙面を広げる。今朝早く、配達ふくろうから丸まったまま受け取り、大見出しだけをちらりと見て、ヴォルデモートの記事がなにもないことを確かめてから、そのまま投げ出しておいた新聞だ。魔法省が「予言者新聞」に圧力をかけて、ヴォルデモートに関する記事を隠蔽《いんぺい》しているにちがいないと思い込んで読み飛ばしていたハリーは、いまあらためてその記事に気がついた。

一面の下半分を占める記事に、悩ましげな表情のダンブルドアが大股で歩いている写真があり、その上に小さめの見出しがついている。

ダンブルドア――ついに真相が？

同世代で最も偉大と称された天才魔法使いの欠陥を暴く衝撃の物語――いよいよ来週発売。

銀のひげを蓄えた静かな賢人、ダンブルドアのその親しまれたイメージの仮面をはぎ、リータ・スキーターが暴く精神不安定な子供時代、法を無視した青年時代、生涯にわたる不和、そして墓場まで持ち去った秘密の罪。魔法大臣になるとまで目された魔法使いが、単なる校長に甘んじていたのはなぜか？「不死鳥《ふしちょう》の騎士団《きしだん》」と呼ばれる秘密組織の真の目的はなんだったのか？　ダンブルドアはどのように最期を迎えたのか？

これらの疑問に答え、さらにさまざまな謎に迫るリータ・スキーターの衝撃の新刊評伝『アルバス・ダンブルドアの真っ白な人生と真っ赤な嘘』。

（ベティ・ブレイスウェイトによる著者独占インタビューが十三面に）

ハリーは乱暴に紙面をめくって十三面を見た。記事の一番上に、こちらもまた見慣れた顔の写真がある。宝石に飾られた縁のメガネに、念入りにカールさせたブロンドの魔女が、本人は魅力的だと思っているらしい歯をむき出しにした笑顔でハリーに向かって指をごにょごにょ動かし、愛想を振り撒《ま》いている。吐《は》き気を催すような写真を必死で無視しながら、ハリーは記事を読む。

リータ・スキーター女史は、辛辣《しんらつ》な羽根ペン使いで有名な印象とはまるでちがい、会ってみるとずっと温かく人当たりのよい人物だった。居心地のよさそうな自宅の玄関で出迎えを受け、女史に案内されるままにキッチンに入ると、紅茶とパウンド・ケーキと、言うまでもなく湯気の立つほやほやでしかもたっぷりのゴシップによる接待が待っていた。

「そりゃあ、もちろん、ダンブルドアは伝記作家にとっての夢ざんすわ」とスキーター女史。「あれだけの長い、中身の濃い人生ざんすもの。あたくしの著書を皮切りに、もっともっと多くの伝記が出るざんしょうよ」

スキーターはまちがいなく一番乗りだ。九百ページにも及ぶ本を、ダンブルドアが謎の死を遂げた六月からわずか四週間で出版にこぎつけたわけである。筆者は、この超スピード出版を為し遂げた秘訣を聞いてみた。

「ああ、あたくしのように長いことジャーナリストをやっておりますとね、締め切りに間に合わせるのが習《なら》い性《せい》となってるんざんすわ。魔法界が完全な伝記を待ち望んでいることはわかっていただざんすしね、そういうニーズに真っ先に応《こた》えたかったわけざんすよ」

筆者は、アルバス・ダンブルドアの長年の友人であり、ウィゼンガモットの特別顧問でもあるエルファイアス・ドージの、最近話題になっているあのコメントに触れてみた。「スキーターの本に書いてある事実は、蛙チョコの付録のカード以下でしかない」という批判だ。

スキーターはのけぞって笑った。

「ドジのドージ！　二、三年前、水中人の権利についてインタビューしたことがあるざんすけどね。かわいそうに、完全なボケ。二人でウィンダミア湖の湖底に座っていると勘違いしたらしくて、あたくしに『鱒《ます》』に気をつけろと何度も注意していただざんすわ」

しかしながら、エルファイアス・ドージのみならず、事実無根と非難する声は他にも多く聞かれる。スキーターは、たった四週間で、ダンブルドアの傑出した長い生涯を完全に把握できると、本気でそう思っているのだろうか？

「まあ、あなた」

スキーターは、ペンをにぎる私の手を親しげに軽くたたいてにっこりした。

「あなたもよくご存知ざんしょ。ガリオン金貨のぎっしり詰まった袋、『ノー』

という否定の言葉には耳を貸さないこと、それに素敵な鋭い『自動速記羽根ペンQQQ』が一本あれば、情報はざっくざく出てくるざんす！

いずれにせよ、ダンブルドアの私生活をなんだかんだと取り沙汰《ざた》したいような連中はうようよしてるざんすわ。だれもが彼のことをすばらしいと思っていたわけじゃないざんすよ——他人の、しかも重要人物の領域にちょっかいを出して、かなり大勢に煙たがられてたざんすからね。

とにかく、ドジのドージ爺《じい》さんには、ヒッポグリフに乗った気分で偉そうに知ったかぶりするのはやめていただくことざんすね。なにしろあたくしには、大方のジャーナリストが杖《つえ》を差し出してでも手に入れたいと思うような情報源が一つあるざんす。これまで公には一度も話さなかった人ざんしてね、ダンブルドアの若かりしころ、最も荒れ狂った危ない時期に、彼と親しかった人物ざんす」

スキーターの伝記の前宣伝によれば、ダンブルドアの完全無欠な人生を信じていた人たちには衝撃が待ち受けていると、明らかにそう匂わせている。スキーターの見つけた事実の中で、一番衝撃的なものはなにかと聞いてみた。

「さあ、さあ、ベティ、そうは問屋が卸さないざんす。まだだれも本を買わないうちに、おいしいところを全部差し上げるわけにはいかないざんしょ！」

スキーターは笑った。

「でもね、約束するざんすわ。ダンブルドア自身があのひげのように真っ白だと、まだそう思っている人には衝撃の発見ざんす！　これだけは言えるざんすがね、ダンブルドアが『例のあの人』に激怒するのを聞いた人は夢にもそうは思わないざんしょうが、ダンブルドア自身、若いころは闇の魔術にちょいと手を出していたざんす！　それに、後年寛容を説くことに生涯を費やした魔法使いにしては、若いころは必ずしも心が広かったとは言えないざんすね！　ええ、アルバス・ダンブルドアは非常に薄暗い過去を持っていたざんすとも。もちろん胡散《うさん》くさい家族のことは言うに及ばないざんす。ダンブルドアは躍起になってそのことを葬ろうとしたざんすがね」

スキーターが示唆《しさ》しているのは、ダンブルドアの弟、アバーフォースのことかと聞いてみた。十五年前、魔法不正使用によりウィゼンガモットで有罪判決を受け、ちょっとしたスキャンダルの元になった人物だ。

「ああ、アバーフォースなんか、糞山《くそやま》の一角ざんすよ」スキーターは笑い飛ばした。「いやいや、ヤギと戯れるのがお好きな弟なんかよりはるかに悪質で、マグル傷害事件の父親よりもさらに質《たち》が悪いざんす――いずれにせよ、二人ともウィゼンガモットに告発されたざんすから、ダンブルドアは、どちらの件も揉《も》み消すことはできなかったざんすけどね。いいえ、実は、母親と妹のことざんすよ、あたくしが興味を引かれたのは。ちょっとほじくってみたら、ありましたざんすよ。胸の悪くなるような巣窟《そうくつ》が——ま、先ほど言いましたざんすが、詳しくは九章から十二章までを読んでのお楽しみざんすね。いまはただ、自分の鼻がなぜ折れたかを、ダンブルドアがけっして話さなかったのもむりはない、とだけ申し上げておくざんす」

家族の恥となるような秘密は別として、スキーターは、多くの魔法を発見したダンブルドアの、卓越した能力をも否定するのだろうか？

「頭はよかったざんすね」スキーターは認めた。「ただ、ダンブルドアの業績とされているもののすべてが、本当に彼一人の功績であったかどうかは、いまでは疑う人も多いざんすよ。第十六章であたくしが明らかにしてるざんすが、アイバー・ディロンスビーは、自分がすでに発見していたドラゴンの血液の八つの使用法を、ダンブルドアが論文に『借用』したと主張しているざんす」

しかし、筆者はあえて、ダンブルドアの功績のいくつかが重要なものであることは否定できないと主張した。グリンデルバルドを打ち負かしたという有名な一件はどうだろう？

「ああ、それそれ、グリンデルバルドを持ち出してくださってうれしいざんす」

スキーターは焦《じ》らすようにほほえんだ。

「ダンブルドアの胸のすくような勝利に目を潤ませるみなさまには悪うござんすけど、心の準備が必要ざんすね。これは爆弾ざんすよ――むしろ糞爆弾《くそ》。まったく汚い話ざんす。ま、伝説の決闘と言えるものが本当にあったのかどうか、あまり思い込まないことざんすね。あたくしの本を読んだら、グリンデルバルドは単に杖《つえ》の先から白いハンカチを出して神妙に降参しただけ、なんていう結論を出さざるをえないかもしれないざんす！」

スキーターはこの気になる話題について、これ以上は明かそうとしなかった。そこで、読者にとってはまちがいなく興味をそそられるであろう人間関係に水を向けてみた。

「ええ、ええ」スキーターは勢いよくうなずいた。「一章まるまる割いたざんすよ。ポッター＝ダンブルドアの関係のすべてにはね。不健全で、むしろ忌《い》まわしい関係だと言われてたざんす。まあ、この全容も、新聞の読者にあたくしの本を買ってもらうしかないざんすがね、ダンブルドアがはじめっからポッターに不自然な関心を持っていたことは、まちがいないざんす。それがあの少年にとって最善だったかどうか――ま、そのうちわかるざんしょ。とにかく、ポッターが問題のある青春時代を過ごしたことは、公然の秘密ざんす」

スキーターは二年前、ハリー・ポッターとの、かの有名な独占インタビューを果たした。ポッターが確信を持って、「例のあの人」がもどってきたと語った画期的記事だったが、いまでもポッターと接触があるかどうかとたずねてみた。

「ええ、そりゃ、あたくしたち二人は親しい絆で結ばれるようになったざんす」

スキーターが続ける。

「かわいそうに、ポッターには真の友と呼べる人間がほとんどいないざんしてね。しかも、あたくしたちが出会ったのは、あの子の人生でも最も厳しい試練のとき――三校対抗試合のときだったざんす。たぶんあたくしは、ハリー・ポッターの実像を知る、数少ない生き証人の一人ざんしょうね」

話の流れが、いまだに流布しているダンブルドアの最期に関するさまざまな噂《うわさ》へと、うまく結びついた。ダンブルドアが死んだときポッターがその場にいたという噂を、スキーターは信じているだろうか？

「まあ、しゃべりすぎないようにしたいざんすけどね――すべては本の中にあるざんす――しかし、ダンブルドアが墜落したか、飛び降りたか、押されて落ちたかした直後に、ホグワーツ城内の目撃者が、ポッターが現場から走り去るところを見ているざんす。ポッターはその後、セブルス・スネイプに不利な証言をしているざんすが、ポッターがこの人物に恨みを抱いていることは有名ざんすよ。果たして言葉どおり受け取れるかどうか？　それは魔法界全体が決めること――

あたくしの本を読んでからざんすけどね」

思わせぶりな一言を受けて、筆者は暇《いとま》を告げた。

スキーターの羽根ペンによる本書は、たちどころにベストセラーとなることまちがいなしだ。一方、ダンブルドアを崇拝する多くの人々にとっては、その英雄像からなにが飛び出すやら、戦々恐々の日々かもしれない。


記事を読み終わっても、ハリーは呆然とその紙面を睨《にら》みつけたままでいた。嫌悪感と怒りが反吐《へど》のように込み上げてくる。新聞を丸め、力まかせに壁に投げつける。ゴミ箱はすでにあふれ、新聞はゴミ箱のまわりに散らばっているゴミの山に加わった。

ハリーは部屋の中を無意識に大股で歩き回る。空っぽの引き出しを開けたり、本を取り上げてはまた元の山にもどしたり、ほとんどなにをしているかの自覚もなかった。リータの記事の言葉が、バラバラに頭の中で響いている。

〝ポッター＝ダンブルドアの関係のすべてには、一章まるまる割いた……不健全で、むしろ忌《い》まわしい関係だと言われてた……ダンブルドア自身、若いころは闇の魔術にちょいと手を出していた……あたくしには、大方のジャーナリストが杖《つえ》を差し出してでも手に入れたいと思うような情報源が一つある……〟

「嘘だ！」ハリーは大声でさけぶ。

窓の向こうで芝刈り機の手を休めていた隣の住人が、不安げにこちらを見上げる。ハリーはベッドにどすんと座った。割れた鏡のかけらが、踊り上がって遠くに飛ぶ。ハリーはそれを拾い、指で裏返しながら考えた。ダンブルドアのことを、そしてダンブルドアの名誉を傷つけているリータ・スキーターの嘘八百を……。

明るい、あざやかなブルーが鏡の中にきらりと走る。はっと身を硬くしたとたん、けがをした指がふたたびぎざぎざした鏡の縁で滑った。気のせいだ。気のせいにちがいない。ハリーは振り返る。背後の壁はペチュニアおばさん好みの、気持ちの悪い桃色。鏡に映るようなブルーの物はどこにもない。ハリーはもう一度鏡のかけらを覗き込んだ。明るい緑色の自分の目が見つめ返しているだけだった。

気のせいだ。それしか説明のしようがない。亡くなった校長のことを考えていたから、見えたような気がしただけだ。アルバス・ダンブルドアの明るいブルーの目が、ハリーを見透かすように見つめることはもう二度とない。それだけは確かだ。

第３章　ダーズリー一家去る

玄関のドアがバタンと閉まる音が階段を上がってきたと思ったら、呼び声が聞こえる。

「おい、こら！」

十六年間こういう呼び方をされてきたのだから、おじのバーノンがだれを呼んでいるかはわかる。しかしハリーは、すぐには返事をせず、依然鏡のかけらを見つめていた。いましがた、ほんの一瞬、ダンブルドアの目が見えたような気がする。「おい、小僧！」のどなり声でようやくハリーはゆっくり立ち上がり、部屋のドアに向かう。途中で足を止め、持っていく予定の物を詰め込んだリュックサックに、割れた鏡のかけらも入れた。

「ぐずぐずするな！」

ハリーの姿が階段の上に現れると、バーノン・ダーズリーが大声で呼ぶ。

「下りてこい。話がある！」

ハリーはジーンズのポケットに両手を突っ込んだまま、ぶらぶらと階段を下りた。居間に入ると、ダーズリー一家三人が揃っている。全員旅支度だ。バーノンおじさんは淡い黄土色のブルゾン、ペチュニアおばさんはきちんとしたサーモンピンクのコート、ブロンドで図体が大きく、筋骨隆々のいとこのダドリーはレザージャケットという出で立ち。

「なにか用？」ハリーが聞く。

「座れ！」バーノンおじさんが声を荒らげる。

ハリーが眉《まゆ》を吊り上げると、バーノンおじさんは「頼む！」とつけ加えたが、言葉が鋭く喉《のど》に突き刺さったように顔をしかめた。

ハリーは腰掛けた。次になにがくるか、わかるような気がする。おじさんは往《い》ったりきたりしはじめ、ペチュニアおばさんとダドリーは心配そうな顔でその動きを追っている。バーノンおじさんは、意識を集中するあまり大きな赤ら顔を紫色のしかめ面にして、やっとハリーの前で立ち止まって口を開いた。

「気が変わった」

「そりゃあ驚いた」ハリーが返した。

「そんな言い方はおやめ――」

ペチュニアおばさんがかん高い声で言いかけたが、バーノン・ダーズリーは手を振って制した。

「戯言《たわごと》もはなはだしい」バーノンおじさんは豚のように小さな目でハリーを睨《にら》みつける。「一言も信じないと決めた。わしらはここに残る。どこにも行かん」

ハリーはおじさんを見上げ、怒るべきか笑うべきか複雑な気持ちになる。この四週間というもの、バーノン・ダーズリーは二十四時間ごとに気が変わっている。そのたびに、車に荷物を積んだり降ろしたり、また積んだりを繰り返していた。あるときなど、ダドリーが自分の荷物に新たにダンベルを入れたのに気づかなかったバーノンおじさんが、その荷物を車のトランクに積みなおそうと持ち上げたとたん押しつぶされて、痛みに大声を上げながら悪態をついていた。これがハリーのお気に入りの一場面である。

「おまえが言うには」バーノン・ダーズリーはまた居間の往復を始めた。「わしらが――ペチュニアとダドリーとわしだが――狙われとるとか。相手は――その――」

「『僕たちの仲間』、そうだよ」ハリーが代わりに答える。

「うんにゃ、わしは信じないぞ」バーノンおじさんはまたハリーの前で立ち止まり、繰り返した。「昨夜はそのことを考えて、半分しか寝とらん。これは家を乗っ取る罠《わな》だと思う」

「家？」ハリーが聞き返す。「どの家？」

「この家だ！」バーノンおじさんの声が上ずり、こめかみの青筋がぴくぴくしはじめた。「わしらの家だ！　このあたりは住宅の値段がうなぎ上りだ！　おまえは邪魔なわしらを追い出して、それからちょいとチチンプイプイをやらかして、あっという間に権利証はおまえの名前になって、そして――」

「気は確かなの？」ハリーが問いただす。「この家を乗っ取る罠《わな》？　おじさん、顔ばかりか頭までおかしいのかな？」

「なんて口のきき方を――！」

ペチュニアおばさんがキーキー声を上げたが、またしてもバーノンが手を振って制止する。顔をけなされることなど、自分が見破った危険に比べればなんでもないという様子だ。

「忘れちゃいないとは思うけど」ハリーが辛抱強く説いた。「僕にはもう家がある。名付け親が遺《のこ》してくれた家だよ。なのに、どうして僕がこの家を欲しがるってわけ？　楽しい想い出がいっぱいだから？」

おじさんがぐっと詰まる。ハリーは、いまの一言がおじさんにはかなり効いたと思った。

「おまえの言い分は」バーノンおじさんはまた歩きはじめた。「そのなんとか卿《きょう》とかいうやつが——」

「ヴォルデモート」ハリーはいらいらしてきた。「もう百回も話し合ったはずじゃないか。僕の言い分なんかじゃない。事実だ。ダンブルドアが去年おじさんにそう言ったし、キングズリーもウィーズリーさんも——」

バーノン・ダーズリーは怒ったように肩をそびやかす。ハリーはおじさんの考えていることが想像できた。夏休みに入って間もなく、正真正銘の魔法使いが二人、前触れもなしにこの家にやってきたという記憶を振りはらおうとしているのだ。キングズリー・シャックルボルトとアーサー・ウィーズリーの二人が戸口に現れたこの事件は、ダーズリー一家にとって不快きわまりない衝撃だったろう。ハリーにもその気持ちはわかる。ウィーズリーおじさんはかつてこの居間の半分を吹っ飛ばしたことのある人なのだから、再度の訪問にバーノンおじさんがうれしい顔をするはずがない。

「——キングズリーもウィーズリーさんも、全部説明したはずだ」ハリーは手かげんせずにぐいぐい話を進める。「僕が十七歳になれば、僕の安全を保ってきた護りの呪文が破れるんだ。そしたら、おじさんたちも僕も危険にさらされる。騎士団は、ヴォルデモートが必ずおじさんたちを狙うと見ている。僕の居場所を見つけ出そうとして拷問するか、さもなければ、おじさんたちを人質に取れば僕が助けにくるだろうと考えてのことだ」

バーノンおじさんとハリーの目が合う。その瞬間ハリーは、果たしてそうだろうか……と互いに訝《いぶか》っているのがわかった。それからバーノンはまた歩き出し、ハリーは話し続ける。

「おじさんたちは身を隠さないといけないし、騎士団はそれを助けたいと思っているんだよ。おじさんたちには厳重で最高の警護を提供するって言ってるんだ」

バーノンおじさんは、なにも言わず往《い》ったりきたりを続けている。家の外では、太陽がイボタの木の生け垣にかかるほど低くなっている。隣の芝刈り機がまたエンストして止まった。

「魔法省とかいうものがあると思ったのだが?」バーノン・ダーズリーが出し抜けに聞く。

「あるよ」ハリーが驚いて答える。

「さあ、それなら、どうしてそいつがわしらを護らんのだ? わしらは、お尋《たず》ね者を匿《かくま》っただけの、それ以外はなんの罪もない犠牲者だ。当然政府の保護を受ける資格がある!」

ハリーはがまんできずに声を上げて笑った。おじさん自身が軽蔑し、信用もしていない世界の政府だというのに、あくまで既成の権威に期待をかけるなんて、まったくどこまでもバーノン・ダーズリーらしい。

「ウィーズリーさんやキングズリーの言ったことを聞いたはずだよね」ハリーが言う。「魔法省にはもう敵が入り込んでいるんだよ」

バーノンおじさんは暖炉まで行き、またもどってきた。息を荒らげているので巨大な黒い口ひげが小刻みに波打ち、意識を集中させているので顔は依然紫色のままだ。

「よかろう」おじさんはまたハリーの前で立ち止まる。「よかろう。たとえばの話だが、わしらがその警護とやらを受け入れたとしよう。しかし、なぜあのキングズリーというやつがわしらに付き添わんのだ。理解できん」

ハリーはやれやれという目つきになるのを辛《かろ》うじてがまんする。もう何度も同じ質問に答えている。

「もう話したはずだけど」ハリーは歯を食いしばって答える。「キングズリーの役割は、マグ――つまり、英国首相の警護なんだ」

「そうだとも――あいつ《っ》が一番だ！」

バーノンおじさんは、点いていないテレビの画面を指さす。ダーズリー一家は、病院を公式見舞いするマグルの首相の背後にぴったり従いて、さり気なく歩くキングズリーの姿をニュースで見つけていた。それに、キングズリーはマグルの洋服を着こなすコツを心得ている上に、ゆったりした深い声はなにかしら人を安心させるものがある。それやこれやで、ダーズリー一家では、キングズリーを他の魔法使いとは別格扱いにしている。もっとも、片耳にイヤリングをしているキングズリーの姿を、ダーズリーたちが見ていないのも確かだけれど。

「でも、キングズリーの役目はもう決まってる」ハリーが続ける。「だけど、ヘスチア・ジョーンズとディーダラス・ディグルなら十分にこの仕事を――」

「履歴書でも見ていれば……」バーノンおじさんがなおも食い下がろうとしたところで、ハリーはがまんができなくなった。立ち上がっておじさんに詰め寄り、今度はハリーがテレビを指さした。

「テレビで見ている事故はただの事故じゃない――衝突事故だとか爆発だとか脱線だとか、そういうテレビニュースのあとにも、いろいろな事件が起こっているにちがいないんだ。人が行方不明になったり死んだりしてる裏には、やつがいるんだ――ヴォルデモートが。いやというほど言って聞かせたじゃないか。あいつはマグル殺しを楽しんでるんだ。霧が出るときだって――吸魂鬼の仕業なんだ。吸魂鬼がなんだか思い出せないのなら、息子に聞いてみろ！」

ダドリーの両手がびくっと動いて口を覆う。両親とハリーが見つめているのに気づき、ダドリーはゆっくり手を下ろして聞いた。

「いるのか……もっと？」

「もっと？」ハリーは笑った。「僕たちを襲った二体のほかにもっといるかって？

もちろんだとも。何百、いやいまはもう何千かもしれない。恐れと絶望を食い物にして生きるやつらのことだ――」

「もういい、もういい」バーノンおじさんがどなり散らす。「おまえの言いたいことはわかった――」

「そうだといいけどね」ハリーがさらに脅しにかかる。「なにしろ僕が十七歳になったとたん、連中は――死喰い人だとか吸魂鬼だとか、たぶん亡者《もうじゃ》たちまで、つまり闇の魔術で動かされる屍《しかばね》のことだけど――おじさんたちを見つけて、必ず襲ってくる。それに、おじさんが昔、魔法使いから逃げようとしたときのことを思い出せばわかってくれると思うけど、おじさんたちには助けが必要なんだ」

一瞬沈黙が流れた。その短い時間に、ハグリッドがその昔ぶち破った木の扉の音が遠く響き、そのときからいままでの長い年月を伝わって反響してくる。ペチュニアおばさんはバーノンおじさんを見つめ、ダドリーはハリーをじっと見ている。やがてバーノンおじさんが口走った。「しかし、わしの仕事はどうなる？　ダドリーの学校は？　そういうことは、のらくら者の魔法使いなんかにゃ、どうでもいいことなんだろうが――」

「まだわかってないのか？」ついにハリーは大声を上げた。「やつらは、僕の父さんや母さんとおんなじように、おじさんたちを拷問して殺すんだ！」

「パパ」ダドリーが大声で訴えた。「パパ――僕、騎士団の人たちと一緒に行く」

「ダドリー」ハリーが言う。「君、生まれてはじめてまともなことを言ったぜ」

〝勝った〟とハリーは思った。ダドリーが怖気《おじけ》づいて騎士団の助けを受け入れるなら、親も従《つ》いていくはずだ。かわいいダディちゃんと離ればなれになるなど考えるわけがない。ハリーは暖炉の上にある骨董品の時計をちらりと確める。

「あと五分ぐらいで迎えにくるよ」

そう言っても、ダーズリーたちからはなんの反応もない。ハリーは部屋を出た。おじ、おば、そしていとこととの別れ――それもたぶん永遠の別れ――心の準備をするのに、あまり悲しまなくてすむ別れだ。にもかかわらず、なんとなく気づまりな雰囲気が流れていた。十六年間しっかり憎しみ合った末の別れの言葉は、普通、なんと言えばいいのだろう？

ハリーは自分の部屋にもどり、意味もなくリュックサックをいじり、それから、ふくろうナッツを二個、鳥籠《とりかご》の格子から押し込むようにヘドウィグに差し入れた。二つとも籠の底にボトッと鈍い音を立てて落ちたが、ヘドウィグは見向きもしない。

「僕たち出かけるんだ。もうすぐだよ」ハリーは話しかけた。「そしたら、また飛べるようになるからね」

玄関の呼び鈴が鳴った。ハリーはちょっと迷ったが、部屋を出て階段を下りる。へスチアとディーダラスだけでダーズリー一味を相手にできると思うのは期待しすぎだ。

「ハリー・ポッター！」ハリーが玄関を開けたとたん、興奮したかん高い声が呼ばわった。藤紫色のシルクハットをかぶった小柄な男が、深々とハリーに礼をする。

「またまた光栄のいたり！」

「ありがとう、ディーダラス」黒髪のヘスチアに、ちょっと照れくさそうに笑いかけながら、ハリーが促す。「お二人にはお世話になります……おじとおばといとこはこちらです……」

「これはこれは、ハリー・ポッターのご親戚の方々！」

ディーダラスはずんずん居間に入り込み、うれしそうに挨拶した。ダーズリー一家のほうは、そういう呼びかけはまったくうれしくないという顔をしている。ハリーはこれでまた気が変わるのではないかと半ば覚悟した。ダドリーは魔法使いと魔女の姿に縮み上がって、ますます母親にくっつく。

「もう荷造りもできているようですな。結構、結構！　ハリーが話したと思いますがね、なに、簡単な計画ですよ」チョッキのポケットから巨大な懐中時計を引っ張り出し、時間を確かめながらディーダラスが説明を始める。「我々はハリーより先に出発します。この家で魔法を使うと危険ですから――ハリーはまだ未成年なので、魔法省がハリーを逮捕する口実を与えてしまいますんでね――そこで、我々は車で、そうですな、十五、六キロ走りましてね、それからみなさんのために我々が選んでおいた安全な場所へと『姿くらまし』するわけです。車の運転は、たしか、おできになりますな？」バーノンおじさんに、ディーダラスが丁寧にたずねた。

「おできに――？　むろん運転はよくできるわい！」

バーノンおじさんが唾を飛ばしながら答えた。

「それはまた賢い。実に賢い。わたしなぞ、あれだけボタンやら丸いにぎりやらを見たら、頭がこんがらがりますな」

ディーダラスはバーノン・ダーズリーを誉め上げているつもりにちがいなかったが、一言発するたびに、見る見るダーズリー氏の信頼を失っていた。

「運転もできんとは」ダーズリー氏が口ひげをわなわな震わせながら小声でつぶやくが、幸いディーダラスにもヘスチアにも聞こえていなかった。

「ハリー、あなたのほうは」ディーダラスが話し続ける。「ここで護衛を待っていてください。手はずにちょっと変更がありましてね――」

「どういうこと？」ハリーが急《せ》き込んで聞いた。「マッド‐アイがきて、『付《つ》き添《そ》い姿くらまし』で僕を連れていくはずだけど」

「できないの」ヘスチアが短く答えた。「マッド‐アイが説明するでしょう」

それまでさっぱりわからないという顔で聞いていたダーズリーたちは、「急げ！」とどなるキーキー声で飛び上がった。ハリーは部屋中を見回してやっと気づいたが、声の主はディーダラスの懐中時計だった。

「そのとおり。我々は非常に厳しいスケジュールで動いていますんでね」ディーダラスは懐中時計に向かってうなずき、チョッキにそれをしまい込んだ。「我々は、ハリー、あなたがこの家から出発する時間と、ご家族が『姿くらまし』する時間を合わせようとしていましてね。そうすれば、呪文が破れると同時に、あなたがた全員が安全なところに向かっているという算段です。さて――」ディーダラスはダーズリー一家に振り向く。「準備はよろしいですかな？」

だれも答えない。バーノンおじさんは愕然《がくぜん》とした顔で、ディーダラスのチョッキのふくれたポケットを睨《にら》みつけたままだ。

「ディーダラス、わたしたちは玄関ホールで待ったほうが」ヘスチアがささやく。ハリーとダーズリー一家が、涙の別れを交わすかもしれない親密な場に同席するのは、無粋だと思ったにちがいない。

「そんな気遣いは」ハリーはボソボソと言いかけたが、バーノンおじさんの「さあ、小僧、ではこれでおさらばだ」の大声で、それ以上説明する手間が省けた。

ダーズリー氏は右腕を挙げてハリーと握手する素振りを見せたが、間際になってとても耐えられないと思ったらしく、拳《こぶし》をにぎるなり、メトロノームのように腕をぶらぶらと振り出した。

「ダディちゃん、いい？」ペチュニアおばさんは、ハンドバッグの留め金を何度もチェックすることで、ハリーと目を合わすのを避けている。ダドリーは答えもせず、口を半開きにしてその場に突っ立っている。ハリーは巨人のグロウプをちらりと思い出した。

「それじゃぁ、行こう」バーノンおじさんが言った。

おじさんが居間のドアまで行ったとき、ダドリーがぼそりと言った。

「わかんない」

「かわい子ちゃん、なにがわからないの？」ペチュニアおばさんが息子を見上げて問いかける。

ダドリーは丸ハムのような大きな手でハリーを指した。

「あいつはどうして一緒にこないの？」

バーノンおじさんもペチュニアおばさんも、ダドリーがたったいま、バレリーナになりたいとでも言ったみたいに、その場に凍りついてダドリーを見つめた。

「なんだと？」バーノンおじさんが大声を出す。

「どうしてあいつもこないの？」ダドリーがもう一度同じことを聞く。

「そりゃ、あいつは――きたくないんだ」そう言うなり、バーノンおじさんはハリーを睨《にら》みつけて聞いた。「きたくないんだろう。え？」

「ああ、これっぽっちも」ハリーが答える。

「それ見ろ」バーノンおじさんがダドリーに言う。「さあ、こい。出かけるぞ」

ダーズリー氏はさっさと部屋から出ていった。玄関のドアが開く音がした。しかしダドリーは動かない。一、二歩ためらいがちに歩き出したペチュニアおばさんも立ち止まる。

「今度はなんだ？」部屋の入口にまた顔を現したバーノンおじさんがわめく。

ダドリーは、言葉にするのが難しい考えと格闘しているように見える。いかにも痛々しげな心の葛藤がしばらく続いた後、おもむろに口を開いた。

「それじゃ、あいつはどこに行くの？」

ペチュニアおばさんとバーノンおじさんは顔を見合わせる。ダドリーにぎょっとさせられたにちがいない。ヘスチア・ジョーンズが沈黙を破る。

「でも……あなたたちの甥御《おいご》さんの行き先を、知らないはずはないでしょう？」

ヘスチアは困惑した顔で聞いた。

「知ってるとも」バーノンおじさんが横柄に答える。「おまえたちの仲間と一緒に行く。そうだろうが？　さあ、ダドリー、車に乗ろう。あの男の言うことを聞いたろう。急いでいるんだ」

バーノン・ダーズリーはふたたびさっさと玄関まで出ていった。しかしダドリーは従《つ》いていかない。

「わたしたちの仲間と一緒に行く？」

ヘスチアは憤慨したようだ。同じような反応を、ハリーはこれまでにも見てきた。有名なハリー・ポッターに対して、まだ生きている親族の中では一番近いこの家族があまりに冷淡なことに、魔法使いたちはショックを受けるらしい。

「気にしないで」ハリーがヘスチアに声をかける。「ほんとに、なんでもないんだから」

「なんでもない？」聞き返すヘスチアの声が高くなり、険悪になる。

「この人たちは、あなたがどんな経験をしてきたか、わかっているのですか？ あなたがどんなに危険な立場にあるか、知っているの？ 反ヴォルデモート運動にとって、あなたが精神的にどんなに特別な位置を占めているか、認識しているの？」

「あの——いえ、この人たちにはわかっていません」ハリーが答える。「僕なんか、粗大ゴミだと思われているんだ。でも僕、慣れてるし——」

「おまえ、粗大ゴミじゃないと思う」

ダドリーの唇が動くのを見ていなかったら、ハリーは耳を疑ったかもしれない。ハリーはそれでもなおダドリーを見つめ、いましゃべったのが自分のいとこだと納得するまでに、数秒かかった。まちがいなくダドリーの言葉だ。なぜなら、ダドリーが赤くなっている。ハリーもきまりが悪い。意表を衝《つ》かれて驚いてもいる。

「えーと……あの……ありがとう、ダドリー」

ダドリーはふたたび表現し切れない思いと取り組んでいるように見えたが、やがてつぶやいた。

「おまえはおれの命を救った」

「正確にはちがうね」ハリーが訂正する。「吸魂鬼が奪いそこねたのは、君の魂さ」

ハリーは不思議なものを見るように、いとこを見た。今年も、去年の夏も、ハリーは短い間しかプリベット通りにいなかった上にほとんど部屋にこもりきりだったので、ダドリーとは事実上接触がなかった。しかし、ハリーはいまのいま、はたと思い当たる。今朝がた踏んづけたあの冷めた紅茶のカップは、悪戯《いたずら》ではなかったのかもしれない。ハリーは胸が熱くなりかけたが、ダドリーの感情表現能力がどうやら底をついてしまったらしいのを見て、やはりほっとする。ダドリーはさらに一、二度、口をぱくぱくさせたが、真っ赤になって黙り込んでしまった。

ペチュニアおばさんはわっと泣き出した。ヘスチアはそれでよいという顔をしたが、おばさんが駆け寄って抱きしめたのがハリーではなくダドリーだったので、憤怒《ふんぬ》の表情に変わった。

「な――なんて優しい子なの、ダッダーちゃん……」ペチュニアは息子のだだ広い胸に顔を埋めてすすり泣く。「な――なんて、い、いい子なんでしょう……あ、ありがとうって言うなんて……」

「その子はありがとうなんて、言っていませんよ！」ヘスチアが憤慨して言い返す。「ただ、『ハリーは粗大ゴミじゃないと思う』って言っただけでしょう！」

「うん、そうなんだけど、ダドリーがそう言うと、『君が大好きだ』って言ったようなものなんだ」ハリーは説明した。ペチュニアおばさんがダドリーにしがみつき、まるでダドリーが燃え盛るビルからハリーを救い出しでもしたかのように泣き続けるのを見て、ハリーは困ったような、笑いたいような複雑な気持ちになる。

「行くのか行かないのか？」居間の入口にまたまた顔を現したバーノンおじさんがわめく。「スケジュールが厳しいんじゃなかったのか！」

「そう――そうですとも」わけがわからない様子で一部始終を眺めていたディーダラス・ディグルが、ようやく我に返ったように声を上げる。「もう本当に行かないと。ハリー――」

ディーダラスはひょいひょい歩き出し、ハリーの手を両手でぎゅっとにぎった。

「――お元気で。またお会いしましょう。魔法界の希望はあなたの双肩にかかっております」

「あ――」ハリーが応《こた》えた。「ええ、ありがとう」

「さようなら、ハリー」ヘスチアもハリーの手をしっかりにぎる。「わたしたちはどこにいても、心はあなたと一緒です」

「なにもかもうまくいくといいけど」

ハリーは、ペチュニアおばさんとダドリーをちらりと見ながら言い添える。

「ええ、ええ、わたしたちはきっと大の仲良しになりますよ」

ディグルは部屋の入口でシルクハットを振りながら、明るく応える。ヘスチアもそのあとから出ていった。

ダドリーはしがみついている母親からそっと離れ、ハリーのほうに歩いてくる。魔法でダドリーを脅してやりたいという衝動を、ハリーは抑えつけなければならなかったが、ダドリーが突然大きなピンクの手を差し出した。

「驚いたなぁ、ダドリー」ペチュニアおばさんがまたしても泣き出す声を聞きながら、ハリーが言う。「吸魂鬼に別な人格を吹き込まれたのか?」

「わかんない」ダドリーが小声で答える。「またな、ハリー」

「ああ……」ハリーはダドリーの手を取って握手した。「たぶんね。元気でな、ビッグD」

ダドリーはにやっとしかけ、それからドスドスと部屋を出ていった。庭の砂利道を踏みしめるダドリーの重い足音が聞こえ、やがて車のドアがバタンと閉まる音がした。ハンカチに顔を埋《うず》めていたペチュニアおばさんは、その音であたりを見回す。ハリーと二人きりになるとは、思ってもいなかったようだ。濡れたハンカチをあわててポケットにしまいながら、「じゃ――さよなら」と言って、ハリーの顔も見ずにどんどん戸口まで歩いていく。

「さようなら」ハリーが言う。

ペチュニアが立ち止まって、振り返った。一瞬、おばさんは自分になにか言いたいことがあるのではないかという、不思議な気持ちに襲われる。なんとも奇妙な、おののくような目でハリーを見ながら、ペチュニアおばさんは言おうか言うまいかと迷っているようだ。しかし、やがてくいっと頭を上げ、おばさんは夫と息子を追って、せかせかと部屋を出ていった。

第4章　七人のポッター

ハリーは二階に駆けもどり、自分の部屋の窓辺に走り寄る。ちょうど、ダーズリー一家を乗せた車が、庭から車道に出ていくところに間に合った。後部座席に座ったペチュニアおばさんとダドリーの間に、ディーダラスのシルクハットが見える。プリベット通りの端で右に曲がった車の窓ガラスが、沈みかけた太陽で一瞬真っ赤に染まる。次の瞬間、車の姿はもうなかった。

ハリーはヘドウィグの鳥籠《とりかご》を持ち上げ、ファイアボルトとリュックサックを持って、不自然なほどすっきり片付いた部屋をもう一度ぐるりと見回した。それから、荷物をぶら提げた不恰好な足取りで階段を下り、階段下に鳥籠と箒《ほうき》、リュックを置いて玄関ホールに立った。陽射しは急速に弱まり、夕暮れの薄明かりがホールにさまざまな影を落としている。静まり返った中に佇《たたず》み、まもなくこの家を永久に去るのだと思うと、なんとも言えない不思議な気持ちがする。その昔、ダーズリー一家が遊びに出かけたあとの取り残された孤独な時間は、貴重なお楽しみの時間だった。まず冷蔵庫からおいしそうな物をかすめて急いで二階に上がり、ダドリーのコンピュータ・ゲームをしたり、テレビを点《つ》けて心ゆくまで次から次とチャンネルを替えたりしたものだ。そのころを思い出すと、なんだかちぐはぐで虚ろな気持ちになる。まるで死んだ弟を思い出すような気持ちだ。

「最後にもう一度、見ておきたくないのかい？」

ハリーは、すねて翼に頭を突っ込んだままのヘドウィグに話しかけた。

「もう二度とここにはもどらないんだ。楽しかったときのことを思い出したくないのかい？　ほら、この玄関マットを見てごらん。どんな思い出があるか……ダドリーを吸魂鬼から助けたあとで、あいつ、ここに吐《は》いたっけ……あいつ、結局、僕に感謝してたんだよ。信じられるかい？……それに、去年の夏休み、ダンブルドアがこの玄関から入ってきて……」

ハリーはふと、なにを考えていたかわからなくなった。ヘドウィグは思い出す糸口を見つける手助けもせず、頭を翼に突っ込んだままでいる。ハリーは玄関に背を向けた。

「ほら、ヘドウィグ、ここだよ――」ハリーは階段下のドアを開ける。「――僕、ここで寝てたんだ！　そのころ、君はまだ僕のことを知らなかった――驚いたなあ、こんなに狭いなんて。僕、忘れてた……」

ハリーは、積み上げられた靴や傘を眺めて、毎朝目が覚めると階段の裏側が見えたことを思い出す。だいたいいつも、クモが一匹か二匹はぶら下がっていたものだ。本当の自分が何者なのかを、まったく知らなかったころの想い出だ。両親がどのようにして死んだのかも知らず、なぜ自分の周囲で、いろいろと不思議なことが起きるのかもわからなかったころのことだ。しかし、すでにその当時から自分につきまとっていた夢のことは覚えている。緑色の閃光《せんこう》が走る、混乱した夢だ。そして一度は――ハリーが夢の話をしたら、バーノンおじさんが危うく車をぶつけそうになったっけ――空飛ぶオートバイの夢……。

突然、近くで轟音《ごうおん》がした。かがめていた体を急に起こしたとたん、ハリーは頭のてっぺんを低いドアの枠にぶつけてしまい、一瞬その場に立ったまま、バーノンおじさんとっておきの悪態を二言三言吐《は》いた。それからすぐに、ハリーは頭を押さえながらよろよろとキッチンに入り、窓から裏庭をじっと覗いた。

暗がりが波立ち、空気そのものが震えているようだ。そして、一人また一人と、「目くらまし術」を解いた人影が現れる。その場を圧する姿のハグリッドは、ヘルメットにゴーグルを着け、黒いサイドカーつきの巨大なオートバイにまたがっている。その周囲に出現した人たちは次々に箒《ほうき》から下り、二頭の羽の生えた骸骨《がいこつ》のような黒い馬から降りる人影も見える。

ハリーはキッチンの裏戸を開けるのももどかしく、その輪に飛び込んでいった。わっといっせいに声が上がり、ハーマイオニーがハリーに抱きついた。ロンはハリーの背をパンとたたき、ハグリッドは「大丈夫か、ハリー？　準備はええか？」と声をかけてくる。

「ばっちりだ」ハリーは全員ににっこりと笑いかけた。「でも、こんなにたくさんくるなんて思わなかった！」

「計画変更だ」マッド-アイがうなるように言う。

マッド-アイは、ぱんぱんにふくれ上がった大きな袋を二つ持ち、魔法の目玉を、暮れゆく空から家へ、庭へと目まぐるしく回転させている。

「おまえに説明する前に、安全な場所に入ろう」

ハリーはみなをキッチンに案内した。にぎやかに笑ったり話したりしながら、椅子に座ったり、ペチュニアおばさんが磨き上げた調理台に腰掛けたり、染み一つない電気製品などに寄りかかったりして、全員がどこかに納まった。ロンはひょろりとした長身。ハーマイオニーは豊かな髪を後ろで一つに束ね、長い三つ編みにしている。フレッドとジョージは瓜二つのにやにや笑いを浮かべ、ビルはひどい傷痕《きずあと》の残る顔に長髪だ。頭の禿《は》げ上がった親切そうな顔のウィーズリーおじさんは、メガネが少しずれている。歴戦のマッド-アイは片足が義足で、明るいブルーの魔法の目玉がぐるぐる回っている。トンクスの短い髪はお気に入りのショッキングピンクだが、ルーピンは白髪もしわも増えていた。フラーは長い銀色の髪を垂らし、ほっそりとして美しい。黒人のキングズリーは禿げていて、肩幅ががっしりしている。髪もひげもぼうぼうのハグリッドは、天井に頭をぶつけないように背中を丸めて立っている。マンダンガス・フレッチャーは、バセットハウンド犬のように垂れ下がった目ともつれた髪の、おどおどした汚らしい小男だ。みなを眺めていると、ハリーは心が広々として光で満たされるような気がする。みなが好きでたまらなかった。前に会ったときには絞め殺してやろうと思ったマンダンガスでさえ、好きだった。

「キングズリー、マグルの首相の警護をしてるんじゃなかったの？」

ハリーは部屋の向こうに呼びかけた。

「一晩ぐらい私がいなくとも、あっちは差し支えない」キングズリーが応《こた》える。「君のほうが大切だ」

「ハリー、これな～んだ？」

洗濯機に腰掛けたトンクスが、ハリーに向かって左手を振って見せた。指輪が光っている。

「結婚したの？」ハリーは思わずさけんで、トンクスからルーピンに視線を移す。

「きてもらえなくて残念だったが、ハリー、ひっそりした式だったのでね」

「よかったね。おめで――」

「さあ、さあ。積もる話はあとにするのだ！」

ガヤガヤを遮《さえぎ》るように、ムーディが大声を出すと、キッチンが静かになった。ムーディは袋を足元に下ろし、ハリーを見る。

「ディーダラスが話したと思うが、計画Aは中止せざるをえん。パイアス・シックネスが寝返った。これは我々にとって大問題となる。シックネスめ、この家を『煙突飛行ネットワーク』と結ぶことも、『移動キー《ポートキー》』を置くことも、『姿現わし』で出入りすることも禁じ、違反すれば監獄行きとなるようしてくれおった。おまえを保護し、『例のあの人』がおまえに手出しできんようにするためだという口実だが、まったく意味をなさん。おまえの母親の呪文がとっくに保護してくれておるのだからな。あいつの本当の狙いは、おまえをここから無事には出させんようにすることだ」

「二つ目の問題だが、おまえは未成年だ。つまりまだ『臭い』をつけておる」

「僕、そんなもの――」

「『臭い』だ、『臭い』！」マッド-アイがたたみかける。「『十七歳未満の者の周囲での魔法行為を嗅《か》ぎ出す呪文』、魔法省が未成年の魔法を発見する方法のことだ！おまえないしおまえの周辺の者がここからおまえを連れ出す呪文をかけると、シックネスにそれが伝わり、死喰い人にも嗅ぎつけられるだろう」

「我々は、おまえの『臭い』が消えるまで待つわけにはいかん。十七歳になったとたん、おまえの母親が与えた護りはすべて失われる。要するに、パイアス・シックネスはおまえをきっちり追い詰めたと思っておる」

面識のないシックネスだが、ハリーもシックネスの考えは正しいと思った。

「それで、どうするつもりですか？」

「残された数少ない輸送手段を使う。『臭い』が嗅ぎつけられない方法だ。なにしろこれなら呪文をかける必要がないからな。箒《ほうき》、セストラル、それとハグリッドのオートバイだ」

ハリーにはこの計画の欠陥が見える。しかし、マッド-アイがその点に触れるまで黙っていることにした。

「さて、おまえの母親の呪文は、二つの条件のどちらかが満たされたときにのみ破れる。おまえが成人に達したとき、または――」

ムーディは塵《ちり》一つないキッチンをぐるりと指さす。

「――この場所を、もはやおまえの家と呼べなくなったときだ。おまえは今夜、おじおばとは別の道に向かう。もはや二度と一緒に住むことはないとの了解の上だ。そうだな？」

ハリーはうなずく。

「さすれば、今回この家を去れば、おまえはもはやもどることはない。おまえがこの家の領域から外に出たとたん、呪文は破れる。我々は早めに呪文を破るほうを選択した。なんとなれば、もう一つの方法では、おまえが十七歳になったとたん満を持しておまえを捕えにくる『例のあの人』を待つだけのことになるからだ」

「我々にとって一つ有利なのは、今夜の移動を『例のあの人』が知らぬことだ。魔法省にガセネタを流しておいた。連中はおまえが三十日の夜中までは発たぬと思っておる。しかし相手は『例のあの人』だ。やつが日程をまちがえることだけを当てにするわけにはいかぬ。万が一のために、このあたりの空全体を何人かの死喰い人にパトロールさせているにちがいない。そこで我々は十二軒の家に、できうるかぎりの保護呪文をかけた。そのいずれも、わしらがおまえを隠しそうな家だ。騎士団となんらかの関係がある場所ばかりだからな。わしの家、キングズリーの所、モリーのおば御《ご》のミュリエルの家――わかるな」

「ええ」と言ってはみたが、必ずしも正直な答えではない。ハリーにはまだ、この計画の大きな落とし穴が見えていた。

「おまえはトンクスの両親の家に向かう。いったん我々がそこにかけた保護呪文の境界内に入ってしまえば、『隠《かく》れ穴《あな》』に向かう移動キー《ポートキー》が使える。質問は？」

「あ――はい」ハリーが疑問を口にする。「最初のうちは、十二軒のどれに僕が向かうのか、あいつらにはわからないかもしれませんが、でも、もし――」ハリーはさっと頭数を数えた。「――十四人もトンクスのご両親の家に向かって飛んだら、ちょっと目立ちませんか？」

「ああ」ムーディが答える。「肝心なことを忘れておった。十四人がトンクスの実家に向かうのではない。今夜は七人のハリー・ポッターが空を移動する。それぞれに随行がつく。それぞれの組が、別々の安全な家に向かう」

ムーディはそこで、マントの中から、泥のようなものが入ったフラスコを取り出す。それ以上の説明は不要だ。ハリーは計画の全貌《ぜんぼう》をすぐさま理解した。

「だめだ！」ハリーの大声がキッチン中に響き渡る。「絶対だめだ！」

「きっとそうくるって、私、みんなに言ったのよ」ハーマイオニーが自慢げに言った。

「僕のために六人もの命を危険にさらすなんて、僕が許すとでも――！」

「――なにしろ、そんなことは僕らにとってはじめてだから、とか言っちゃって」ロンが言った。

「今度はわけがちがう。僕に変身するなんて――」

「そりゃ、ハリー、好きこのんでそうするわけじゃないぜ」フレッドが大真面目な顔で言う。「考えてもみろよ。失敗すりゃおれたち、永久にメガネをかけたやせっぽちの、冴《さ》えない男のままだぜ」

ハリーは笑うどころではない。

「僕が協力しなかったらできないぞ。僕の髪の毛が必要なはずだ」

「ああ、それがこの計画の弱みだぜ」ジョージが言う。「君が協力しなけりゃ、おれたち、君の髪の毛をちょっぴりちょうだいするチャンスは明らかにゼロだからな」

「まったくだ。我ら十三人に対するは、魔法の使えないやつ一人だ。おれたちのチャンスはゼロだな」

「おかしいよ」フレッドが茶化す。

「おかしいよ」ハリーがまだ抵抗を試みる。「まったく笑っちゃうよ」

「力ずくでもということになれば、そうするぞ」ムーディがうなる。

ハリーを睨《にら》みつけて、いまやわなわなと震えていた。「ここにいる全員が成人に達した魔法使いだぞ、ポッター。しかも全員が危険を覚悟しておる」

マンダンガスが肩をすくめてしかめ面をした。ムーディの魔法の目玉がぐるりと横に回転し、頭の横からマンダンガスを睨みつける。

「議論はもうやめだ。刻々と時間が経っていく。さあ、いい子だ、髪の毛を少しくれ」

「でも、とんでもないよ。そんな必要はないと――」

「必要はないだと！」ムーディが歯をむき出す。「『例のあの人』が待ち受けておる上に、魔法省の半分が敵に回っておってもか？　ポッター、うまくいけば、あいつは疑似餌《ぎじえ》に食らいつき、三十日におまえを待ち伏せするように計画するだろう。しかしあいつもばかじゃないからな、死喰い人の一人や二人は見張りにつけておるだろう。しかしわしならそうする。おまえの母親の呪文が効いているうちは、おまえにもこの家にも手出しができんかもしれんが、まもなく呪文は破れる。それにやつらは、この家の位置のだいたいの見当をつけている。囮《おとり》を使うのが我らに残された唯一の途《みち》だ。『例のあの人』といえども、体を七つに分けることはできまい」

ハリーは思わずハーマイオニーと目を合わせたが、すぐに目を逸《そ》らせる。

「そういうことだ、ポッター――髪の毛をくれ。頼む」

ハリーはちらりとロンを見た。ロンは、いいからやれよと言うように、ハリーに向かって顔をしかめる。

「さあ！」ムーディが吠《ほ》えた。

全員の目が注がれる中、ハリーは頭のてっぺんに手をやり、髪をひとにぎり引き抜いた。

「よーし」ムーディが足を引きずって近づき、魔法薬のフラスコの栓を抜く。「さあ、そのままこの中に」

ハリーは泥状の液体に髪の毛を落とし入れる。液体は、髪がその表面に触れるやたちまち泡立ち、煙を上げ、それから一気に明るい金色の透明な液体に変化した。

「うわぁ、ハリー、あなたって、クラッブやゴイルよりずっとおいしそう」

そう言ったあとで、ハーマイオニーはロンの眉毛《まゆげ》が吊り上がるのに気づき、ちょっと赤くなってあわててつけ足す。

「あ、ほら――ゴイルのなんか、鼻糞《はなくそ》みたいだったじゃない」

「よし。では偽《にせ》ポッターたち、ここに並んでくれ」ムーディが指示を出す。

ロン、ハーマイオニー、フレッド、ジョージ、そしてフラーが、ペチュニアおばさんのピカピカの流し台の前に並んだ。

「一人足りないな」ルーピンが言った。

「ほらよ」ハグリッドがどら声とともにマンダンガスの襟首《えりくび》をつかんで持ち上げ、フラーの傍《かたわ》らに落とした。フラーはあからさまに鼻にしわを寄せ、フレッドとジョージの間に移動した。

「言っただろうが。おれは護衛役のほうがいいって」マンダンガスは不満顔だ。

「黙れ」ムーディがうなる。「言って聞かせたはずだぞ、この意気地なしめが。死喰い人に出くわしても、ポッターを捕まえようとはするが殺しはせん。ダンブルドアがいつも言っておった。『例のあの人』は自分の手でポッターを始末したいのだとな。

護衛のほうこそ、むしろ心配すべきなのだ。死喰い人は護衛は殺そうとするぞ」

マンダンガスは、それでも格別納得したようには見えない。しかしムーディはすでに、マントからゆで卵立てほどの大きさのグラスを六個取り出し、それぞれに渡してポリジュース薬を少しずつ注いでいる。

「それでは、一緒に……」

ロン、ハーマイオニー、フレッド、ジョージ、フラー、そしてマンダンガスが飲む。薬が喉《のど》を通る際、全員が顔をしかめてゼイゼイ言った。たちまち六人の顔が熱い蠟《ろう》のように泡立ち、形が変わっていく。ハーマイオニーとマンダンガスが縦に伸び出す一方、ロン、フレッド、ジョージのほうは縮んでいった。全員の髪が黒くなり、ハーマイオニーとフラーの髪は頭の中に吸い込まれていくようだ。

ムーディは変身にはいっさい無関心に、今度は持ってきた二つの大きいほうの袋の口を開けている。ムーディがふたたび立ち上がったときには、その前に、ゼイゼイ息を切らした六人のハリー・ポッターが現れていた。

フレッドとジョージは互いに顔を見合わせ、同時にさけんだ。

「わおっ――おれたちそっくりだぜ！」

「しかし、どうかな、やっぱりおれのほうがいい男だ」

ヤカンに映った姿を眺めながら、フレッドが言う。

「あらら―」フラーは電子レンジの前で自分の姿を確かめながらため息をつく。「ビル、見ないでちょうだい――わたし、いどいわ」

「着ているものが多少ぶかぶかな場合、ここに小さいのを用意してある」ムーディが最初の袋を指さした。「逆の場合も同様だ。メガネを忘れるな。横のポケットに六個入っている。着替えたら、もう一つの袋のほうに荷物が入っておる」

これまでにもたくさん異常なものを見てきた本物のハリーにしても、いま目にしているほど不気味なものを見たことはない。六人の「生き霊《いりょう》」が袋に手を突っ込み、洋服を引っ張り出してメガネをかけ、自分の洋服を片付けている。公衆の面前で臆面もなく裸になりはじめた六人を目にして、ハリーは、もう少し自分のプライバシーを尊重してくれと言いたくなる。みな自分の体ならこうはいかないはずだ。他人の体なので気楽なのにちがいない。

「ジニーのやつ、刺青《いれずみ》のこと、やっぱり嘘ついてたぜ」ロンが裸の胸を見ながら言う。

「ハリー、あなたの視力って、ほんとに悪いのね」ハーマイオニーがメガネをかけながら驚く。

洋服を着替え終わると偽《にせ》ハリーたちは、二つ目の袋からリュックサックと鳥籠《とりかご》を取り出す。籠の中にはぬいぐるみの白ふくろうが入っている。

服を着てメガネをかけた七人のハリーが、荷物を持ってついにムーディの目の前に勢揃いした。

「よし」と、ムーディが次の指示に移る。「次の者同士が組む。マンダンガスはわしとともに移動だ。箒《ほうき》を使う――」

「どうして、おれがおめえと？」出口の一番近くにいるハリーがぶつくさ文句を言う。

「おまえが一番目が離せんからだ」ムーディがうなる。

たしかに魔法の目玉は、名前を呼び上げる間も、ずっとマンダンガスを睨《にら》んだままだった。

「アーサーはフレッドと――」

「おれはジョージだぜ」ムーディに指さされた双子が言う。「ハリーの姿になっても見分けがつかないのかい？」

「すまん、ジョージ――」

「ちょっと揚《あ》げ杖《づえ》を取ったただけさ。おれ、ほんとはフレッド――」

「こんなときに冗談はよさんか！」ムーディが歯《は》噛《が》みしながらうなる。「もう一人の双子――ジョージだろうがフレッドだろうが、どっちでもかまわん――リーマスと一緒だ。ミス・デラクール――」

「僕がフラーをセストラルで連れていく」ビルが言う。「フラーは箒が好きじゃないからね」

フラーはビルのところに歩いていき、めろめろに甘えた顔で寄り添う。ハリーは、自分の顔に二度とあんな表情が浮かびませんように、と心から願った。

「ミス・グレンジャー、キングズリーと。これもセストラル――」

ハーマイオニーはキングズリーのほほえみに応《こた》えながら、ほっとしたように見える。ハーマイオニーも箒《ほうき》には自信がないことを、ハリーは知っている。

「残ったのは、あなたと私ね、ロン！」

明るく言いながらロンに手を振ったとたん、トンクスはマグカップ・スタンドを引っかけて倒してしまった。

ロンは、ハーマイオニーほどうれしそうな顔をしていない。

「そんでもって、ハリー、おまえさんはおれと一緒だ。ええか？」

ハグリッドはちょっと心配そうに言う。

「おれたちはバイクで行く。箒やセストラルじゃ、おれの体重を支え切れんからな。だけんどバイクの座席のほうも、おれが乗るとあんまり場所がねえんで、おまえさんはサイドカーだ」

「すごいや」心底そう思ったわけではなかったが、ハリーはそう言った。

「死喰い人のやつらは、おまえが箒に乗ると予想するだろう」

ムーディがハリーの気持ちを見透かしたように言う。

「スネイプはおまえに関して、以前には話したことがないような事柄まで詳しく連中に伝える時間があったはずだ。さすれば、死喰い人に遭遇した場合、やつらは箒に慣れた様子のポッターを狙うだろうと、我々はそう読んでおる。それでは、いいな」

ムーディは、偽《にせ》ポッターたちの洋服が入った袋の口を閉め、先頭に立って裏口に向かう。

「出発すべき時間まで三分と見た。鍵などかける必要はない。死喰い人が探しにきた場合、鍵で締め出すことはできん……いざ……」

ハリーは急いで玄関にもどり、リュックサックとファイアボルト、それにヘドウィグの鳥籠《とりかご》をつかんで、みなの待つ暗い裏庭に出た。あちらこちらで、箒が乗り手の手に向かって飛び上がっている。ハーマイオニーはキングズリーに助けられて、すでに大きな黒いセストラルの背にまたがり、フラーもビルに助けられてもう一頭の背に乗っていた。ハグリッドはゴーグルを着け、バイクの脇に立って待っている。

「これなの？　これがシリウスのバイクなの？」

「まさにそれよ」ハグリッドは、ハリーを見下ろしてにっこりする。「そんで、おまえさんがこの前これに乗ったときにゃあ、ハリーよ、おれの片手に乗っかるほどちっちゃかったぞ！」

サイドカーに乗り込んだハリーは、なんだか屈辱的な気持ちになった。みなより体一つ低い位置に座っている。ロンは、遊園地の電気自動車に乗った子供のようなハリーを見て、にやっと笑った。ハリーはリュックサックと箒《ほうき》を両横に置き、ヘドウィグの鳥籠《とりかご》を両膝《ひざ》の間に押し込む。とても居心地が悪い。

「アーサーがちょいといじくった」

ハグリッドは、ハリーの窮屈さなど、まったく気づいていないようだ。ハグリッドがまたがって腰を落ち着けると、バイクが軋《きし》んで数センチ地面にめり込む。

「ハンドルに、ちいっとばかり種も仕掛けもしてある。おれのアイデアだ」

ハグリッドは太い指で、スピードメーターの横にある紫のボタンを指した。

「ハグリッド、用心しておくれ」

すぐ横に箒を持って立っていたウィーズリーおじさんが心配そうに言う。

「よかったのかどうか、私にはまだ自信がないんだよ。とにかく緊急のときにしか使わないように」

「ではいいな」ムーディがみなに指示する。「全員、位置に着いてくれ。いっせいに飛び立って欲しい。さもないと陽動作戦は意味がなくなる」

全員が箒にまたがった。

「さあ、ロン、しっかりつかまって」トンクスが言う。

ロンは、申し訳なさそうな目でこっそりルーピンを見てから両手をトンクスの腰に回した。ハグリッドがペダルを蹴る。バイクはドラゴンのようなうなりを上げ、サイドカーが振動しはじめた。

「全員、無事でな」ムーディがさけぶ。「約一時間後に、みんな『隠れ穴』で会おう。三つ数えたらだ。いち……に……さん」

オートバイの大爆音とともに、サイドカーが突然ぐらりと気持ちの悪い傾き方をした。ハリーは急速に空を切って上っていく。目が少し潤み、髪の毛は押し流されてはためいた。ハリーのまわりでは、箒が数本上昇し、セストラルの長く黒い尻尾《しっぽ》がさっと通り過ぎる。サイドカーに押し込まれたハリーの両足は、ヘドウィグの鳥籠とリュックサックに挟まれ、痛みを通り越して痺《しび》れかけている。あまりの乗り心地の悪さに気を取られ、危うく最後に一目プリベット通り四番地を見るのを忘れるところだった。あわててサイドカーの縁越しに覗いたけれど、どの家がそれなのか、もはや見分けがつかない。高く、さらに高く、一行は空へと上昇していく――。

そのとき、どこからともなく降ってわいたような人影が、一行を包囲した。少なくとも三十人のフードをかぶった姿が宙に浮かび、大きな円を描いて取り囲んでいる。騎士団のメンバーは、その真っただ中に飛び上がってきたのだ。なにも気づかずに

——。

さけび声が上がり、緑色の閃光《せんこう》があたり一面にきらめく。ハグリッドが「うおっ」とさけび、バイクがひっくり返る。ハリーは方角がわからなくなった。頭上に街灯の明かりが見え、まわり中からさけび声が聞こえる。ハリーは必死でサイドカーにしがみついていた。ヘドウィグの鳥籠《とりかご》、ファイアボルト、リュックサックがハリーの膝《ひざ》下から滑り落ちた。

「ああっ——ヘドウィグ！」

箒《ほうき》はきりもみしながら落ちていったが、やっとのことでハリーはリュックの紐《ひも》と鳥籠のてっぺんをつかんでいた。そのときバイクがぐるりと元の姿勢にもどる。ほっとしたのも束の間、またしても緑の閃光が走る。白ふくろうがキーッと鳴き、籠の底にぽとりと落ちた。

「そんな——うそだぁ！」

バイクは急速で前進する。ハグリッドが囲みを突き破って、フードをかぶった死喰い人を蹴散らすのが見えた。

「ヘドウィグ——ヘドウィグ——」

白ふくろうはまるでぬいぐるみのように、哀れにも鳥籠の底でじっと動かなくなっている。ハリーにはなにが起こったのか理解できない。同時にほかの組の安否を思うと恐ろしくなり、ハリーは振り返った。すると、ひと塊《かたまり》の集団が動き回り、緑の閃光が飛び交っている。その中から箒に乗った二組が抜け出し、遠くに飛び去っていったが、ハリーにはだれの組なのかわからなかった——。

「ハグリッド。もどらなきゃ。もどらなきゃ！」

エンジンの轟音《ごうおん》を凌《しの》ぐ大声で、ハリーはさけんだ。杖《つえ》を抜き、ヘドウィグの鳥籠を足元に押し込みながら、ヘドウィグの死を認めるものかというように。

「ハグリッド！　もどってくれ！」

「ハリー、おれの仕事はおまえさんを無事に届けることだ！」

ハグリッドが破《わ》れ鐘《がね》のような声を上げ、アクセルを吹かした。

「止まれ——止まれ！」ハリーがさけぶ。しかし、ふたたび後ろを振り返ったとき、左の耳を二本の緑の閃光がかすめた。死喰い人が四人、二人を追って包囲網から離れ、ハグリッドの広い背中を標的にしている。ハグリッドは急旋回したが、死喰い人がバイクに追いついてきた。背後から次々と浴びせられる呪いを、ハリーはサイドカーに身を沈めて避ける。狭い中で身をよじりながら、ハリーは「ステューピファイ！　麻痺《まひ》せよ！」と唱える。ハリーの杖から発射される赤い閃光をかわして死喰い人たちは二手に割れた。

「つかまっちょれ、ハリー、これでも食らえだ！」ハグリッドが吠《ほ》えた。

ハリーが目を上げると、ちょうどハグリッドが、燃料計の横の緑のボタンを太い指でたたくのが見えた。

排気筒から壁が現れる。固いレンガの壁だ。その壁が空中に広がっていく。三人の死喰い人はなんとか壁をかわしたが、四人目は悪運つきて姿を消し、バラバラになった箒《ほうき》とともに壁の向こう側から石のように落下していく。死喰い人三人のうちの一人が救出しようとして速度を落とすと同時に、ハグリッドがハンドルにのしかかってスピードを上げると、その死喰い人たちも空中の壁も、背後の暗闇に吸い込まれていった。

残る二人の死喰い人の杖《つえ》から放たれるいくつもの「死の呪い」が、ハリーの頭上を通り過ぎる。ハグリッドを狙っている。ハリーは「失神《しっしん》の呪文」の連続で応酬した。赤と緑の閃光《せんこう》が空中で衝突し、色とりどりの火花が降り注ぐ。ハリーは、こんなときなのに花火を連想した。下界のマグルたちには、なにが起こっているのかさっぱりわからないだろう――。

「またやるぞ、ハリー、つかまっちょれ！」

大声でそう言うなり、ハグリッドは二番目のボタンを押す。排気筒から今度は巨大な網が飛び出したが、用心していた死喰い人たちは引っかからない。二人とも旋回して避けたばかりか、気絶した仲間を救うためにいったん速度を落とした死喰い人も追いついてきた。闇の中から忽然《こつぜん》と姿を現し、三人で呪いを浴びせながら、バイクを追ってくる。

「そんじゃ、取っておきのやつだ。ハリー、しっかりつかまっちょれ！」

ハグリッドがさけび、スピードメーターの横の紫のボタンを手のひら全体でバーンとたたいた。

まぎれもないドラゴンの咆哮《ほうこう》とともに、排気筒から白熱したドラゴンの青い炎が噴き出す。バイクは、金属がねじ曲がる音を響かせて、弾丸のように飛び出した。死喰い人が死の炎を避けて旋回し、視界から消えていくのを見ると同時に、サイドカーが不吉に揺れ出すのをハリーは感じた。バイクに結合している金属部分が加速の力で裂けたようだ。

「心配ねえぞ、ハリー！」

急加速の勢いで仰向けにひっくり返ったハグリッドがどなる。いまやだれもハンドルをにぎっていない。サイドカーはバイクのスピードが起こす乱気流にあおられ、激しくぐらつきはじめた。

「ハリー、おれが面倒みる。心配するな！」

声を張り上げたハグリッドが、上着のポケットからピンクの花柄の傘を引っ張り出した。

「ハグリッド！　やめて！　僕にまかせて！」

「レパロ！　なおれ！」

　耳をつんざくバーンという音とともに、サイドカーは完全にバイクから分離した。バイクの前進する勢いに押し出されて前に飛び出したサイドカーは、やがて高度を下げはじめた――。

ハリーは死に物狂いでサイドカーに杖《つえ》を向け、さけんだ。

「ウィンガーディアム　レヴィオーサ！　浮遊せよ！」

サイドカーはコルクのように浮かんだ。舵は取れないものの、とにかくまだ浮かんではいる。ほっとしたのも束の間、何本もの呪いが、矢のようにハリーのそばを飛んでいく。三人の死喰い人が迫っていた。

「いま行くぞ、ハリー！」

暗闇の中からハグリッドの大声が聞こえたが、ハリーはサイドカーがふたたび落下しはじめるのを感じた。できるだけ身をかがめ、ハリーは襲ってくる死喰い人の真ん中の一人を狙ってさけんだ。

「インペディメンタ！　妨害せよ！」

呪詛《じゅそ》は真ん中の死喰い人の胸に当たる。男は見えない障壁にぶつかったかのように、一瞬、大の字形の滑稽《こっけい》な姿をさらして宙に浮かび、死喰い人仲間の一人が、危うくそれに衝突しそうになった――。

次の瞬間、サイドカーは本格的に落下しはじめた。三人目の死喰い人が放った呪いがあまりにも近くに飛んできたので、ハリーはサイドカーの縁に隠れるようにすばやく頭を引っ込めたが、その拍子に座席の端にぶつかって、歯が一本折れた――。

「いま行くぞ、ハリー、いま行くからな！」

巨大な手がハリーのローブの背中を捕まえ、落ちていくサイドカーから持ち上げる。ハリーはリュックを引っ張りながら、バイクの座席に這《は》い上がった。気がつくとハグリッドと背中合わせに座っている。二人の死喰い人を引き離して上昇しながら、ハリーは口からペッと血を吐《は》き出し、落下していくサイドカーに杖を向けてさけぶ。

「コンフリンゴ！　爆発せよ！」

火を噴いて粉々になるサイドカーに、ハリーはヘドウィグを想い、腸《はらわた》がよじれるような激しい痛みを感じた。その近くにいた死喰い人が箒《ほうき》から吹き飛ばされ、姿が見えなくなる。もう一人の仲間も、退却して姿を消した。

「ハリー、すまねぇ、すまねぇ」ハグリッドがうめく。「おれが自分でなおそうとしたんが悪かった――座る場所がなかろう――」

「大丈夫だから飛び続けて！」ハリーがさけび返した。暗闇からまた二人の死喰い人が現れ、次第に近づいてくる。

追っ手の放つ呪いが、ふたたびオートバイ目がけて矢のように飛んでくる。ハグリッドはじぐざぐ運転でかわす。ハリーが不安定な座り方をしているこの状態では、ハグリッドは二度とドラゴン噴射ボタンを使う気にはなれないだろう。追っ手に向かって、ハリーは次から次へと「失神《しっしん》呪文」を放つが、辛《かろ》うじて死喰い人との距離を保てるだけだ。追っ手を食い止めるためにハリーはまた呪文を発した。一番近くにいた死喰い人がそれを避けようとした拍子に、頭からフードが滑り落ちた。ハリーが続けて放った「失神呪文」の赤い光が照らし出した顔は、奇妙に無表情なスタンリー・シャンパイク――スタンだ――。

「エクスペリアームス！　武器よ去れ！」ハリーがさけぶ。

「あれだ。あいつがそうだ。あれが本物だ！」

もう一人の、まだフードをかぶったままの死喰い人のさけび声が、エンジンの轟音《ごうおん》をも乗り越えてハリーに届いた。次の瞬間、追っ手は二人とも退却し、視界から消えてしまった。

「ハリー、なにが起こった？」ハグリッドの大声が響く。「連中はどこに消えた？」

「わからないよ！」

しかしハリーは不安にかられた。フード姿の死喰い人が、「あれが本物だ」とさけんだのだ。どうしてわかったのだろう？　一見なにもない暗闇をじっと見つめながら、ハリーは迫りくる脅威を感じる。やつらはどこへ？

ハリーはなんとか前向きに座りなおし、ハグリッドの上着につかまった。

「ハグリッド、ドラゴン噴射をもう一度やって。早くここから離れよう！」

「そんじゃ、しっかりつかまれ、ハリー！」

またしても耳をつんざくギャーッという咆哮《ほうこう》とともに、灼熱の青白い炎が排気筒から噴き出す。ハリーは、もともとわずかしかない座席からさらにずり落ちるのを感じた。ハグリッドはハリーの上に仰向けにひっくり返ったが、まだ辛うじてハンドルをにぎっている――。

「ハリー、やつらを撒《ま》いたと思うぞ。うまくやったぞ！」ハグリッドが大声を上げた。

しかしハリーにはそうは思えない。まちがいなく追っ手がくるはずだと左右を見回しながら、恐怖がひたひたと押し寄せるのを感じていた……連中はなぜ退却したのだろう？　一人はまだ杖《つえ》を持っていたのに……あいつがそうだ。あれが本物だ……スタンに武装解除呪文をかけた直後に、死喰い人は言い当てた。

「もうすぐ着くぞ、ハリー。もうちっとで終わるぞ！」ハグリッドがさけぶ。

ハリーはバイクが少し降下するのを感じた。しかし地上の明かりは、まだ星のように遠くに見える。

そのとき、額《ひたい》の傷痕《きずあと》が焼けるように痛んだ。死喰い人がバイクの両側に一人ずつ現れ、同時に、背後から放たれた二本の「死の呪い」が、ハリーをすれすれにかすめる――。

そして、ハリーは見た。ヴォルデモートが風に乗った煙のように、箒《ほうき》もセストラルもなしに飛んでくる。蛇のような顔が真っ暗な中で微光を発し、白い指がふたたび杖《つえ》を上げた――。

ハグリッドは恐怖のさけび声を上げ、バイクを一直線に下に向けた。ハリーは生きた心地もせずしがみつきながら、ぐるぐる回る夜空に向かって失神呪文を乱射した。だれかが物体のようにそばを落ちていくのが見えたので、一人に命中したことはわかったが、そのときバーンという音とともに、エンジンが火を噴いた。オートバイはまったく制御不能となり、きりもみしながら落ちていく――。

またしても緑の閃光《せんこう》が、幾筋か二人をかすめて通り過ぎる。ハリーは上も下もわからなくなった。傷痕《きずあと》はまだ焼けるように痛んでいる。ハリーは死を覚悟した。間近に箒に乗ったフード姿が迫り、その腕が上がるのが見えた――。

「この野郎！」

怒りのさけび声を上げながら、ハグリッドがバイクから飛び降りてその死喰い人に襲いかかった。ハリーが恐怖に目を見開くその前を、ハグリッドは死喰い人もろとも落ちていき、姿が見えなくなる。箒は二人の重みに耐えられなかったのだ――。

やっとのことで両膝《ひざ》に落下するバイクを押さえながら、ハリーはヴォルデモートのさけびを聞いた。

「俺様《おれさま》のものだ！」

もうおしまいだ。ヴォルデモートがどこにいるのか、姿も見えず、声も聞こえなくなった。死喰い人が一人、すっと道を開けるのがちらりと見えたとたん、声が聞こえた。

「アバダ――」

傷痕の激痛で、ハリーは固く目を閉じた。そのとき、ハリーの杖がひとりでに動いた。まるで巨大な磁石のように、杖がハリーの手を引っ張っていくのを感じる。閉じた瞼《まぶた》の間から、ハリーは金色の炎が杖から噴き出すのを見、バシンという音とともに、怒りのさけびを聞いた。一人残っていた死喰い人が大声を上げ、ヴォルデモートは「しまった！」とさけんだ。なぜか、ハリーの目と鼻の先にドラゴン噴射のボタンが見えた。杖に引かれていないほうの手をにぎって拳《こぶし》でボタンをたたくと、バイクはまたしても炎を吹き出して、一直線に地上に向かった。

「ハグリッド！」ハリーは必死でバイクにつかまりながら呼んだ。

「ハグリッド――アクシオ　ハグリッド！」

バイクは地面に吸い込まれるようにスピードを上げる。ハリーの顔はハンドルと同じ高さにあり、遠くの明かりがどんどん近づいてくるのだけが見えた。このままでは衝突する。しかしどうしようもない。背後でまたさけぶ声が聞こえる――。

「おまえの杖《つえ》だ。セルウィン、おまえの杖をよこせ！」

ヴォルデモートの姿が見える前に、ハリーはその存在を感じた。横を向くと、赤い両眼が見つめている。きっとこれがこの世の見納めだ。ヴォルデモートはふたたびハリーに死の呪いをかけようとしている――。

ところが突然、ヴォルデモートの姿が消えた。下を見ると、ハグリッドが真下の地面に大の字に伸びている。ハグリッドの上に落ちないようにと、ハリーは必死にハンドルをぐいと引き、ブレーキをまさぐった。しかし、耳をつんざき地面を揺るがす衝突音とともに、ハリーは池の泥水の中に突っ込んだ。

第5章　倒れた戦士

「ハグリッド？」

ハリーは金属や革の残骸《ざんがい》に埋もれながら、起き上がろうともがいた。立ち上がろうと手を着くと、手首まで泥水の中に沈み込んだ。ヴォルデモートはどこに行ってしまったのか、わけがわからない。いまにも暗闇からぬっと現れるのではないかと、気が気でなかった。顎《あご》や額《ひたい》からは、どろっとした生温いものが滴《したた》り落ちている。ハリーは池から這《は》い出し、地面に横たわる巨大な黒い塊《かたまり》に見えるハグリッドに、よろよろと近づいた。

「ハグリッド？　ハグリッド、なにか言ってよ――」

しかし、黒い塊は動かない。

「だれかね？　ポッターか？　君はハリー・ポッターかね？」

聞き覚えのない男の声だ。それから女性の声。

「テッド！ 墜落したんだわ。庭に墜落したのよ！」

ハリーは頭がくらくらした。

「ハグリッド」腑抜《ふぬ》けのように繰り返し、ハリーはがくりと膝《ひざ》から落ちた。

気がつくと、仰向けに寝ていた。背中にクッションのようなものが当てがわれている。脇腹と右腕に焼けるような感覚がある。折れた歯は元どおりになっていたが、額《ひたい》の傷痕《きずあと》はまだずきずきしている。

「ハグリッド？」

目を開けると、ランプに照らされた見知らぬ居間のソファーに横になっていた。濡れて泥だらけのリュックサックが、すぐそばの床に置かれている。腹の突き出た、明るい色の髪をした男が、心配そうにハリーを見つめている。

「ハグリッドは大丈夫だよ」男が声をかける。「いま、妻が看病している。気分はどうかね？ ほかに折れたところはないかい？ 肋骨《ろっこつ》と歯と腕は治しておいたがね。ところで私はテッドだよ。テッド・トンクス――ドーラの父親だ」

ハリーはがばっと起き上がる。目の前に星がちらつき、吐《は》き気とめまいがした。

「ヴォルデモートは――」

「さあ、落ち着いて」

テッド・トンクスはハリーの肩に手を置いて、クッションに押しもどす。

「ひどい激突だったからね。なにが起こったのかね？　バイクがおかしくなったのかね？　アーサー・ウィーズリーがまたやりすぎたのかな？　なにしろマグルの奇妙な仕掛けが好きな男のことだ」

「ちがいます」額の傷痕が、生傷のようにずきずき痛む。「死喰い人が、大勢で――僕たち、追跡されて――」

「死喰い人？」テッドが鋭い声を上げた。「死喰い人とは、どういうことかね？　あいつらは、君が今夜移動することを知らないはずだ。連中は――」

「知ってたんです」ハリーが答える。

テッド・トンクスは、まるで天井から空を透視するかのように、上を見上げた。

「まあ、それじゃあ、我々の保護呪文が効いたというわけだね？　連中はここから周辺百メートル以内には侵入できないはずだ」

ヴォルデモートがなぜ消えたのか、やっとわかった。あれは、オートバイが騎士団の呪文の境界内に入った時なのだ。ハリーは呪文の効果が続きますようにと願いながら、大きな透明の泡のような障壁を思い浮かべ、こうして話をしている間にもヴォルデモートが百メートル上空で侵入する方法を探している姿を想像した。

ハリーは腰をひねってソファーから両足を下ろす。ハグリッドが生きていることを、自分の目で確かめないと信用できない。しかし、ハリーがまだ立ち上がり切らないうちにドアが開き、ハグリッドが窮屈そうに入ってきた。顔は泥と血にまみれ、足を少し引きずっていたけれど、奇跡的に生きている。

「ハリー！」

華奢《きゃしゃ》なテーブルを二脚と観葉植物のハランを一鉢《ひとはち》ひっくり返し、ハグリッドはたった二歩で部屋を横切ってハリーを抱きしめた。治ったばかりの肋骨《ろっこつ》がまた折れそうになる。

「おったまげた。ハリー、いったいどうやって助かった？　てっきりおれたち二人ともお陀仏《だぶつ》だと思ったぞ」

「うん、僕も。信じられな――」

ハリーは突然言葉を切る。ハグリッドのあとから部屋に入ってきた女性を見咎《みとが》めたからだ。

「おまえは！」さけぶなりハリーは、ポケットに手を突っ込んだ。空っぽだ。

「杖《つえ》ならここにあるよ」テッドが杖で、ハリーの腕を軽くたたきながら言う。「君のすぐ脇に落ちていたので、拾っておいた。それに、私の妻だよ、いま君がどなりつけたのは」

「えっ、あ、僕――すみません」

部屋の中に入ってくるにつれて、トンクス夫人と姉のベラトリックスの似ている点はあまり目立たなくなった。髪は明るく柔らかい褐色だし、目はもっと大きく、親しげだ。それにもかかわらずハリーが大声を出したせいか、少しつんとしているように見える。

「娘はどうなったの？」夫人が聞く。「ハグリッドが、待ち伏せされたと言っていましたが、ニンファドーラはどこ？」

「僕、わかりません」ハリーが答える。「ほかのみんながどうなったのか、僕たちにはわからないんです」

夫人はテッドと顔を見合わせる。その表情を見て、ハリーは恐怖と罪悪感の入り交じった気持ちにとらわれた。ほかのだれかが死んだら、自分の責任だ。全部自分のせいだ。計画に同意して、髪の毛を提供したのは自分だ……。

「移動キー《ポート》だ」ハリーは急に思い出す。「僕たち、『隠れ穴』にもどらないといけない。どうなったか様子を見ないと――そうしたら僕たち、お二人に伝言を送れます。でなければ――でなければトンクスからお送りします。着いたときに――」

「ドーラは大丈夫だよ、ドロメダ」テッドが妻を諭《さと》す。「あの子は、どうすればよいか知っている。闇祓《やみばら》いの仲間と一緒に、これまでもさんざん危ない目にあってきた子だ。移動キーはこっちだよ」ハリーに向きなおって教えてくれた。「使うつもりなら、あと三分でここを発つことになっている」

「行きます」ハリーは、リュックサックをつかんで背中に担ぎ上げた。「僕――」

ハリーはトンクス夫人を見た。夫人を恐怖に陥れたまま残していくことを、詫びたかった。しかも、自分がどんなにその責任を深く感じているかを述べて、謝りたい。しかし、言うべき言葉を思いつかない。どんな言葉も虚しいし、誠意がないように思える。

「僕、トンクスに――ドーラに――連絡するように言います。トンクスがもどってきたときに……僕たちのこと、あちこち治していただいてありがとうございます。いろいろお世話になりました。僕――」

その部屋を出ていけるのが、ハリーにとっては救いだった。テッド・トンクスに従《つ》いて玄関の短い廊下を抜け、ハリーは寝室に入った。ハグリッドが二人のあとから、ドアの上に頭をぶつけないように上体を曲げて入ってくる。

「さあ、あれが移動キー《ポートキー》だよ」

トンクス氏は、化粧台に置かれた小さな銀のヘアブラシを指さしている。

「ありがとう」ハリーは手を伸ばして指を一本そこに乗せ、いつでも出発できるようにした。

「ちょっと待った」ハグリッドがあたりを見回す。「ハリー、ヘドウィグはどこなんだ？」

「ヘドウィグは……撃たれた」ハリーが答える。

現実が実感として押し寄せてくる。鼻の奥がつんと痛くなるのを、ハリーは恥ずかしく思った。ヘドウィグは、ずっとハリーと一緒だった。そして、義務的にダーズリー家にもどらなければならなかった日々には、ハリーと魔法界とをつなぐ一つの大きな絆だった。

ハグリッドは大きな手でハリーの肩を軽く、しかし痛いほどにたたく。

「もうええ」ハグリッドの声がかすれる。「もうええ。あいつは幸せに長生きした――」

「ハグリッド！」テッド・トンクスが気遣わしげに声をかける。ヘアブラシが明るいブルーに光り出していた。間一髪、ハグリッドは人差し指でブラシに触れた。

見えない鉤《かぎ》と糸で引かれるように、臍《へそ》の裏側をぐいと前に引っ張られ、ハリーは無の中へと引き込まれていく。指を移動キーに貼りつけたまま、くるくると無抵抗に回転しながら、ハリーはハグリッドとともにトンクス氏から急速に離れていった。数秒後、両足が固い地面を打ち、ハリーは「隠れ穴」の裏庭に両手両膝《ひざ》をついて落ちた。さけび声が上がった。もう光らなくなったヘアブラシを放り投げ、ハリーは少しよろめきながら立ち上がる。ウィーズリーおばさんとジニーが、勝手口から階段を駆け下りてくる。ハグリッドも着地で倒れ、どっこいしょと立ち上がるところだ。

「ハリー？　あなたが本物のハリー？　なにがあったの？　ほかのみんなは？」

ウィーズリーおばさんがさけぶ。

「どうしたの？　ほかにはだれももどっていないの？」ハリーが喘《あえ》ぎながら聞く。

ウィーズリーおばさんの青い顔に、答えがはっきり刻まれている。

「死喰い人たちが待ち伏せしていたんだ」ハリーはおばさんに話した。「飛び出すとすぐに囲まれた――やつらは今夜だってことを知っていたんだ――ほかのみんながどうなったか、僕にはわからない。僕らは四人に追跡されて、逃げるので精一杯だった。それからヴォルデモートが僕たちに追いついて――」

ハリーは、自分の言い方が弁解がましいことに気づいていた。それは、おばさんの息子たちがどうなったのか、自分が知らないわけを理解して欲しいという、切実な気持ちからだ。しかし――。

「ああ、あなたが無事で、本当によかった」おばさんはハリーを抱きしめた。ハリーは、自分にはそうしてもらう価値がないと感じる。

「モリー、ブランデーはねえかな、え？」ハグリッドは少しよろめきながら言う。

「気つけ薬用だが？」

魔法で呼び寄せることができるはずなのに、曲りくねった家に走ってもどるおばさんの後ろ姿を見ながら、おばさんは顔を見られたくないのだとハリーは思う。ハリーはジニーを見る。すると、様子が知りたいという無言のハリーの願いを、ジニーは汲み取ってくれた。

「ロンとトンクスが一番にもどるはずだったけど、移動キー《ポートキー》の時間に間に合わなかったらしいの。キーだけがもどってきたわ」ジニーはそばに転がっている錆びた油注しを示す。「それから、あれは」ジニーは、ボロボロのスニーカーを指しながら言う。「パパとフレッドのキーのはずだったの。二番目に着く予定だった。ハグリッドとあなたが三番目で」ジニーは腕時計を見る。「間に合えば、ジョージとルーピンがあと一分ほどでもどるはずよ」

ウィーズリーおばさんがブランデーの瓶《びん》を抱えてふたたび現れ、ハグリッドに手渡す。ハグリッドは栓を開け、一気に飲み干した。

「ママ！」ジニーが、少し離れた場所を指してさけぶ。

暗闇に青い光が現れ、次第に大きく、明るくなる。そして、ルーピンとジョージが独楽《こま》のように回りながら現れ、倒れた。なにかがおかしいと、ハリーはすぐに気づいた。ルーピンは、血だらけの顔で気を失っているジョージを支えている。

ハリーは駆け寄って、ジョージの両足を抱え上げる。ルーピンと二人でジョージを家の中に運び込み、台所を通って居間のソファーに寝かせる。ランプの光がジョージの頭を照らし出すと、ジニーは息を呑《の》み、ハリーの胃袋はぐらりと揺れた。ジョージの片方の耳がない。頭の横から首にかけて、べっとりと真っ赤な血で染まっている。

ウィーズリーおばさんが息子の上にかがみ込むとすぐ、ルーピンがハリーの二の腕をつかんで、とても優しいとは言えない強さで引っ張り、台所に連れもどした。そこでは、ハグリッドが、巨体をなんとか勝手口から押し込もうとがんばっていた。

「おい！」ハグリッドが憤慨した。「ハリーを放せ！ 放さんか！」

ルーピンは無視する。

「ホグワーツの私の部屋を、ハリー・ポッターがはじめて訪ねたときに、隅に置いてあった生き物はなんだ？」ルーピンはハリーをつかんだまま小さく揺すぶった。

「答えろ！」

「グ――グリンデロー、水槽に入った水魔、でしょう？」

ルーピンはハリーを放し、台所の戸棚に倒れるようにもたれかかる。

「な、なんのつもりだ？」ハグリッドがどなる。

「すまない、ハリー。しかし、確かめる必要があった」ルーピンは簡潔に答えた。

「裏切られたのだ。ヴォルデモートは、君が今夜移されることを知っていた。やつにそれを教えることができたのは、計画に直接かかわった者だけだ。君が偽者《にせもの》の可能性もあった」

「そんなら、なんでおれを調べねえ？」

勝手口を通り抜けようとまだもがきながら、ハグリッドが息を切らして聞く。

「君は半巨人だ」ルーピンがハグリッドを見上げながら言う。「ポリジュース薬はヒトの使用に限定されている」

「騎士団のメンバーが、ヴォルデモートに今夜の移動のことを話すはずがない」ハリーが訴える。疑うことさえ、ハリーはいやだった。だれ一人として、そんなことをするとは思えない。「ヴォルデモートは、最後のほうになって僕に追いついたんだ。最初は、だれが僕なのか、あいつは知らなかった。あいつが計画を知っていたなら、僕がハグリッドと一緒だと、はじめからわかっていたはずだ」

「ヴォルデモートが君を追ってきたって？」ルーピンが声を尖《とが》らせる。「なにがあったんだ？　どうやって逃れた？」

ハリーはかいつまんで説明した。自分を追っていた死喰い人たちが、本物のハリーだと気づいたらしいこと、追跡を急に中止したこと、ヴォルデモートを呼び出したにちがいないこと、そしてハリーとハグリッドが安全地帯のトンクスの実家に到着する直前に、ヴォルデモートが現れたこと、などなど。

「君が本物だと気づいたって？　しかし、どうして？　君はなにをしたんだ？」

「僕……」ハリーは思い出そうとした。

今夜のことすべてが、恐怖と混乱のぼやけた映像のように思える。

「僕、スタン・シャンパイクを見たんだ……ほら、夜の騎士《ナイト》バスの車掌《しゃしょう》を知ってるでしょう？　それで、『武装解除《ぶそうかいじょ》』しようとしたんだ。本当なら別の――だけど、スタンは自分でなにをしているのかわかってない。そうでしょう？　『服従《ふくじゅう》の呪文』にかかっているにちがいないんだ！」

ルーピンは呆気《あっけ》に取られたような顔をしている。

「ハリー、武装解除の段階はもう過ぎた！　あいつらが君を捕えて殺そうとしているというのに！　殺すつもりがないなら、少なくとも『失神』させるべきだったんだ！」

「何百メートルも上空だよ！　スタンは正気を失っているし、もし僕があいつを『失神』させたら、スタンはきっと落ちて死んでいた！　『アバダ　ケダブラ』を使ったも同じことになっていたじゃないか。それに、『エクスペリアームス』の呪文だって、二年前、僕をヴォルデモートから救ってくれたんだ」

最後の言葉を、ハリーは挑戦的につけ加えた。いまのルーピンは、ダンブルドア軍団に「武装解除術」を教えようとするハリーを嘲笑《あざわら》ったハッフルパフ寮のザカリアス・スミスを思い出させる。

「そのとおりだよ、ハリー」ルーピンは必死に自制しているようだ。「しかも、その場面を、大勢の死喰い人が目撃している！　こんなことを言うのは悪いが、死に直面したそんな切迫した場面でそんな動きに出るのは、まったく普通じゃない。その現場を目撃したか、または話に聞いていた死喰い人たちの目の前で、今夜また同じ行動を繰り返すとは、まさに自殺行為だ！」

「それじゃ、僕はスタン・シャンパイクを殺すべきだったと言うんですか？」

ハリーは憤慨した。

「いや、そうではない」ルーピンが諭《さと》す。「しかし、死喰い人たちは――率直に言ってたいていの人なら――君が反撃すると予想する！『エクスペリアームス、武器よ去れ』は役に立つ呪文だよ、ハリー。しかし、死喰い人は、それが君を見分ける独特の動きだと考えているんだ。だから、そうならないようにしてくれ！」

ルーピンの言葉でハリーは自分の愚かしさに気づいたが、それでもまだわずかに反発したい気持ちが残る。

「たまたまそこにいるだけで、邪魔だから吹き飛ばしたりするなんて、僕にはできない」ハリーが言い返す。「そんなことは、ヴォルデモートのやることだ」

ルーピンが反論したが、そのときようやく狭い勝手口を通り抜けたハグリッドが、よろよろと椅子に座り込んだとたんに椅子がつぶれ、ルーピンの言葉を聞こえなくしてしまった。罵《ののし》ったり謝ったりのハグリッドを無視して、ハリーはふたたびルーピンに話しかけた。

「ジョージは大丈夫？」

ハリーに対するルーピンのいらだちは、この問い掛けですっかりどこかに消えてしまったようだ。

「そう思うよ。ただ、耳は元どおりにはならない。呪いでもぎ取られてしまったのだからね――」

外で、なにかがごそごそ動き回る音がする。ルーピンは勝手口の戸に飛びつき、ハリーはハグリッドの足を飛び越えて裏庭に駆け出した。

裏庭には二人の人影が現れていた。ハリーが走って近づくにつれて、それが元の姿にもどる最中のハーマイオニーとキングズリーだとわかった。二人とも曲がったハンガーをしっかりつかんでいる。ハーマイオニーはハリーの腕に飛び込んだが、キングズリーはだれの姿を見てもうれしそうな顔をしなかった。ハリーは、キングズリーが杖《つえ》を上げてルーピンの胸を狙うのを、ハーマイオニーの肩越しに見た。

「アルバス・ダンブルドアが、我ら二人に遺《のこ》した最後の言葉は？」

「ハリーこそ我々の最大の希望だ。彼を信じよ」ルーピンが静かに答える。

キングズリーは次に杖をハリーに向けたが、ルーピンが止める。

「本人だ。私がもう調べた！」

「わかった、わかった！」キングズリーは杖をマントの下に収めた。「しかし、だれかが裏切ったぞ！　あいつらは知っていた。今夜だということを知っていたんだ！」

「そのようだ」ルーピンが答える。「しかし、どうやら七人のハリーがいるとは知らなかったようだ」

「たいした慰めにもならん！」キングズリーが歯噛《はが》みする。「ほかにもどった者は？」

「ハリー、ハグリッド、ジョージ、それに私だけだ」

ハーマイオニーが口を手で覆い、小さなうめき声を押し殺す。

「君たちには、なにがあった？」ルーピンがキングズリーに聞いた。

「五人に追跡されたが二人を負傷させた。一人殺したかもしれん」キングズリーは一気に話した。「それに、『例のあの人』も目撃した。あいつは途中から追跡に加わったが、たちまち姿を消した。リーマス、あいつは――」

「飛べる」ハリーが言葉を引き取った。「僕もあいつを見た。ハグリッドと僕を追ってきたんだ」

「それでいなくなったのか――君を追うために！」キングズリーが言う。「なぜ消えてしまったのか理解できなかったのだが。しかし、どうして標的を変えたのだ？」

「ハリーが、スタン・シャンパイクに少し親切すぎる行動を取ったためだ」ルーピンが答えた。

「スタン？」ハーマイオニーが聞き返す。「だけどあの人は、アズカバンにいるんじゃないの？」

キングズリーが、おもしろくもなさそうに笑う。

「ハーマイオニー、大量脱走があったのはまちがいない。魔法省は隠蔽《いんぺい》しているがね。私の呪いでフードが外れた死喰い人は、トラバースだった。あいつも収監中のはずなのだが。ところで、リーマス、君のほうはなにがあったんだ？　ジョージはどこだ？」

「耳を失った」ルーピンが答える。

「なにをですって――？」ハーマイオニーの声が上ずる。

「スネイプの仕業だ」ルーピンが言った。

「スネイプだって？」ハリーがさけぶ。「さっきはそれを言わなかった――」

「追跡してくる途中であいつのフードが外れた。セクタムセンプラの呪いは、昔からあいつの十八番《おはこ》だ。そっくりそのままお返しをしてやったと言いたいところだが、負傷したジョージを箒《ほうき》に乗せておくだけで精一杯だった。出血が激しかったのでね」

四人は、空を見上げながら黙り込む。なにも動く気配はない。星が、瞬きもせず冷たく見つめ返すばかりで、光をよぎって飛んでくる友の影は見えない。ロンはどこだろう？　フレッドとウィーズリーおじさんは？　ビル、フラー、トンクス、マッド-アイ、マンダンガスは？

「ハリー、手を貸してくれや！」

ハグリッドがまた勝手口につっかえて、かすれ声で呼びかける。なにかすることがあるのは救いだ。ハリーはハグリッドを外に引っ張り出し、だれもいない台所を通って居間にもどった。ウィーズリーおばさんとジニーが、ジョージの手当てを続けている。ウィーズリーおばさんの手当てで血はもう止まっていたが、ランプの明かりの下で、ジョージの耳があったところにぽっかり穴があいているのが見えた。

「どんな具合ですか？」ハリーが聞く。

ウィーズリーおばさんが振り返って答えた。

「私には、また耳を生やしてあげることはできないわ。闇の魔術に奪われたのですからね。でも、不幸中の幸いだったわ……この子は生きているんですもの」

「ええ」ハリーが言う。「よかった」

「裏庭で、だれかほかの人の声がしたようだったけど？」ジニーが聞く。

「ハーマイオニーとキングズリーだ」ハリーが答える。

「よかったわ」ジニーがささやくように言う。二人は互いに見つめ合う。ハリーはジニーを抱きしめたかった。ジニーにすがりつきたかった。ウィーズリーおばさんがそこにいることさえあまり気にならなかった。しかし衝動に身をまかせるより前に、台所ですさまじい音がした。

「キングズリー、私が私であることは、息子の顔を見てから証明してやる。さあ、悪いことは言わんから、そこをどけ！」

ハリーは、ウィーズリーおじさんがこんな大声を出すのをはじめて聞いた。おじさんは禿《は》げた頭のてっぺんを汗で光らせ、メガネをずらしたまま居間に飛び込んできた。フレッドもすぐあとに続く。二人とも真っ青だったが、けがはしていない。

「アーサー！」ウィーズリーおばさんがすすり泣く。「ああ、無事でよかった！」

「様子はどうかね？」

ウィーズリーおじさんは、ジョージのそばに膝《ひざ》をついた。フレッドは、言葉が出ない様子だ。そんなフレッドは見たことがない。目にしているものが信じられないという顔で、フレッドはソファーの後ろから双子の相棒の傷をぽかんと眺めている。

フレッドと父親がそばにきた物音で気がついたのか、ジョージが身動きした。

「ジョージィ、気分はどう？」ウィーズリーおばさんが小声で聞く。

ジョージの指が、耳のあたりをまさぐる。

「聖人みたいだ」ジョージがつぶやいた。

「いったい、どうしちまったんだ？」フレッドが、ぞっとしたようにかすれ声で言う。「頭もやられっちまったのか？」

「聖人みたいだ」ジョージが目を開けて、双子の兄弟を見上げる。「見ろよ……穴だ。ホールだ、ホーリーだ。ほら、聖人《ホーリー》じゃないか、わかったか、フレッド？」

ウィーズリーおばさんがますます激しくすすり泣く。フレッドの蒼白《そうはく》な顔に赤みが注した。

「なっさけねえ」フレッドがジョージに文句をつける。「情けねえぜ！　耳に関するジョークなら、掃いて捨てるほどあるっていうのに、なんだい、『ホーリー』しか考えつかないのか？」

「まあね」ジョージは涙でぐしょぐしょの母親に向かって、にやりと笑う。「ママ、これで二人の見分けがつくだろう」

ジョージはまわりを見回した。

「やあ、ハリー――君、ハリーだろうな？」

「ああ、そうだよ」ハリーがソファーに近寄る。

「まあ、なんとか君を無事に連れて帰ることはできたわけだ」ジョージが言う。「我が病床に、ロンとビルが侍っていないのはどういうわけ？」

「まだ帰ってきていないのよ、ジョージ」ウィーズリーおばさんが答える。

ジョージの笑顔が消えた。ハリーはジニーに目配せし、一緒に外に出てくれと合図を送る。台所を歩きながら、ジニーが小声で漏《も》らした。

「ロンとトンクスはもうもどってないといけないの。長い旅じゃないはずなのよ。

ミュリエルおばさんの家はここからそう遠くないから」

ハリーはなにも言わなかった。「隠れ穴」にもどって以来ずっとこらえていた恐怖が、いまやハリーを包み込み、皮膚を這《は》い、胸の中でずきずきと脈打って、喉《のど》を詰まらせているような気がする。勝手口から暗い庭へと階段を下りながら、ジニーがハリーの手をにぎる。

キングズリーが大股で往《い》ったりきたりしながら、折り返すたびに空を見上げている。ハリーは、バーノンおじさんが居間を往ったりきたりしていた様子を、もう百万年も昔のことのように思い出す。ハグリッド、ハーマイオニーそしてルーピンの黒い影が、肩を並べてじっと上を見つめていた。ハリーとジニーが沈黙の見張りに加わっても、だれ一人振り向かない。

何分間が何年にも感じられた。全員が、ちょっとした風のそよぎにもびくりとして振り向き、葉ずれの音に耳をそばだて、潅木《かんぼく》や木々の葉陰から行方不明の騎士団員の無事な姿が飛び出てきはしないかと、望みをかける。

やがて箒《ほうき》が一本、みなの真上に現れ、地上に向かって急降下してきた――。

「帰ってきたわ！」ハーマイオニーが喜びの声を上げる。

トンクスが長々と箒跡《ほうきあと》を引きずり、土や小石をあたり一面に跳ね飛ばしながら着地した。

「リーマス！」よろよろと箒から下りたトンクスが、さけびながらルーピンの腕に抱かれる。ルーピンはなにも言えず、真っ青な硬い表情をしている。ロンはぼうっとして、よろけながらハリーとハーマイオニーのほうに歩いてきた。

「君たち、無事だね」ロンがつぶやく。

ハーマイオニーはロンに飛びついてしっかりと抱きしめた。

「心配したわ――私、心配したわ――」

「僕、大丈夫」ロンは、ハーマイオニーの背中をたたきながら言う。「僕、元気」

「ロンはすごかったわ」トンクスが、抱きついていたルーピンから離れてロンを褒《ほ》めそやす。「すばらしかった。死喰い人の頭に『失神呪文《しっしん》』を命中させたんだから。なにしろ飛んでいる箒から動く的を狙うとなると――」

「ほんと？」

ハーマイオニーはロンの首に両腕を巻きつけたまま、ロンの顔をじっと見上げる。

「意外で悪かったね」

ロンはハーマイオニーから離れながら、少しむっとしたように言った。

「僕たちが最後かい？」

「ちがうわ」ジニーが言った。「ビルとフラー、それにマッド‐アイとマンダンガスがまだなの。ロン、私、パパとママにあなたが無事だって知らせてくるわ――」

ジニーが家に駆け込む。

「それで、どうして遅くなった？　なにがあったんだ？」

ルーピンは、まるでトンクスに腹を立てているような聞き方をする。

「ベラトリックスなのよ」トンクスが答える。「あいつ、ハリーを狙うのと同じくらいしつこく私を狙ってね、リーマス、私を殺そうと躍起になってた。あいつをやっつけたかったなぁ。ベラトリックスには借りがあるからね。でも、ロドルファスには確実にけがをさせてやった……それからロンのおばさんのミュリエルの家に行ったけど、移動《ポート》キーの時間に間に合わなくて、ミュリエルにさんざんやきもきされて――」

ルーピンは、顎《あご》の筋肉をぴくぴくさせて聞いている。うなずくばかりで、なにも言えない様子だ。

「それで、みんなのほうはなにがあったの？」

トンクスがハリー、ハーマイオニー、そしてキングズリーに聞く。

トンクスの問いかけに、それぞれがその夜の旅のことを語る。しかしその間も、ビル、フラー、マッド-アイ、マンダンガスの姿のないことが、霜が降りたように全員の心にのしかかり、その冷たさは次第に無視できない辛《つら》さになっていた。

「私はダウニング街の首相官邸にもどらなければならない。一時間前にもどっていなければならなかったのだが――」しばらくしてキングズリーが口を開き、最後にもう一度、隅々まで空を見回す。「もどってきたら、報《しら》せをくれ」

ルーピンがうなずく。みなに手を振り、キングズリーは暗闇の中を門へと歩いていく。ハリーは、「隠れ穴」の境界のすぐ外で、キングズリーが「姿くらまし」するポンというかすかな音を聞いたような気がした。

ウィーズリー夫妻が、裏庭への階段を駆け下りてきた。すぐ後ろにジニーがいる。二人はロンを抱きしめ、それからルーピンとトンクスを見た。

「ありがとう」ウィーズリーおばさんが二人に礼を言う。「息子たちのことを」

「あたりまえじゃないの、モリー」トンクスがすぐさま返す。

「ジョージの様子は？」ルーピンがたずねた。

「ジョージがどうかしたの？」ロンが口を挟んだ。

「あの子は、耳――」

ウィーズリーおばさんの言葉は、途中で歓声に呑《の》み込まれた。高々と滑空するセストラルが見える。目の前に着地したセストラルの背から、風に吹きさらされてはいたが無事な姿で、ビルとフラーが滑り降りる。

「ビル！　ああよかった、ああよかった――」

ウィーズリーおばさんが駆け寄ったが、ビルは、母親をおざなりに抱きしめただけで、父親をまっすぐ見て言った。

「マッド‐アイが死んだ」

だれも声を上げず、だれも動かない。ハリーは体の中からなにかが抜け落ちて、自分を置き去りにしたまま地面の下にどんどん落ちていくような気がした。

「僕たちが目撃した」ビルの言葉に、フラーがうなずく。その頬に残る涙の跡が、台所の明かりにキラキラ光る。「僕たちが敵の囲みを抜けた直後だった。マッド‐アイとダングがすぐそばにいて、やはり北をめざしていた。ヴォルデモートが――あいつは飛べるんだ――まっすぐあの二人に向かっていった。ダングが動転して――僕はやつのさけぶ声を聞いたよ――マッド‐アイがなんとか止めようとしたけれど、ダングは『姿くらまし』してしまった。ヴォルデモートの呪いがマッド‐アイの顔にまともに当たった。マッド‐アイは仰向けに箒《ほうき》から落ちて、それで――僕たちはなにもできなかった。なんにも。僕たちも六人に追われていた――」

ビルは涙声になる。

「当然だ。君たちにはなにもできはしなかった」ルーピンが言う。

全員が、顔を見合わせて立ち尽くす。ハリーにはまだ納得できない。マッド‐アイが死んだ。そんなはずはない……あんなにタフで、勇敢で、死地をくぐり抜けてきたマッド‐アイが……。

やがて、だれも口に出しては言わなかったが、だれもがもはや庭で待ち続ける意味がなくなったことを知る。全員が無言で、ウィーズリー夫妻に続いて『隠れ穴』の中へ、そして居間へともどる。そこではフレッドとジョージが、笑い合っていた。

「どうかしたのか？」居間に入ってきたみなの顔を順に見回して、フレッドが聞く。「なにがあったんだ？　だれかが――？」

「マッド‐アイだ」ウィーズリーおじさんが答えた。「死んだ」

双子の笑顔が衝撃で歪《ゆが》む。なにをすべきか、だれにもわからなかった。トンクスはハンカチに顔を埋《うず》めて、声を出さずに泣いている。トンクスはマッド‐アイと親しかった。魔法省で、マッド‐アイの秘蔵っ子として目をかけられていたことを、ハリーは知っている。ハグリッドは部屋の隅の一番広く空いている場所に座り込み、テーブルクロス大のハンカチで目を拭《ぬぐ》っていた。

ビルは戸棚に近づき、ファイア・ウィスキーと、グラスをいくつか取り出す。

「さあ」そう言いながらビルは杖《つえ》を一振りし、十二人の戦士になみなみと満たしたグラスを送る。十三個目のグラスを宙に浮かべ、ビルが唱える。

「マッド‐アイに」

「マッド‐アイに」全員が唱和し、飲み干した。

「マッド‐アイに」一呼吸遅れて、しゃくり上げながらハグリッドが唱えた。

ファイア・ウィスキーはハリーの喉《のど》を焦がす。焼けるような感覚がハリーをしゃきっとさせた。麻痺《まひ》した感覚を呼び覚まし、現実に立ちもどらせ、なにかしら勇気のようなものに火を点《つ》けた。

「それじゃ、マンダンガスは行方をくらましたのか？」

一気にグラスを飲み干したルーピンが聞く。

まわりの空気がさっと変わった。緊張した全員の目が、ルーピンに注がれる。ルーピンにそのまま追及して欲しいという気持ちと、答えを聞くのが少し恐ろしいという気持ちが交じっている。ハリーにはそう思えた。

「みんなが考えていることはわかる」ビルが口を開く。「僕もここにもどる道々、同じことを疑った。なにしろ連中は、どうも我々を待ち伏せしていたようだったからね。しかし、マンダンガスが裏切ったはずはない。ハリーが七人になることを、連中は知らなかったし、だからこそ、我々が現れたとき連中は混乱した。それに、忘れてはいないだろうが、このいんちき戦法を提案したのはマンダンガスだ。肝心なポイントをやつらに教えていないというのは、おかしいだろう？　僕は、ダングが単純に恐怖に駆られただけだと思う。あいつは、はじめからきたくなかったんだが、マッド-アイがむりやり参加させた。それに、『例のあの人』が真っ先にあの二人を追った。それだけでだれだって動転するよ」

『例の人』は、マッド-アイの読みどおりに行動したわ」トンクスがすすり上げる。「マッド-アイが言ったけど、『あの人』は、本物のハリーなら、一番タフで熟練の闇祓《やみばら》いと一緒だと考えるだろうって。マッド-アイを最初に追って、マンダンガスが正体を現したあとは、キングズリーに切り替えた……」

「ええ、それはそのとーりでーすが」フラーが切り込んだ。「でも、わたしたちが今夜アリー《ハ》を移動するこーとを、なぜ知っていーたのか、説明つきませーんね？　だれかがうっかりでしたにちがいありませーん。だれかが外部のいと《ひ》にうっかり漏《も》らしましたね。彼らが日にちだけ知っていーて、プランの全部は知らなーいのは、それしか説明できませーん」

フラーは美しい顔にまだ涙の跡を残しながら全員を睨《にら》みつけ、異論があるなら言ってごらんと、無言で問いかけている。だれも反論しなかった。沈黙を破るのは、ハグリッドがハンカチで押さえながらヒックヒックしゃくり上げる声だけ。ハリーはハグリッドをちらりと見る。ほんの少し前、ハリーの命を救うために自分の命を危険にさらしたハグリッド――ハリーの大好きな、ハリーの信じているハグリッド。そして、一度はだまされて、ドラゴンの卵と引き換えに、ヴォルデモートに大切な情報を渡してしまったハグリッド……。

「ちがう」

で、ハリーの声が大きくなっていたようだ。

ハリーが声を上げると、全員が驚いてハリーを見る。ファイア・ウィスキーのせい

「あの……だれかがミスを犯して」ハリーは言葉を続ける。「それでうっかり漏《も》らしたのなら、きっとそんなつもりはなかったんだ。その人が悪いんじゃない」ハリーは、いつもより少し大きい声で繰り返した。「僕たち、お互いに信頼し合わないといけないんだ。僕はみんなを信じている。この部屋にいる人は、だれも僕のことをヴォルデモートに売ったりはしない」

ハリーの言葉のあとに、また沈黙が続いた。全員の目がハリーに注がれる。ハリーはふたたび高揚した気持ちになり、なにかをせずにはいられずファイア・ウィスキーをまた少し飲む。飲みながらマッド-アイのことを想った。マッド-アイは、人を信用したがるダンブルドアの傾向を、いつも痛烈に批判していた。

「よくぞ言ったぜ、ハリー」フレッドが不意に言葉を発した。

「傾聴、傾聴！　傾耳《けいみみ》、傾耳！」ジョージがフレッドを横目で見ながら合いの手を入れた。フレッドの口の端が悪戯《いたずら》っぽくひくひく動く。

ルーピンは、哀れみとも取れる奇妙な表情で、ハリーを見ている。

「僕が、お人好しのばかだと思っているんでしょう？」ハリーが詰問した。

「いや、君がジェームズに似ていると思ってね」ルーピンが応じる。「ジェームズ

は、友を信じないのは、不名誉きわまりないことだと考えていた」

ハリーには、ルーピンの言おうとすることがわかっている。父親は友人のピーター・ペティグリューに裏切られたではないかということだ。ハリーは説明できない怒りに駆られ、反論しようと思った。しかしルーピンは、ハリーから顔を背け、グラスを脇のテーブルに置いてビルに話しかけていた。

「やらなければならないことがある。私からキングズリーに頼んで、手を貸してもらえるかどうかと――」

「いや」ビルが即座に答える。「僕がやります。僕が行きます」

「どこに行くつもり？」トンクスとフラーが同時に聞く。

「マッド-アイの亡骸《なきがら》だ」ルーピンが答えた。「回収する必要がある」

「そのことは――？」ウィーズリーおばさんが、懇願するようにビルを見る。

「待てないかって？」ビルが言う。「いや。死喰い人たちに奪われたくはないでしょう？」

だれもなにも言わない。ルーピンとビルは、みなに挨拶して出ていった。

残った全員がいまや力なく椅子に座り込んだが、ハリーだけは立ったままでいた。死は突然であり、妥協がない。全員がその死の存在を意識している。

「僕も行かなければならない」ハリーが宣言した。

十組の驚愕した目がハリーを見る。

「ハリー、そんなばかなことを」ウィーズリーおばさんが制する。「いったい、どういうつもりなの？」

「僕はここにはいられない」

ハリーは額《ひたい》をこすった。こんなふうに痛むことはここ一年以上なかったのに、またちくちくと痛み出していた。

「僕がここにいるかぎり、みんなが危険だ。僕はそんなこと――」

「ばかなことを言わないで！」ウィーズリーおばさんが諭《さと》す。「今夜の目的は、あなたを無事にここに連れてくることだったのよ。そして、ああ、うれしいことにうまくいったわ。それに、フラーが、フランスではなく、ここで結婚式を挙げることを承知したの。私たちはね、みんながここに泊まってあなたを護れるように、なにもかも整えたのよ――」

おばさんにはわかっていない。気が楽になるどころか、ハリーはますます気が重くなる。

「もしヴォルデモートが、ここに僕がいることを嗅《か》ぎつけたら――」

「でも、どうしてそうなるって言うの？」ウィーズリーおばさんが反論する。

「ハリー、いま現在、君のいそうな安全な場所は十二か所もある」ウィーズリーおじさんも加わる。「その中のどの家に君がいるのか、あいつにわかるはずがない」

「僕のことを心配してるんじゃない！」ハリーが言葉を強めた。

「わかっているよ」ウィーズリーおじさんが静かに言う。「しかし、君が出ていけば、今夜の私たちの努力はまったく無意味になってしまうだろう」

「おまえさんは、どこにも行かねえ」ハグリッドがうなるように言った。「とんでもねえ、ハリー、おまえさんをここに連れてくるのに、あんだけいろいろあったっちゅうのにか？」

「そうだ。おれの流血の片耳はどうしてくれる？」ジョージはクッションの上に起き上がりながら声を上げた。

「わかってる――」

「マッド‐アイはきっと喜ばないと――」

「わかってるったら！」ハリーは声を張り上げた。

ハリーは包囲されて責められているような気持ちがした。みなが自分のためにしてくれたことを、僕が知らないとでも思っているのか？　だからこそ、みなが僕のためにこれ以上苦しまないうちに、たったいま出ていきたいんだってことがわからないのか？　長い、気づまりな沈黙が流れ、その間もハリーの傷痕《きずあと》はちくちくと痛み、疼《うず》き続けている。

しばらくして沈黙を破ったのは、ウィーズリーおばさんだった。

「ハリー、ヘドウィグはどこなの？」おばさんがなだめすかすように言葉をかける。「ピッグウィジョンと一緒に休ませて、なにか食べ物をあげましょう」

ハリーは内臓がぎゅっと締めつけられ、おばさんに本当のことが言えなかった。答えずにすむように、ハリーはグラスに残ったファイア・ウィスキーを飲み干した。

「いまに知れ渡るだろうが、ハリー、おまえさんはまた勝った」ハグリッドが言う。「やつの手を逃れたし、やつに真上まで迫られたっちゅうのに、戦って退《しりぞ》けた！」

「僕じゃない」ハリーがにべもなく返す。「僕の杖《つえ》がやったことだ。杖がひとりでに動いたんだ」

しばらくしてハーマイオニーが優しく説くように言う。

「ハリー、でもそんなことありえないわ。あなたは自分で気がつかないうちに魔法を使ったのよ。直感的に反応したんだわ」

「ちがうんだ」ハリーが返す。「バイクが落下していて、僕はヴォルデモートがどこにいるのかもわからなくなっていた。それなのに杖が手の中で回転して、あいつを見つけて呪文を発射したんだ。僕にはなんだかわからない呪文をだ。僕はこれまで、金色の炎なんて出したことがない」

「よくあることだ」ウィーズリーおじさんが言う。「プレッシャーがかかると、夢にも思わなかったような魔法が使えることがある。まだ訓練を受ける前の小さな子供がよくやることだが――

「そんなことじゃなかった」ハリーは歯を食いしばりながら言い募る。傷痕《きずあと》が焼けるように痛む。いらだちを抑え切れない。ハリーこそヴォルデモートと対抗できる力を持っていると、みなが勝手に思い込んでいるのがいやでたまらない。

だれもなにも言わなかった。自分の言ったことを信じていないことが、ハリーにはわかっていた。それに考えてみれば、杖がひとりでに魔法を使うという話は聞いたことがない。

傷痕が焼けつくようで、うめき声を上げないようにするのが精一杯だ。外の空気を吸ってくるとつぶやきながら、ハリーはグラスを置いて居間を出た。

暗い裏庭を横切る際、骨ばったセストラルが顔を向けて巨大なコウモリのような翼をこすり合わせたが、またすぐ草を食《は》みはじめる。ハリーは庭に出る門のところで立ち止まり、伸び放題の庭木を眺め、ずきずき疼《うず》く額《ひたい》をこすりながら、ダンブルドアのことを考えた。

ダンブルドアなら、ハリーを信じてくれただろう、絶対に。ダンブルドアならハリーの杖がなぜひとりでに動いたのかも、どのように動いたのかもわかっているだろう。ダンブルドアは、どんなときにも答えを持っていた。杖一般についてはもちろん、ハリーの杖《つえ》とヴォルデモートの杖の間に不思議な絆があることも説明してくれた……しかし、ダンブルドアは逝《い》ってしまった。そしてマッド-アイも、シリウスも、両親も、哀れなハリーのふくろうも、みな、ハリーが二度と話ができないところへ行ってしまった。喉《のど》が焼けるような気がする。それは、ファイア・ウィスキーとはなんの関係もなかった……。

そのとき、まったく唐突に、傷痕《きずあと》の痛みが最高潮に達した。額《ひたい》を押さえ、目を閉じる。頭の中に声が聞こえてきた。

「だれか他の者の杖を使えば問題は解決すると、貴様はそう言ったな！」

ハリーの頭の中に映像がぱっと浮かぶ。ボロボロの服の、やせ衰えた老人が石の床に倒れ、長く恐ろしいさけび声を上げている。耐え難い苦痛の悲鳴だ……。

「やめて！　やめてください！　どうか、どうかお許しを……」

「ヴォルデモート卿《きょう》に対して、嘘をついたな、オリバンダー！」

「嘘ではない……けっして嘘など……」

「おまえはポッターを助けようとしたな。俺様《おれさま》の手を逃れる手助けをしたな！」

「けっしてそのようなことは……別の杖ならうまくいくと信じていました……」

「それなら、なぜあのようなことが起こったのだ。言え。ルシウスの杖は破壊されたぞ！」

「わかりません……絆は……二人の杖の間に……その二本の間にしかないのです……」

「嘘だ！」

「どうか……お許しを……」

ハリーは、蠟《ろう》のような手が杖を上げるのを見た。そしてヴォルデモートの邪悪な怒りがどっと流れるのを感じ、弱り切った老人が苦痛に身をよじり、床をのたうち回る姿を見た——。


「ハリー？」

始まったときと同様に、事は突然終わった。ハリーは、門にすがって震えながら暗闇の中に立っていた。動悸《どうき》が高まり、傷痕はまだ痛んでいる。しばらくしてやっと、ロンとハーマイオニーがそばに立っているのに気づく。

「ハリー、家の中にもどって」ハーマイオニーが小声で言う。「出ていくなんて、まだ、そんなことを考えてるんじゃないでしょうね？」

「そうさ、おい、君はここにいなきゃ」ロンがハリーの背中をバンとたたいた。

「気分が悪いの？」近づいたハーマイオニーが、ハリーの顔を覗き込んで聞く。「ひどい顔よ！」

……」

「まあね」ハリーが弱々しく答える。「たぶん、オリバンダーよりはましだろうけど

いま見たことをハリーが話し終えると、ロンは呆気《あっけ》に取られた顔をしたが、ハーマイオニーは怯《おび》え切っている。

「そういうことは終わったはずなのに！　あなたの傷痕《きずあと》――こんなことはもうしないはずだったのに！　またあのつながりを開いたりしてはいけないわ――ダンブルドアはあなたが心を閉じることを望んでいたのよ！」

ハリーが答えずにいると、ハーマイオニーはハリーの腕を強くにぎった。

「ハリー、あの人は魔法省を乗っ取りつつあるわ！　新聞も、魔法界の半分もよ！　あなたの頭の中までそうなっちゃだめ！」

第６章　パジャマ姿の屋根裏お化け

マッド‐アイを失った衝撃は、それから何日も、家中に重く垂れ込めていた。ハリーは、ニュースを伝えに家に出入りする騎士団のメンバーに交じって、マッド‐アイも裏口からコツッコツッと義足を響かせて入ってくるような気がしてならなかった。罪悪感と哀しみを和らげるには行動しかない。分霊箱《ぶんれいばこ》を探し出して破壊する使命のために、できるだけ早く出発しなければならない、とハリーは感じていた。

「でも、十七歳になるまでは、君にはなにもできないじゃないか。その『×××』のこと」ロンは分霊箱と声には出さず、口だけを動かす。「なにしろ、まだ『臭い』がついているんだから。それに、ここだってどこだって計画は立てられるだろ？　それとも」ロンは声を落としてささやいた。「『例のあの物』がどこにあるか、もうわかってるのか？」

「いいや」ハリーは認めた。

「ハーマイオニーが、ずっとなにか調べていたと思うよ」ロンが続ける。「君がここへくるまでは黙ってるって、ハーマイオニーがそう言ってた」

ハリーとロンは、朝食のテーブルで話していた。ウィーズリーおじさんとビルがいましがた仕事に出かけ、おばさんはハーマイオニーとジニーを起こしに上の階にいき、そしてフラーが湯船に浸かるためにゆったりと出ていったあとのこと。

『臭い』は三十一日に消える」ハリーが言う。「ということは、僕がここにいなければならないのは、四日だ。そのあとは、僕——」

「五日だよ」ロンがはっきり訂正する。「僕たち、結婚式に残らないと。出席しなかったら、あの人たちに殺されるぜ」

「あの人たち」というのが、フラーとウィーズリーおばさんのことだとハリーは理解した。

「たった一日増えるだけさ」抗議したそうなハリーの顔を見て、ロンが言う。

「〝あの人たち〟には、事の重要さが——?」

「もちろん、わかってないさ」ロンは当然という顔をする。「あの人たちは、これっぽっちも知らない。そうだ、話が出たついでに君に言っておきたいことがあるんだ」

ロンは、玄関ホールへのドアをちらりと見て、母親がまだもどってこないことを確かめてから、ハリーのほうに顔を近づけた。

「ママは、僕やハーマイオニーから聞き出そうと、躍起になってるんだ。僕たちがなにをするつもりなのかって。次は君の番だから、覚悟しとけよ。パパにもルーピンにも聞かれたけど、ハリーはダンブルドアから、僕たち二人以外には話さないようにと言われてるって説明したら、もう聞かなくなった。でもママはあきらめない」

ロンの予想は、それから数時間も経たないうちに的中した。昼食の少し前、ウィーズリーおばさんはハリーに頼み事があると言って、みなから引き離した。ハリーのリュックサックから出てきたと思われる片方だけの男物の靴下が、ハリーのものかどうかを確かめてほしいというわけだ。台所の隣にある小さな洗い場にハリーを追いつめるや、おばさんの攻勢が始まった。

「ロンとハーマイオニーは、どうやらあなたたち三人とも、ホグワーツを退学すると考えているらしいのよ」おばさんは、何気ない軽い調子で切り出す。

「あー」ハリーが答える。「あの、ええ、そうです」

隅のほうで洗濯物しぼり機がひとりでに回り、ウィーズリーおじさんの下着のようなものを一枚しぼり出していた。

「ねえ、どうして勉強をやめてしまうのかしら？」おばさんが聞く。

「あの、ダンブルドアが僕に……やるべきことを残して」ハリーは口ごもる。「ロンとハーマイオニーはそのことを知っています。それで二人とも一緒にきたいって」

「『やるべきこと』ってどんなことなの？」

「ごめんなさい。僕、言えない――」

「あのね、率直に言って、アーサーと私は知る権利があると思うの。それに、グレンジャーご夫妻もそうおっしゃるはずよ！」ウィーズリーおばさんが圧力をかける。「子を心配する親心」攻撃作戦を、ハリーは前から恐れていた。ハリーは気合を入れて、おばさんの目をまっすぐに見返す。そのせいで、おばさんの褐色の目が、ジニーの目とまったく同じ色合いであることに気づいてしまった。これには弱った。

「おばさん、ほかのだれにも知られないようにというのが、ダンブルドアの願いでした。すみません。ロンもハーマイオニーも、一緒にくる必要はないんです。二人が選ぶことです――」

「あなただって、行く必要はないわ！」いまや遠回しをかなぐり捨てたおばさんが、ぴしゃりと言い放つ。「あなたたち、ようやく成人に達したばかりなのよ！　まったくナンセンスだわ。ダンブルドアがなにか仕事をさせる必要があったのなら、騎士団全員が指揮下にいたじゃありませんか！　ハリー、あなた、誤解したにちがいないわ。ダンブルドアは、たぶん、だれかにやり遂げて欲しいことがあると言っただけなのよ。それを、あなたは自分に言われたと考えて――」

「誤解なんかしていません」ハリーはきっぱりと言い切る。「僕でなければならないことなんです」ハリーは自分のものかどうかを見分けるはずの靴下の片方を、おばさんに返した。金色のパピルスの模様がついている。「それに、これは僕のじゃないです。僕、パドルミア・ユナイテッドのサポーターじゃありません」

「あら、そうだったわね」ウィーズリーおばさんは急に何気ない口調にもどったが、かなり気になるもどり方だ。「私が気づくべきだったのにね。じゃあ、ハリー、あなたがまだここにいる間に、ビルとフラーの結婚式の準備を手伝ってもらってもかまわないかしら？　まだまだやることがたくさん残っているの」

「いえ——あの——もちろんかまいません」

急に話題が変わったことに、相当な引っかかりを感じながらハリーは答える。

「助かるわ」おばさんはそう言い、洗い場から出ていきながらほほえんでいた。

そのときを境にウィーズリーおばさんは、ハリーとロン、ハーマイオニーを、結婚式の準備で大童《おおわらわ》にしてくれた。忙しくてなにも考える時間がないほどだ。おばさんの行動を善意に解釈すれば、三人ともマッド‐アイのことや先日の移動の恐怖を忘れていられるように、と配慮してのことなのだろう。しかし、二日間休む間もなく、ナイフやスプーン磨き、パーティ用の小物やリボンや花などの色合わせ、庭小人《にわこびと》駆除、大量のカナッペを作るおばさんの手伝い等々を続けたあと、ハリーはおばさんには別の意図があるのではないかと疑いはじめた。おばさんが言いつける仕事のすべてが、ハリー、ロン、ハーマイオニーの三人を、別々に引き離しておくためのものに思える。最初の晩、ヴォルデモートがオリバンダーを拷問していた話をして以来、だれもいないところで二人と話す機会はまったくなくなっていた。

「ママはね、三人が一緒になって計画するのを阻止すれば、あなたたちの出発を遅らせることができるだろうって、考えているんだわ」

三日目の夜、一緒に夕食の食器をテーブルに並べながら、ジニーが声をひそめてハリーに耳打ちした。

「でも、それじゃおばさんは、そのあと、どうなると思っているんだろう？」ハリーがつぶやく。「僕たちをここに足止めして、ヴォローヴァン・パイなんか作らせている間に、だれかがヴォルデモートの息の根を止めてくれるとでも言うのか？」

深く考えもせずにそう言うと、ジニーの顔が見る見る青ざめていく。

「それじゃ、ほんとなのね？」ジニーが確かめる。「あなたがしようとしていることは、それなのね？」

「僕――別に――冗談さ」ハリーはごまかした。

二人はじっと見つめ合う。ジニーの表情には、単に衝撃を受けただけではないなにかがあった。突然ハリーは、ジニーと二人きりになったのはしばらくぶりだということに気がついた。ホグワーツの校庭の隠れた片隅で、こっそり二人きりの時間を過ごした日々以来のことだ。ジニーもその時間のことを思い出しているにちがいない。そのとき勝手口の戸が開き、二人とも飛び上がるほど驚いた。ウィーズリーおじさんとキングズリー、ビルが入ってきた。

いまでは、夕食に騎士団のメンバーが訪れることが多くなっている。「グリモールド・プレイス十二番地」に代わって、「隠れ穴」が本部の役目を果たしていたからだ。ウィーズリーおじさんの話では、騎士団の「秘密《ひみつ》の守人《もりびと》」だったダンブルドアの死後は、本部の場所を打ち明けられていた騎士団員が、ダンブルドアに代わってあの本部の「秘密の守人」を務めることになったとのこと。

「しかし、守人は二十人ほどいるから、『忠誠《ちゅうせい》の術』も相当弱まっている。死喰い人が、我々のうちのだれかから秘密を聞き出す危険性も二十倍だ。秘密が今後どれだけ長く保たれるか、あまり期待できないね」

「でも、きっとスネイプが、もう十二番地を死喰い人に教えてしまったのでは？」

ハリーが聞いた。

「さあね、スネイプが十二番地に現れたときに備えて、マッド-アイが二種類の呪文をかけておいた。それが効いてスネイプを寄せつけず、もしあの場所のことをしゃべろうとしたらあいつの舌を縛ってくれることを願っているがね。しかし確信は持てない。護りが危うくなってしまった以上、あそこを本部として使い続けるのは、まともな神経とは言えないだろう」

その晩の台所は超満員で、ナイフやフォークを使うことさえ難しかった。気がつくとハリーは、ジニーの隣に押し込まれていた。いましがた無言で二人の間に通い合ったものを思うと、ハリーはジニーとの間にもう二、三人座っていて欲しかった。ジニーの腕に触れないようにしようと必死になって、チキンを切ることさえできないくらいだ。

「マッド-アイのことは、なにもわからないの？」ハリーがビルに聞く。

「なんにも」ビルが答えた。

ビルとルーピンが遺体を回収できなかったために、まだマッド-アイ・ムーディの葬儀ができないままでいる。あの暗さ、あの混戦状態からして、マッド-アイがどこに落ちたのかを推定するのは難しい。

『日刊予言者《にっかんよげんしゃ》』には、マッド-アイが死んだとも遺体を発見したとも、一言も載っていない」ビルが話を続ける。「しかし、それは、取りたてて言うほどのことでもない。あの新聞は、最近いろいろなことに口をつぐんだままだからね」

「それに、死喰い人から逃れるときに、未成年の僕があれだけ魔法を使ったのに、まだ尋問《じんもん》に召喚《しょうかん》されないの？」ハリーはテーブルの向こうにいるウィーズリーおじさんに聞いたが、おじさんは首を横に振る。「僕にはそうするしか手段がなかったって、わかっているからなの？　それとも、ヴォルデモートが僕を襲ったことを公表されたくないから？」

「あとのほうの理由だと思うね。スクリムジョールは、『例のあの人』がこれほど強くなっていることもアズカバンから集団脱走されたことも、認めたくないんだよ」

「そうだよね、世間に真実を知らせる必要なんかないものね？」

ハリーはナイフをぎゅっとにぎりしめる。すると、右手の甲にうっすらと残る傷痕《きずあと》が白く浮かび上がった。

〝私は嘘をついてはいけない〟

「魔法省には、大臣に抵抗しようって人はいないの？」ロンが憤慨する。

「もちろんいるよ、ロン。しかしだれもが怯《おび》えている」ウィーズリーおじさんが答える。「次は自分が消される番じゃないか、自分の子供たちが襲われるんじゃないか、とね。いやな噂《うわさ》も飛び交っている。たとえば、ホグワーツのマグル学の教授の辞任にしたって、信じていないのはおそらく私だけじゃない。もう何週間も彼女は姿を消したままだ。一方、スクリムジョールは一日中大臣室にこもりきり。なにか対策を考えていると望みたいところだがね」

一瞬話が途切れたところで、ウィーズリーおばさんが空になった皿を魔法で片付け、アップルパイを出した。
「アリー《ハ》、あなたをどんなふうに変装させるか、きめないといけませーんね」
デザートが行き渡ったところでフラーが口を開いた。ハリーがきょとんとしている
と、フラーが、「結婚式のためでーすね」とつけ加える。
「もちろん、招待客に死喰い人はいませーん。でも、シャンパーニュを飲んだあ
と、秘密のことを漏《も》らさなーいという保証はありませーんね」
その言い方で、ハリーは、フラーがまだハグリッドを疑っていると思った。
「そうね、そのとおりだわ」
テーブルの一番奥に座っていたウィーズリーおばさんが、鼻メガネをかけて異常に
長い羊皮紙《ようひし》に書きつけた膨大な仕事のリストを調べながら言う。
「さあ、ロン、部屋のお掃除はすんだの？」
「どうして？」ロンはスプーンをテーブルにたたきつけ、母親を睨《にら》みながらさけ
ぶ。「どうして自分の部屋まで掃除しなきゃならないんだ？　ハリーも僕もいまのま
までいいのに！」
「まもなくお兄さんがここで結婚式を挙げるんですよ、坊ちゃん――」
「僕の部屋で挙げるって言うのか？」ロンがかんかんになって食ってかかる。「ちが
うだろ！　なら、なんでまた、おたんこなすのすっとこどっこいの――」

「母親に向かってそんな口をきくものじゃない」ウィーズリーおじさんがきっぱりと叱る。「言われたとおりにしなさい」

ロンは父親と母親を睨みつけ、それからスプーンを拾い上げて、少しだけ残っていたアップルパイに食ってかかった。

「手伝うよ。僕が散らかした物もあるし」

ハリーがロンにそう言うと、おばさんがハリーの言葉を遮《さえぎ》った。

「いいえ、ハリー、あなたはむしろ、アーサーの手伝いをしてくださると助かるわ。鶏の糞《ふん》を掃除してね。それからハーマイオニー、デラクールご夫妻のためにシーツを取り代えておいてくださるとありがたいんだけど。ほら、明日の午前十一時に到着なさる予定なのよ」

結局、鶏のほうは、ほとんどすることがなかった。

「なんと言うか、その、モリーには言う必要はないんだが」おじさんはハリーが鶏小屋に近づくのを阻《はば》みながらもごもご言い訳をする。「しかし、その、テッド・トンクスがシリウスのバイクの残骸をほとんど送ってくれてね、それで、なんだ、ここに隠して――いやその、保管して――あるわけだ。すばらしいものだよ。排気ガス抜きとか――たしかそんな名前だったと思うが――壮大なバッテリーとかだがね。それにブレーキがどう作動するかがわかるすばらしい機会だ。もう一度組み立ててみるつもりだよ。モリーが見ていない――いや、つまり、時間があるときにね」

二人で家にもどったときには、おばさんの姿はどこにもなかった。そこでハリーは、こっそり屋根裏のロンの部屋に行ってみる。

「ちゃんとやってるったら、やってる！――あっ、なんだ、君か」

ハリーが部屋に入ると、ロンがほっとしたように言う。ロンは、いまのいままで寝転がっていたことが見え見えのベッドに、また横になる。ずっと散らかしっぱなしだった部屋はそのままで、ちがうと言えば、ハーマイオニーが部屋の隅に座り込んでいることぐらいだ。足元には、ふわふわしたオレンジ色のクルックシャンクスがいる。ハーマイオニーは本を選り分け、二つの大きな山にして積み上げていた。中にはハリーの本もある。

「あら、ハリー」

ハリーが自分のキャンプベッドに腰掛けると、ハーマイオニーが声をかける。

「ハーマイオニー、君はどうやって抜け出したの？」

「ああ、ロンのママったら、昨日もジニーと私にシーツを代える仕事を言いつけたのに、忘れているのよ」

ハーマイオニーは『数秘学と文法学』を一方の山に投げ、『闇の魔術の盛衰』をもう一方の山に投げる。

「マッド‐アイのことを話してたところなんだけど」ロンがハリーに言う。「僕、生き延びたんじゃないかと思うんだ」

「だけど、『死の呪文』に撃たれたところを、ビルが見ている」ハリーが反論する。

「ああ、だけど、ビルも襲われてたんだぞ」ロンが返す。「そんなときに、なにを見たなんて、はっきり言えるか？」

「たとえ『死の呪文』が逸《そ》れていたにしても、マッド‐アイは地上三百メートルあたりから落ちたのよ」

『イギリスとアイルランドのクィディッチ・チーム』の本の重さを手で測りながら、ハーマイオニーも異議を唱える。

「『盾《たて》の呪文』を使ったかもしれないぜ――」

「杖《つえ》が手から吹き飛ばされたって、フラーが言ったよ」ハリーがだめを押す。

「そんならいいさ、君たち、どうしてもマッド‐アイを死なせたいんなら」

ロンは、枕をたたいて楽な形にしながら、不機嫌そうに言う。

「もちろん死なせたくないわ！」ハーマイオニーが衝撃を受けたような顔をした。

「あの人が死ぬなんて、あんまりだわ！　でも現実的にならなくちゃ！」

ハリーははじめて、マッド‐アイの亡骸《なきがら》を想像した。ダンブルドアと同じように折れ曲がっているのに、片方の目玉だけが眼窩《がんか》に納まったまま、ぐるぐる回っている。

ハリーは目を背けたいような気持ちがわいてくると同時に、笑い出したいような奇妙な気持ちも交じるのを感じた。

「たぶん死喰い人のやつらが、自分たちの後始末をしたんだよ。だからマッド-アイは見つからないのさ」ロンがいみじくも言う。

「そうだな」ハリーが受ける。「バーティ・クラウチみたいに、骨にしてハグリッドの小屋の前の庭に埋めたとか。『変身呪文』で姿を変えたムーディを、どこかにむりやり押し込んだかも――」

「やめて！」ハーマイオニーが金切り声を上げた。

驚いて声のほうを見ると、ハーマイオニーが教科書の「スペルマンのすっきり音節」の上にわっと泣き伏している。

「ごめん」ハリーは、旧式のキャンプベッドから立ち上がろうとじたばたしながら謝った。「ハーマイオニー、いやな思いをさせるつもりは――」

しかし、錆ついたベッドのバネが軋《きし》む大きな音がして、ベッドから飛び起きたロンがすでに駆け寄っている。ロンは片腕をハーマイオニーに回しながら、ジーンズのポケットを探って、前にオーブンを拭《ふ》いたむかつくほど汚らしいハンカチを引っ張り出し、あわてて取り出した杖《つえ》をボロ布に向けて唱えた。

「テルジオ！　拭え！」

杖が、油汚れを大部分吸い取る。さも得意気な顔で、ロンは少し燻《くすぶ》っているハンカチをハーマイオニーに渡した。

「まあ……ありがとう、ロン……ごめんなさい……」ハーマイオニーは鼻をかみ、しゃくり上げる。「ひ、ひどいことだわ。ダンブルドアのす、すぐあとに……。私、ほ、本当に――い、一度も――マッド‐アイが死ぬなんて、考えなかったわ。なぜだか、あの人は不死身みたいだった！」

「うん、そうだね」ロンは、ハーマイオニーを片腕でぎゅっと抱きしめながら言った。「でも、マッド‐アイがいまここにいたら、なんて言うかわかるだろ？」

「『ゆ――油断大敵』」ハーマイオニーが涙を拭《ぬぐ》いながら答える。

「そうだよ」ロンがうなずく。「自分の身に起こったことを教訓にしろって、そう言うさ。そして、僕は学んだよ。あの腰抜けで役立たずのチビのマンダンガスを、信用するなってね」

ハーマイオニーは泣き笑いをし、前屈みになって本をまた二冊拾い上げる。次の瞬間、ロンはハーマイオニーの両肩に回していた腕を、急に引っ込めた。ハーマイオニーが『怪物的な怪物の本』をロンの足に落としたのだ。本を縛っていたベルトが外れ、解き放たれた本が、ロンの踵《かかと》に荒々しく噛《か》みついた。

「ごめんなさい、ごめんなさい！」

ハーマイオニーがさけび声を上げ、ハリーはロンの踵《かかと》から本をもぎ取って元どおり縛り上げた。

「いったい全体、そんなにたくさんの本をどうするつもりなんだ?」

ロンは片足を引きずりながらベッドにもどる。

「どの本を持っていくか、決めているだけよ」ハーマイオニーが答えた。「分霊箱《ぶんれいばこ》を探すときにね」

「ああ、そうだった」ロンが額《ひたい》をピシャリとたたいた。「移動図書館の車に乗ってヴォルデモートを探し出すってことを、すっかり忘れてたよ」

「ハ、ハ、ハ、ね」ハーマイオニーが「スペルマンのすっきり音節」を見下ろしながら言う。「どうかなぁ……ルーン文字を訳さないといけないことがあるかしら? ありうるわね……万が一のために、持っていったほうがいいわ」

ハーマイオニーは「すっきり音節」を二つの山の高いほうに置き、それから『ホグワーツの歴史』を取り上げた。

「聞いてくれ」ハリーが声を上げる。ハリーはベッドに座りなおしていた。ロンとハーマイオニーは、二人揃ってあきらめと挑戦の入り交じった目をハリーに向ける。

「ダンブルドアの葬儀のあとで、君たちは僕と一緒にきたいと言ってくれたね。それはわかっているんだ」ハリーは話しはじめた。

「ほらきた」ロンが目をぎょろぎょろさせながら、ハーマイオニーを見る。

「そうくると思ってたわよね」

ハーマイオニーがため息をついて、また本に取りかかった。

「あのね、『ホグワーツの歴史』は持っていくわ。もう学校にはもどらないけど、やっぱり安心できないのよ、これを持っていないと――」

「聞いてくれよ！」ハリーがもう一度声を張り上げる。

「いいえ、ハリー、あなたのほうこそ聞いて」ハーマイオニーが言う。「私たちはあなたと一緒に行くわ。もう何か月も前に決めたことよ――実は何年も前にね」

「でも――」

「黙れよ」ロンがハリーに意見する。

「――君たち、本当に真剣に考え抜いたのか？」ハリーは食い下がった。

「そうね」

ハーマイオニーはかなり激しい表情で『トロールとのとろい旅』を不要本の山にたたきつけた。

「私はもう、ずいぶん前から荷造りしてきたわ。だから私たち、いつでも出発できます。ご参考までに申し上げますけど、準備にはかなり難しい魔法も使ったわ。とくに、ロンのママの目と鼻の先で、マッド‐アイのポリジュース薬を全部ちょうだいするということまでやってのけました。

それに、私の両親の記憶を変えて、ウェンデル・ウィルキンズとモニカ・ウィルキンズという名前だと信じ込ませ、オーストラリアに移住することが人生の夢だったと思わせたわ。二人はもう移住したの。ヴォルデモートが二人を追跡して、私のことで、または——残念ながら、あなたのことを両親にずいぶん話してしまったから——あなたのことで二人を尋問《じんもん》するのがいっそう難しくなるようにね。

もし私が分霊箱《ぶんれいばこ》探しから生きてもどったら、パパとママを探して呪文を解くわ。もしそうでなかったら——そうね、私のかけた呪文が十分に効いていると思うから、安全に幸せに暮らせると思う。ウェンデルとモニカ・ウィルキンズ夫妻はね、娘がいたことも知らないの」

ハーマイオニーの目が、ふたたび涙で潤みはじめる。ロンはまたベッドから降り、もう一度ハーマイオニーに片腕を回して、繊細さに欠けると非難するようにハリーにしかめ面を向ける。

ハリーは言うべき言葉を思いつかない。ロンがだれかに繊細さを教えるというのが、非常に珍しかったせいばかりではない。

「僕——ハーマイオニー、ごめん——僕、そんなことは——」

「気づかなかったの？　ロンも私も、あなたと一緒に行けばどういうことが起こるかくらい、はっきりわかっているわ。それに気づかなかったの？　ええ、私たちにはわかっているわ。ロン、ハリーにあなたのしたことを見せてあげて」

「うぇぇ、ハリーはいま食事したばかりだぜ」ロンが抵抗する。

「見せるのよ。ハリーは知っておく必要があるわ！」

「ああ、わかったよ。ハリー、こっちにこいよ」

ロンは、ハーマイオニーに回していた腕を離し、ドアに向かってドスドス歩いていく。

「こいよ」

「どうして？」ロンに従《したが》いて部屋の外の狭い踊り場に出ながら、ハリーが聞いた。

「ディセンド、降りよ」ロンは杖《つえ》を低い天井に向け、小声で唱える。

真上の天井の撥《は》ね戸が開き、二人の足元に梯子《はしご》が滑り降りてくる。四角い撥ね戸から、半分息を吸い込むような、半分うめくような恐ろしい音が聞こえ、同時に下水を開けたような悪臭が漂ってきた。

「君の家の、屋根裏お化けだろう？」ときどき夜の静けさを破る生き物だが、ハリーはまだ実物にお目にかかったことはない。

「ああ、そうさ」ロンが梯子を上りながら言った。「さあ、こっちにきて、やつを見ろよ」

ロンのあとから短い梯子《はしご》を数段上ると、狭い屋根裏部屋に出た。頭と肩をその部屋に突き出したところで、一メートルほど先に身を丸めている生き物の姿がハリーの目に止まる。薄暗い部屋で大口を開けてぐっすり寝ている。

「でも、これ……見たところ……屋根裏お化けって普通パジャマを着てるの?」

「いいや」ロンが答える。「それに、普通は赤毛でもないし、こんなできものも噴き出しちゃいない」

ハリーは少し吐《は》き気を催しながら、生き物をしげしげと眺めた。形も大きさも人間並だし、暗闇に目が慣れてくると、着ているのはロンのパジャマのお古だと明らかにわかる。普通の屋根裏お化けは、たしか禿《は》げてぬるぬるした生き物のはずだ。こんなに髪の毛が多いはずはないし、体中に赤紫の疱疹《ほうしん》の炎症があるはずもない。

「こいつが僕さ。わかるか?」ロンが指をさす。

「いや」ハリーは戸惑う。「僕にはさっぱり」

「部屋にもどってから説明するよ。この臭いには閉口だ」ロンは、半分息を止めている。二人は下に降り、ロンが梯子を天井に片付けて、まだ本を選り分けているハーマイオニーのところにもどる。

「僕たちが出発したら、屋根裏お化けがここにきて、僕の部屋に住む」ロンが説明を始める。「あいつ、それを楽しみにしてると思うぜ——まあ、はっきりとはわからないけどね。なにしろあいつは、うめくことと涎《よだれ》を垂らすことしかできないからな――だけど、そのことを言うと、あいつ何度もうなずくんだ。とにかく、あいつが僕になる。黒斑病《こくはんびょう》にかかった僕だ。冴《さ》えてるだろう、なっ？」

ハリーは混乱そのものの顔になる。

「冴えてるさ！」

ロンは、ハリーがこの計画のすばらしさを理解していないことに焦り焦《じ》りしていた。

「いいか、僕たち三人がホグワーツにもどらないと、みんなはハーマイオニーと僕が、君と一緒だと考える。そうだろ？　つまり、死喰い人たちが、君の行方を知ろうとして、まっすぐ僕たちの家族のところへくる」

「でも、うまくいけば、私は、パパやママと一緒に遠くへ行ってしまったように見えるわけ。マグル生まれの魔法使いたちは、いま、どこかに隠れる話をしている人が多いから」ハーマイオニーがロンを受ける。

「僕の家族を全員隠すわけにはいかない。それじゃあんまり怪しすぎるし、全員が仕事をやめるわけにはいかない」ロンが続ける。「そこで、僕が黒斑病で重体だ、だから学校にももどれない、という話をでっち上げる。だれかが調査にきたら、パパとママが、できものだらけで僕のベッドに寝ている屋根裏お化けを見せる。黒斑病はすごく伝染《うつ》るんだ。だから連中はそばに寄りたがらない。やつが話せなくたって問題ないんだ。だって、菌《きん》が喉《のど》ぼとけまで広がったら、当然話せないんだから」

「それで、君のママもパパも、この計画に乗ってるの?」ハリーが聞いた。

「パパのほうはね。フレッドとジョージが、屋根裏お化けを変身させるのを手伝ってくれた。ママは……まあね、ママがどんな人か、君もずっと見てきたはずだ。僕たちが本当に行ってしまうまでは、ママはそんなこと受け入れないよ」

部屋の中がしんとなる。ときどき静けさを破るのは、ハーマイオニーがどちらかの山に本を投げるトン、トンという軽い音だけ。ロンは座ってハーマイオニーを眺め、ハリーはなにも言えずに二人を交互に見ていた。二人は、本当にハリーと一緒にくるつもりなのだ。二人が家族を守るためにそこまで準備していたということが、なににも増してはっきりとハリーにそのことを気づかせてくれる。それに、それがどれほど危険なことか、二人にはよくわかっているのだ。ハリーは、二人の決意が自分にとってどんなに重みを持つものなのかを伝えたかった。しかし、その重みに見合う言葉が見つからない。

沈黙を破って、四階下からウィーズリーおばさんのくぐもったどなり声が聞こえてきた。

「ジニーが、ナプキン・リングなんてつまんないものに、ちょっぴり染みでも残してたんじゃないか」ロンが鼻にしわを寄せる。「デラクール一家が、なんで式の二日も前にくるのか、わかんねえよ」

「フラーの妹が花嫁の付き添い役だから、リハーサルのためにこなきゃいけないの。それで、まだ小さいから、一人ではこられないのよ」ハーマイオニーが『泣き妖怪バンシーとのナウな休日』をどちらに分けるか決めかねて、じっと見ながら答える。

「でもさ、お客がくると、ママのテンションは上がる一方なんだよな」ロンが首を振り振り言う。

「絶対に決めなくちゃならないのは――」

ハーマイオニーは『防衛術の理論』をちらと見ただけでゴミ箱に投げ入れ、『ヨーロッパにおける魔法教育の一考察』を取り上げながら話題をもどした。

「ここを出てから、どこへ行くのかってこと。ハリー、あなたが最初にゴドリックの谷に行きたいって言ったのは知ってるし、なぜなのかもわかっているわ。でも……ねえ……分霊箱《ぶんれいばこ》を第一に考えるべきなんじゃないかしら？」

「分霊箱の在《あ》り処《か》が一つでもわかっているなら、君に賛成するけど」ハリーが不満げに言葉を返す。

ハリーには、ゴドリックの谷に帰りたいという自分の願いを、ハーマイオニーが本当に理解しているとは思えなかった。両親の墓があるというのは、そこに惹《ひ》かれる理由の一つにすぎない。ハリーには、あの場所が答えを出してくれるという、強い、しかし説明のつかない気持ちがある。もしかしたら、ヴォルデモートの死の呪いから生き残ったのがその場所だったという、単にそれだけの理由かもしれない。もう一度生き残れるかどうかの挑戦に立ち向かおうとしているいま、ハリーは最初にその出来事が起こった場所に惹かれ、理解したいと考えているのかもしれない。

「ヴォルデモートが、ゴドリックの谷を見張っている可能性があるとは思わない？」ハーマイオニーが聞く。「あなたがどこへでも自由に行けるようになったら、両親のお墓参りに、そこにもどると読んでいるんじゃないかしら？」

ハリーはこれまで、そんなことは考えもしなかった。反論はないかとあれこれ探しているうちに、どうやら別のことを考えていたらしいロンが発言した。

「あのR・A・Bって人。ほら、本物のロケットを盗んだ人だけど」

ハーマイオニーがうなずく。

「メモに、自分が破壊するつもりだって書いてあった。そうだろ？」

ハリーはリュックサックを引き寄せて、偽《にせ》の分霊箱《ぶんれいばこ》を取り出した。中にR・A・Bのメモが、折りたたんで入ったままになっている。

「本当の分霊箱は私が盗みました。できるだけ早く破壊するつもりです」ハリーが読み上げる。

「うん、それで、彼がほんとにやっつけてたとしたら？」ロンが問う。

「彼女かもね」ハーマイオニーが口を挟む。

「どっちでもさ」ロンが眉《まゆ》をひそめる。「そしたら、僕たちのやることが一つ少なくなる！」

「そうね。でも、いずれにしても本物のロケットの行方は追わなくちゃならないわ。そうでしょう？」ハーマイオニーが言う。「ちゃんと破壊されているかどうかを、確かめるのよ」

「それで、分霊箱を手に入れたら、いったいどうやって破壊するのかなぁ？」ロンが聞いた。

「あのね」ハーマイオニーが答える。「私、そのことをずっと調べていたの」

「どうやるの？」ハリーが興味を引かれる。「図書室には分霊箱に関する本なんてない、と思ってたけど？」

「なかったわ」ハーマイオニーが頬を赤らめた。「ダンブルドアが全部取り除いたの──でも処分したわけじゃなかったわ」

ロンは、目を丸くして座りなおす。

「驚き、桃の木、山椒《さんしょ》の木だ。どうやって分霊箱の本を手に入れたんだい？」

「べつに──別に盗んだわけじゃないわ！」

ハーマイオニーはすがるような目でハリーを見て、それからロンを見た。

「ダンブルドアが本棚から全部取り除きはしたけれど、まだ図書室の本だったのよ。とにかく、ダンブルドアが本当にだれの目にも触れさせないつもりだったら、きっととても困難な方法でしか――」

「結論を早く言えよ！」ロンが急かす。

「あのね……簡単だったの」ハーマイオニーは小さな声で言う。「『呼び寄せ呪文』を使ったのよ。ほら――アクシオ、こいって。そしたら――ダンブルドアの書斎の窓から飛び出して、まっすぐ女子寮にきたの」

「だけど、いつの間にそんなことを？」

ハリーは半ば感心し、半ば呆《あき》れてハーマイオニーを見た。

「あのあとすぐ――ダンブルドアの――葬儀の」ハーマイオニーの声がますます小さくなる。「私たちが学校をやめて分霊箱《ぶんれいばこ》を探しにいくって決めたすぐあとよ。荷造りをしに女子寮に上がったとき、ふと思いついたの。分霊箱のことをできるだけ知っておいたほうがいいんじゃないかって……それで、まわりにだれもいなかったから……それで、やってみたの……そうしたらうまくいったわ。開いていた窓からまっすぐ飛び込んできて、それで私――本をみんなしまい込んだの」

ハーマイオニーはごくりと唾を飲み込んで、哀願するように言う。

「ダンブルドアはきっと怒らなかったと思うの。私たちは、分霊箱を作るために情報を使おうとしているわけじゃないんだから。そうよね？」

「僕たちが文句を言ってるか？」ロンが返した。「どこだい、それでその本は？」

ハーマイオニーはしばらくごそごそ探していたが、やがて本の山から、すり切れた黒革綴《と》じの分厚い本を一冊取り出す。ハーマイオニーは、ちょっと吐《は》き気を催したような顔をしながら、まだ生々しい死骸《しがい》を渡すように、恐る恐る本を差し出した。

「この本に、分霊箱の作り方が具体的に書いてあるわ。『深い闇の秘術』――恐ろしい本、本当にぞっとするわ。邪悪な魔法ばかり。ダンブルドアはいつ図書室から取り除いたのかしら……もし校長になってからだとすれば、ヴォルデモートは、必要なことをすべて、この本から学び取ったにちがいないわ」

「でもさ、もう読んでいたんなら、どうしてスラグホーンなんかに、分霊箱の作り方を聞く必要があったんだ？」ロンが聞いた。

「あいつは、魂を七分割したらどうなるかを知るために、スラグホーンに聞いただけだ」ハリーが答える。「リドルがスラグホーンに分霊箱のことを聞いたときには、もうとっくに作り方を知っていただろうって、ダンブルドアはそう確信していた。ハーマイオニー、君の言うとおりだよ。あいつはきっと、その本から情報を得ていたと思う」

「それに、分霊箱《ぶんれいばこ》のことを読めば読むほど」ハーマイオニーが続ける。「ますます恐ろしいものに思えるし、『あの人』が本当に六個も作ったとは信じられなくなってくるの。この本は、魂を裂くことで、残った魂がどんなに不安定なものになるかを警告しているわ。しかもたった一つの分霊箱を作った場合のことよ！」

ハリーはダンブルドアの言葉を思い出す。ヴォルデモートは、「通常の悪」を超えた領域にまで踏み出した、と言っていた。

「また元どおりにもどす方法はないのか？」ロンがたずねる。

「あるわよ」ハーマイオニーが虚ろにほほえみながら答えた。「でも地獄の苦しみでしょうね」

「なぜ？　どうやってもどすの？」ハリーが急き込んで聞く。

「良心の呵責《かしゃく》」ハーマイオニーが答える。「自分のしたことを心から悔いないといけないの。注釈があるわ。あまりの痛みに、自らを滅ぼすことになるかもしれないって。ヴォルデモートがそんなことをすると思う？　私には想像できないわ」

「できない」ハリーが答えるより先にロンが声を上げた。「それで、その本には分霊箱をどうやって破壊するか、書いてあるのか？」

「あるわ」

ハーマイオニーは、今度は腐った内臓を調べるような手つきで、脆《もろ》くなったページをめくる。

「というのはね、この本に、この術を使う闇の魔法使いが、分霊箱に対していかに強力な呪文を施さなければならないかを、警告している箇所があるの。私の読んだことから考えると、分霊箱を確実に破壊する方法は少ないけど、ハリーがリドルの日記に対して取った方法が、その一つだわ」

「えっ？　バジリスクの牙《きば》で刺すってこと？」ハリーが聞く。

「へー、じゃ、バジリスクの牙が大量にあってラッキーだったな」ロンが雑《ま》ぜっ返す。「あんまりありすぎて、どう始末していいのかわかんないぜ」

「バジリスクの牙でなくともいいの」ハーマイオニーが辛抱強く説明する。「分霊箱が、ひとりで回復できないほど強い破壊力を持ったものであればいいのよ。バジリスクの毒に対する解毒剤はたった一つで、しかも信じられないぐらい稀少な――」

「――不死鳥の涙だ」ハリーがうなずく。

「そう」ハーマイオニーが言う。「問題は、バジリスクの毒と同じ破壊力を持つ物質はとても少ないということ。しかも持ち歩くには危険なものばかりだわ。私たち、これからこの問題を解決しなければならないわね。だって、分霊箱を引き裂いたり、打ち砕いたり、押しつぶしたりするだけでは効果なしなんだから。魔法で回復することができない状態にまで破壊しないといけないわけなのよ」

「だけど、魂の入れ物を壊したにしても」ロンが疑問を口にする。「中の魂のかけらがほかのものに入り込んで、その中で生きるってことはできないのか？」

「分霊箱《ぶんれいばこ》は、人間とは完全に逆ですもの」

ハリーもロンもまるでわけがわからない様子なのを見て、ハーマイオニーは急いで説明を続ける。

「いいこと、私がいま刀を手にして、ロン、あなたを突き刺したとするわね。でも私はあなたの魂を壊すことはできないわ」

「そりゃあ、僕としては、きっとほっとするだろうな」ロンが茶化す。

ハリーが笑った。

「ほっとすべきだわ、ほんとに！　でも私が言いたいのは、あなたの体がどうなろうと、魂は無傷で生き残るということなの」ハーマイオニーが続ける。「ところが、その逆が分霊箱。中に入っている魂の断片が生き残るかどうかは、その入れ物、つまり魔法にかけられた体に依存しているの。体なしには存在できないのよ」

「あの日記帳は、僕が突き刺したときに、ある意味で死んだ」

ハリーは穴のあいたページからインクが血のようにあふれ出したこと、そしてヴォルデモートの魂の断片が消えていくときの悲鳴を思い出した。

「そして、日記帳が完全に破壊されたとき、その中に閉じ込められていた魂の一部は、もはや存在できなくなったの。ジニーはあなたより先に日記帳を処分しようとしてトイレに流したけど、当然、日記帳は新品同様でもどってきたわ」

「ちょっと待った」ロンが顔をしかめる。「あの日記帳の魂のかけらは、ジニーに取り憑《つ》いていたんじゃなかったか？　どういう仕組みなんだ？」

「魔法の容器が無傷のうちは、中の魂の断片は、だれかが容器に近づきすぎると、その人間に出入りできるの。なにもその容器を長く持っているという意味ではないのよ。容器に触れることとは関係がないの」ハーマイオニーはロンが口を挟む前に説明を加える。「感情的に近づくという意味なの。ジニーはあの日記帳に心を打ち明けた。それで極端に無防備になってしまったのね。分霊箱が気に入ってしまったり、それに依存するようになると問題だわ」

「ダンブルドアは、いったいどうやって指輪を破壊したんだろう？」ハリーが言った。「僕、どうしてダンブルドアに聞かなかったのかな？　僕、一度も……」

ハリーの声が次第に小さくなる。ダンブルドアに聞くべきだったさまざまなことを、ハリーは思い浮かべる。どんなに多くの機会を逃してしまったことか、校長先生が亡くなったいま、ハリーはしみじみそう思う。ダンブルドアが生きているうちに、もっといろいろ知る機会があったのに……あれもこれも知る機会があったのに……。

壁を震わせるほどの勢いで部屋の戸が開き、一瞬にして静けさが破られた。ハーマイオニーは悲鳴を上げ、『深い闇の秘術』を取り落とす。クルックシャンクスはすばやくベッドの下に潜り込み、シャーッと威嚇《いかく》している。ロンはベッドから飛び降り、落ちていた蛙チョコの包み紙に滑って反対側の壁に頭をぶつける。ハリーは本能的に杖《つえ》に飛びついたが、気がつくと目の前にいるのはウィーズリーおばさんだった。髪は乱れ、怒りで顔が歪《ゆが》んでいる。

「せっかくの楽しいお集まりを、お邪魔してすみませんね」おばさんの声はわなわなと震えている。「みなさんにご休息が必要なのはよーくわかりますけどね……でも、私の部屋に山積みになっている結婚祝いの品は、選り分ける必要があるんです。私の記憶では、あなた方が手伝ってくださるはずでしたけど」

「はい、そうです」ハーマイオニーが怯《おび》えた顔で立ち上がった拍子に、本が四方八方に散乱した。「手伝います……ごめんなさい」

ハリーとロンに苦悶《くもん》の表情を見せながら、ハーマイオニーはおばさんに従《つ》いて部屋を出ていった。

「まるで屋敷しもべ妖精だ」ハリーと一緒にそのあとに続いたロンが、頭をこすりながら低い声で吐《は》き棄《す》てる。「仕事に満足してないとこがちがうけどな。結婚式が終わるのが早ければ早いだけ、僕、幸せだろうなあ」

「うん」ハリーが相槌を打つ。「そしたら僕たちは、分霊箱《ぶんれいばこ》探しをすればいいだけだし……まるで休暇みたいなもんだよな？」
ロンが笑いはじめたが、ウィーズリーおばさんの部屋に山と積まれた結婚祝いを見るなり、すぐ笑いが止まった。

デラクール夫妻は、翌日の朝十一時に到着した。ハリー、ロン、ハーマイオニー、それにジニーは、それまでに十分フラー一家への怨みつらみを募らせていた。ロンは左右揃った靴下に履き替えるのに足を踏み鳴らして上階にもどり、ハリーも髪をなでつけようとの努力の結果、二人とも仏頂面《ぶっちょうづら》になった。全員がきちんとした身じまいだと認められてから、ぞろぞろと陽の降り注ぐ裏庭に出て客を待つ。

ハリーは、こんなにきちんとした庭を見るのははじめてだった。いつもなら勝手口の階段のそばに散らばっている錆びた大鍋《おおなべ》や古いゴム長が消え、大きな鉢《はち》に植えられた真新しい「ブルブル震える木」が一対、裏口の両側に立っている。風もないのにゆっくりと葉が震え、気持ちのよいさざなみのような効果を上げている。鶏は鶏小屋に閉じ込められ、裏庭は掃き清められていた。庭木は剪定《せんてい》され雑草も抜かれ、全体にきりっとしている。しかし伸び放題の庭が好きだったハリーには、いつものようにふざけ回る庭小人《にわこびと》の群れもいない庭が、なんだかわびしげに見える。
騎士団と魔法省が、「隠れ穴」に安全対策の呪文を幾重にも施していた。あまりに多くてハリーには憶《おぼ》え切れなかったが、もはや魔法でここに直接入り込むことは不可能ということだけはわかっている。そのためウィーズリーおじさんが、移動《ポート》キーで到着するはずのデラクール夫妻を、近くの丘の上まで迎えに出ていた。客が近づいたことは、まず異常にかん高い笑い声でわかった。その直後に門の外に現れた笑い声の主は、なんとウィーズリーおじさんだった。荷物をたくさん抱えたおじさんは、美しいブロンドの女性を案内している。若葉色の裾長《すそなが》のドレスを着た婦人は、フラーの母親にちがいない。

「ママン！」フラーがさけび声を上げて駆け寄り、母親を抱きしめた。「パパ！」

ムッシュー・デラクールは、魅力的な妻にはとても及ばない容姿をしていた。妻より頭一つ背が低く、相当豊かな体型で、先端がピンと尖《とが》った黒く短い顎《あご》ひげを生やしている。しかし好人物らしい。ムッシュー・デラクールは踵《かかと》の高いブーツではずむようにウィーズリーおばさんに近づき、その両頬に交互に二回ずつキスをしておばさんをあわてさせている。

「たいえーんなご苦労《へ》をおかけしまーして」深みのある声でムッシューが挨拶する。「フラーが、あなたはとてもアード《ハ》に準備しているとあなして《は》くれまーした」

「いいえ、なんでもありませんのよ、なんでも！」ウィーズリーおばさんが、声を上ずらせてコロコロと答える。「ちっとも苦労なんかじゃありませんわ！」

ロンは、真新しい鉢植えの陰から顔を覗かせた庭小人《にわこびと》に蹴りを入れて、鬱憤《うっぷん》を晴らしている。

「奥さん！」ムッシュー・デラクールは丸々とした両手でウィーズリーおばさんの手を挟んだまま、にっこりと笑いかける。「私たち、両家が結ばれる日が近づーいて、とても光栄でーすね。妻を紹介させてくーださい。アポリーヌです」

マダム・デラクールがすいーっと進み出て身をかがめ、またウィーズリーおばさんの頬にキスをした。

「アンシャンテ《はじめまして》」マダムが挨拶する。「あなたのアズバンド《ハ》が、とてもおもしろーいあなし《は》を聞かせてくれましたのよ！」

ウィーズリーおじさんが普通とは思えない笑い声を上げたが、おばさんのひと睨《にら》みがそちらに向かって飛んだとたんおじさんは静かになり、病気の友人の枕許《まくらもと》を見舞うにふさわしい表情に変わった。

「それと、もちろんお会いになったことがありまーすね。私のおちーびちゃんのガブリエール！」ムッシューが紹介した。

ガブリエールはフラーのミニチュア版だ。腰まで伸びた雑《ま》じり気のないプラチナ・ブロンドの十一歳は、ウィーズリーおばさんに輝くような笑顔を見せて抱きつき、ハリーには睫毛《まつげ》をパチパチさせて燃えるようなまなざしを送ってくる。ジニーが大きな咳《せき》ばらいをした。

「さあ、どうぞ、お入りください！」

ウィーズリーおばさんが朗らかにデラクール一家を招じ入れた。「いえいえ、どうぞ！」「どうぞお先に！」「どうぞご遠慮なく！」がさんざん言い交わされる。

デラクール一家は、とても気持ちのよい、協力的な客だということがまもなく知れた。なんでも喜んでくれたし、結婚式の準備も手伝いたがった。ムッシューは席次表から花嫁付き添い人用の靴まで、あらゆるものに「シャルマン」《すばらしい》を連発し、マダムは家事に関する呪文に熟達していて、あっという間にオーブンをきれいさっぱりと掃除した。ガブリエールはなんでもいいから手伝おうと姉に従《つ》いて回り、早口のフランス語でしゃべり続けている。

マイナス面は、「隠れ穴」がこれほど大所帯用には作られていないことだ。ウィーズリー夫妻は、抗議するデラクール夫妻を寄り切り、自分たちの寝室を提供して居間で寝ることにした。ガブリエールはパーシーが使っていた部屋でフラーと一緒に、一方ビルは、花婿付き添い人のチャーリーがルーマニアから到着すれば、同じ部屋になる予定だ。三人で計画を練るチャンスは、事実上なくなった。やり切れない思いから、ハリー、ロン、ハーマイオニーは、混雑した家から逃れるためだけに、鶏に餌《えさ》をやる仕事を買って出た。

「どっこい、ママったら、まだ僕たちのこと、ほっとかないつもりだぜ！」ロンが歯噛《はが》みする。三人が庭で話し合おうとしたのはこれで二度目だったが、両腕に大きな洗濯物の籠《かご》を抱えたおばさんの登場で、またしても挫折してしまった。

「あら、もう鶏に餌をやってくれたのね。よかった」おばさんは近づきながら声をかける。「また鶏小屋に入れておいたほうがいいわ。明日、作業の人たちが到着する前に……結婚式用のテントを張りにくるのよ」おばさんは鶏小屋に寄りかかって、ひと休みしながら説明する。疲れているようだ。「ミラマンのマジック幕……とってもいいテントよ。ビルが作業の人手を連れてくるの……ハリー、その人たちがいる間は、家の中に入っていたほうがいいわね。家の周囲にこれほど安全呪文が張り巡らされていると、結婚式の準備がどうしても複雑になるわ」

「すみません」ハリーは申しわけなさそうに言う。

「あら、謝るなんて、そんな！」ウィーズリーおばさんが即座に言い訳する。「そんなつもりで言ったんじゃないのよ——あのね、あなたの安全のほうがもっと大事なのよ！　実はね、ハリー、あなたに聞こう聞こうと思っていたんだけど、お誕生日はどんなふうにお祝いして欲しい？　十七歳は、なんと言っても、大切な日ですものね……」

「面倒なことはしないでください」この上みなにストレスがかかることを恐れ、ハリーがあわてて答えた。「ウィーズリーおばさん、ほんとに、普通の夕食でいいんです……結婚式の前の日だし……」

「まあ、そう。あなたがそう言うならね。リーマスとトンクスを招待しようと思うけど、いい？　ハグリッドは？」

「そうしていただけたら、うれしいです」ハリーが恐縮する。「でも、どうぞ、面倒なことはしないでください」

「大丈夫、大丈夫よ……面倒なんかじゃありませんよ……」

おばさんは探るような目でしばらくハリーをじっと見つめ、やがて少し悲しげにほほえむと、背筋を伸ばして歩いていった。おばさんが物干しロープのそばで杖《つえ》を振ると、洗濯物がひとりでに宙に飛び上がってロープにぶら下がる。その様子を眺めながらハリーは突然、おばさんに迷惑をかけ、しかも苦しませていることに、申しわけなさで一杯になった。

第7章　アルバス・ダンブルドアの遺言

夜明けのひんやりとした青い光の中、彼は山道を歩いていた。ずっと下のほうに、霞に包まれた影絵のような小さな町が見える。求める男はあそこにいるのか？　どうしてもあの男が必要だ。ほかのことはほとんどなにも考えられないくらい、彼はその男を強く求めていた。その男が答えを持っている。彼の抱える問題の答えを……。

「おい、起きろ」

ハリーは目を開けた。相変わらずむさくるしいロンの屋根裏部屋のキャンプベッドに横たわっていた。太陽が昇る前で、部屋はまだ薄暗い。ピッグウィジョンが小さな翼に頭を埋《うず》めて眠っている。ハリーの額《ひたい》の傷痕《きずあと》がちくちく痛む。

「うわごと言ってたぞ」

「そうか？」

「ああ、『グレゴロビッチ』だったな。『グレゴロビッチ』って繰り返してた」

まだメガネをかけていないせいで、ロンの顔が少しぼやけて見える。

「グレゴロビッチってだれだ？」

「僕が知るわけないだろ？　そう言ってたのは君だぜ」

ハリーは考えながら額《ひたい》をこすった。ぼんやりと、どこかでその名を聞いたことがあるような気がする。しかし、どこだったかは思い出せない。

「ヴォルデモートがその人を探していると思う」

「そりゃ気の毒なやつだな」ロンがひどく同情する。

ハリーは傷痕《きずあと》をこすり続けながら、はっきり目を覚ましてベッドに座りなおす。夢で見たものを正確に思い出そうとしたが、頭に残っているのは山の稜線《りょうせん》と、深い谷に抱かれた小さな村だけ。

「外国にいるらしい」

「だれが？　グレゴロビッチか？」

「ヴォルデモートだよ。あいつはどこか外国にいて、グレゴロビッチを探している。イギリスのどこかじゃなかったみたい」

「また、あいつの心を覗いてたって言うのか？」

ロンは心配そうな口調で聞く。

「頼むから、ハーマイオニーには言うなよ」ハリーが言う。「もっとも、ハーマイオニーに夢でなにか見るなって言われても、できない相談だけど……」

ハリーは、ピッグウィジョンの小さな鳥籠《とりかご》を見つめながら考えた……グレゴロビッチという名前に聞き覚えがあるのは、なぜだろう？

「たぶん」ハリーは考えながら言う。「その人はクィディッチに関係がある。なにかつながりがあるんだ。でもどうしても――それがなんなのかわからない」

「クィディッチ？」ロンが聞き返す。「ゴルゴビッチのことを考えてるんじゃないのか？」

「だれ？」

「ドラゴミール・ゴルゴビッチ。チェイサーだ。二年前に記録的な移籍金でチャドリー・キャノンズに移った。一シーズンでのクアッフル・ファンブルの最多記録保持者さ」

「ちがう」ハリーが否定する。「僕が考えているのは、絶対にゴルゴビッチじゃない」

「僕もなるべく考えないようにしてるけどな」ロンが言った。「まあ、とにかく、誕生日おめでとう」

「うわぁ――そうだ。忘れてた！　僕、十七歳だ！」

ハリーはキャンプベッドの脇に置いてあった杖《つえ》をつかみ、散らかった机に向ける。そこにメガネが置いてある。

「アクシオ！　メガネよ、こい！」

たった三十センチしか離れていなかったが、メガネがブーンと飛んでくるのを見ると、なんだかとても満足な気分。もっとも、メガネが目を突つきそうになるまでの束の間の満足ではあったけれど。

「お見事」ロンが鼻先で笑う。

〝臭い〟が消えたことに有頂天になって、ハリーはロンの持ち物を部屋中に飛び回らせた。ピッグウィジョンが目を覚まし、興奮して籠《かご》の中をパタパタと飛び回る。ハリーはスニーカーの靴紐《くつひも》も魔法で結んでみたり（あとで結び目を手でほどくのに数分かかった）、おもしろ半分にロンのチャドリー・キャノンズのポスターの、ユニフォームのオレンジ色をあざやかなブルーに変えてもみた。

「僕なら、社会の窓を手で閉めるけどな」

ロンの忠告で、ハリーはあわててチャックを確かめた。ロンがにやにや笑う。

「ほら、プレゼント。ここで開けろよ。ママには見られたくないからな」

「本か？」長方形の包みを受け取ったハリーが言った。「伝統を破ってくれるじゃないか」

「普通の本ではないのだ」ロンが言う。「こいつはお宝ものだぜ。『確実に魔女を惹《ひ》きつける十二の法則』。女の子について知るべきことが、すべて説明してある。去年これを持ってたら、ラベンダーを振り切るやり方がばっちりわかったのになぁ。それに、どうやったらうまく……まあ、いい。フレッドとジョージに一冊もらったんだ。ずいぶんいろいろ学んだぜ。君も目から鱗《うろこ》だと思うけど、なにも杖先《つえさき》の技だけってわけじゃないんだよ」

二人が台所に下りていくと、テーブルにはプレゼントの山が待っていた。ビルとムッシュー・デラクールが朝食をすませるところで、ウィーズリーおばさんはフライパンを片手に、立ったまま二人とおしゃべりしていた。

「ハリー、アーサーから、十七歳の誕生日おめでとうって、伝言よ」おばさんがハリーににっこり笑いかけた。「朝早く仕事に出かけなければならなくてね。でもディナーまでにはもどるわ。一番上にあるのが私たちからのプレゼント」

ハリーは腰掛けて、おばさんの示した四角い包みを取る。開けると中から、ウィーズリー夫妻がロンの十七歳の誕生日に贈ったとそっくりの腕時計が出てきた。金時計で、文字盤には針の代わりに星が回っている。

「魔法使いが成人すると、時計を贈るのが昔からの慣わしなの」

ウィーズリーおばさんは料理用レンジの横で、心配そうにハリーを見ている。

「ロンのとちがって新品じゃないんだけど、実は弟のフェービアンのものだったのよ。持ち物を大切に扱う人じゃなかったものだから、裏がちょっとへこんでいるんだけど、でも――」

あとの言葉は消えてしまった。ハリーが立ち上がっておばさんを抱きしめたからだ。ハリーは抱きしめることで、言葉にならないいろいろな想いを伝えたかった。そして、おばさんにはそれがわかったようだ。ハリーが離れるとき、おばさんは不器用にハリーの頰を軽くたたく。それから杖《つえ》を振ったが、振り方が少し乱れて、パッケージ半分もの量のベーコンがフライパンから飛び出して床に落ちてしまった。

「ハリー、お誕生日おめでとう！」

ハーマイオニーが台所に駆け込んできて、プレゼントの山に自分のを載せる。

「たいしたものじゃないけど、気に入ってくれるとうれしいわ。あなたはなにをあげたの？」

ロンは、聞こえないふりをする。

「さあ、それじゃ、ハーマイオニーのを開けろよ！」ロンが言う。

ハーマイオニーの贈り物は、新しい「かくれん防止器」。ハリーはほかの包みも次々に開ける。ビルとフラーからの魔法のひげ剃《そ》り（「ああ、そうそう、これは最高につるつーるに剃りまーすよ」ムッシュー・デラクールが保証した。「でも、どう剃りたーいか、あっきーり言わないといけませーん……さもないと、残したい毛が残らないかもしれませーんよ……」）。デラクール一家からはチョコレート、それにフレッドとジョージからの巨大な箱には、ウィーズリー・ウィザード・ウィーズ店の新商品がどっさり入っていた。

マダム・デラクール、フラー、ガブリエールが入ってきて台所が狭苦しくなったので、ハリー、ロン、ハーマイオニーの三人はその場を離れた。

「全部荷造りしてあげる」階段を上りながら、ハーマイオニーがハリーの抱えているプレゼントを引き取って、明るく言う。「もうほとんど終わっているの。あとは、ロン、洗濯に出ているあなたのパンツがもどってくるのを待つだけ――」

ロンはとたんに咳《せ》き込んだが、二階の踊り場のドアが開いて咳《せき》が止まった。

「ハリー、ちょっときてくれる？」

ジニーだ。ロンは、はたとその場に立ち止まったが、ハーマイオニーがその肘《ひじ》をつかんで上の階に引っ張っていく。ハリーは落ち着かない気持ちで、ジニーのあとから部屋に入る。

いままで、ジニーの部屋に入ったことはない。狭いが明るい部屋だ。魔法界のバンド「妖女《ようじょ》シスターズ」の大きなポスターが一方の壁に、魔女だけのクィディッチ・チーム「ホリヘッド・ハーピーズ」のキャプテン、グウェノグ・ジョーンズの写真がもう一方の壁に貼ってある。開いた窓の前に机があり、窓からは果樹園が見えた。ジニーとハリーがロン、ハーマイオニーとそれぞれ組んで、この果樹園で二人制クィディッチをして遊んだことがある。そこにはいま、乳白色の大きなテントが張られている。テントの上の金色の旗が、ジニーの窓と同じ高さだ。

ジニーはハリーの顔を見上げて、深く息を吸ってから声を出した。

「十七歳、おめでとう」

「うん……ありがとう」

ジニーは、ハリーをじっと見つめている。しかしハリーは、見つめ返すのが辛《つら》かった。まぶしい光を見るようだ。

「いい眺めだね」窓のほうを指さし、ハリーは冴《さ》えない台詞を言う。

ジニーは無視した。無視されて当然だとハリーは思う。

「あなたになにをあげたらいいか、考えつかなかったの」

「なんにも要らないよ」

ジニーは、これも無視する。

「なにが役に立つのかわからないの。大きな物はだめだわ。だって持っていけないでしょうから」

ハリーはジニーを盗み見る。泣いてはいない。ジニーはすばらしいものをたくさん持っている。その一つが、めったにめそめそしないことだ。六人の兄たちに鍛えられたにちがいないと、ときどきハリーはそう思う。

ジニーがハリーに一歩近づく。

「それで私、考えついたの。私を思い出すなにかを、持っていて欲しいって。あなたがなにをしにいくにしても、出先でほら、ヴィーラなんかに出会ったときに」

「デートの機会は、正直言って、とても少ないと思う」

「私、そういう希望の光を求めていたわ」

ジニーはそうささやくと、これまでのキスとはまるでちがうキスをした。ハリーもキスを返す。ファイア・ウィスキーよりよく効く、なにもかも忘れさせてくれる幸せな瞬間だった。ジニー、彼女こそ、この世界で唯一の真実だった。片手をその背中に回し、片手で甘い香りのするその長い髪に触れ、ジニーを感じる——。

ドアがバーンと開く。二人は飛び上がって離れた。

「おっと」ロンが当てつけがましく言う。「ごめんよ」

「ロン！」すぐ後ろに、ハーマイオニーが少し息を切らして立っている。ぴりぴりした沈黙が過ぎ、ジニーが感情のこもらない小さい声で言う。

「えぇと、ハリー、とにかくお誕生日おめでとう」

ロンの耳は真っ赤だ。ハーマイオニーは心配そうな顔をしている。ハリーは二人の鼻先でドアをピシャリと閉めてやりたかった。しかし、ドアが開くと同時に冷たい風が吹き込んできたかのように、輝かしい瞬間は泡のごとくはじけてしまっていた。ジニーとの関係を終わりにし、近づかないようにしなければならない。そのすべての理由が、ロンと一緒に部屋にそっと忍び込んできたような気がする。すべてを忘れる、幸せな時間は去ってしまった。

ハリーはなにか言いたくてジニーを見る。だが、なにが言いたいのかがわからない。ジニーはハリーに背を向ける。ジニーがこのときだけは涙に負けてしまったのではないか、とハリーは思った。しかしロンの前では、ジニーを慰めるなにものもしてやれない。

「またあとでね」ハリーはそう言うと、二人に従《つ》いて部屋を出た。

ロンはどんどん先に下り、混み合った台所を通り抜けて裏庭に出る。ハリーもずっと歩調を合わせて従いていく。ハーマイオニーは怯《おび》えた顔で、小走りにそのあとに続いた。

刈ったばかりの芝生の片隅までくると、ロンが振り向いた。

「君はジニーを捨てたんだ。もてあそぶなんて、いまになってどういうつもりだ?」

「僕、もてあそんでなんか、いない」ハリーが答える。

ハーマイオニーがやっと二人に追いついた。

「ロン――」

しかしロンは片手を挙げて、ハーマイオニーを黙らせる。

「君のほうから終わりにしたとき、ジニーはずたずただったんだ」

「僕だって。なぜ僕がそうしたか、君にはわかっているはずだ。そうしたかったわけじゃないんだ」

「ああ、だけど、いまあいつとキスしたりすれば、また希望を持ってしまうじゃないか――」

「ジニーはばかじゃない。そんなことが起こらないのはわかっている。ジニーは期待していないよ、僕たちが結局――結婚するとか、それとも――」

そう言ったとたん、ハリーの頭に鮮烈なイメージが浮かぶ。ジニーが白いドレスを着て、どこのだれとも知れない背の高い、顔のない不愉快な男と結婚する姿。想いが高まった瞬間、ハリーははっと気づいた。ジニーの未来は自由でなんの束縛もない。一方自分の前には……ヴォルデモートしか見えない。

「これからもなんだかんだとジニーに近づくっていうなら――」

「もう二度とあんなことは起こらないよ」ハリーは厳しい口調で言い放つ。

雲一つない天気なのに、ハリーは突然太陽が消えてしまったような気がした。

ロンは半ば憤慨しながらも半分弱気になったようにしばらくの間その場で体を前後に揺すっていたが、やがて口を開いた。

「それならいい。まあ、それで……うん」

「それでいいか？」

その日は一日中、ジニーはけっしてハリーと二人きりで会おうとはしなかった。それればかりか、自分の部屋で二人が儀礼的な会話以上のものを交わしたことなど、素振りも見せず、おくびにも出さない。それでも、ハリーにとってはチャーリーの到着が救いになった。ウィーズリーおばさんがチャーリーをむりやり椅子に座らせ、脅すように杖《つえ》を向けて、これから髪の毛をきちんとしてあげると宣言するのを見ていると、気がまぎれた。

ハリーの誕生日のディナーには、台所は狭すぎた。チャーリー、ルーピン、トンクス、ハグリッドがくる前から、台所ははち切れそうになっている。そこで庭にテーブルを一列に並べることにする。フレッドとジョージが、いくつもの紫色の提灯《ちょうちん》にすべて〝17〟の数字をでかでかと書き込み、魔法をかけて招待客の頭上に浮かべた。ウィーズリーおばさんの看護のおかげで、ジョージの傷はきれいになっている。しかし、双子が耳のことでさんざん冗談を言っても、ハリーはいまだにジョージの側頭部の黒い穴を平気で見ることはできなかった。

ハーマイオニーが杖《つえ》の先から出した紫と金のリボンは、ひとりでに木や潅木《かんぼく》の茂みを芸術的に飾った。

「素敵だ」ハーマイオニーが最後の派手な一振りで、野生リンゴの木の葉を金色に染めると、ロンがため息を漏《も》らす。「こういうことにかけては、君はすごくいい感覚してるよなぁ」

「ありがとう、ロン！」

ハーマイオニーはうれしそうにしたが、ちょっと面食らったようでもある。ハリーは横を向いてひとり笑いをする。『確実に魔女を惹《ひ》きつける十二の法則』を流し読みする時間があれば、「お世辞の言い方」という章が見つかりそうな、なんとなくそんな気がするのだ。ジニーとふと目が合い、ハリーはにこっと笑ったが、ロンとの約束を思い出し、あわててムッシュー・デラクールに話しかけてその場を取り繕《つくろ》った。

「どいてちょうだい、どいてちょうだい！」

ウィーズリーおばさんが歌うように言いながら、ビーチボールほどの巨大なスニッチを前に浮かべて裏庭から門を通って出てきた。バースデーケーキだと、ハリーはすぐに知る。庭の地面がでこぼこして危ないので、杖で宙に浮かせて運んできたようだ。ケーキがテーブルの真ん中に収まるのを見届けて、ハリーが声をかける。

「すごい大傑作だ、ウィーズリーおばさん」

「あら、たいしたことじゃないのよ」おばさんはいとおしげに返す。

おばさんの肩越しに、ロンがハリーに向かって両手の親指を上げ、「いまのはいいぞ」と唇だけを動かす。

七時には招待客全員が到着し、外の小道の突き当たりに立って出迎えるフレッドとジョージの案内で、家の境界内に入ってくる。ハグリッドはこの日のために正装し、一張羅《いっちょうら》のむさくるしい毛むくじゃらの茶色のスーツを着込んでいる。ルーピンはハリーと握手しながらほほえむが、なんだか浮かぬ顔だ。横で晴れ晴れとうれしそうにしているトンクスとは、奇妙な組み合わせに見える。

「お誕生日おめでとう、ハリー」トンクスは、ハリーを強く抱きしめた。

「十七歳か、えぇ！」ハグリッドは、フレッドからバケツ大のグラスに入ったワインを受け取りながら感慨深げだ。「おれたちが出会った日から六年だ、ハリー、覚えちょるか？」

「ぼんやりとね」ハリーはにやっと笑いかける。「入口のドアをぶち破って、ダドリーに豚の尻尾《しっぽ》を生やして、僕が魔法使いだって言わなかった？」

「細けぇことは忘れたな」ハグリッドがうれしそうに笑う。「ロン、ハーマイオニー、元気か？」

「私たちは元気よ」ハーマイオニーが答える。「ハグリッドは？」

「ああ、まあまあだ。忙しくしとった。一角獣《ユニコーン》の赤ん坊が何頭か生まれてな。おまえさんたちがもどったら、見せてやるからな――」

ハリーは、ロンとハーマイオニーの視線を避けた。ハグリッドは、ポケットの中をガサゴソ探りはじめる。

「あったぞ、ハリー――おまえさんになにをやったらええか思いつかんかったが、これを思い出してな」

ハグリッドは、ちょっと毛の生えた小さな巾着袋《きんちゃくぶくろ》を取り出した。長い紐《ひも》がついていて、どうやら首からかけるらしい。

「モークトカゲの革だ。中になにか隠すとええ。持ち主以外は取り出せねえからな。こいつぁ珍しいもんだぞ」

「ハグリッド、ありがとう！」

「なんでもねえ」ハグリッドは、ゴミバケツのふたほどもある手を振る。

「おっ、チャーリーがいるじゃねえか！　おれは昔っからあいつが気に入っとってな――ヘイ！　チャーリー！」

チャーリーはやや無念そうに、無残にも短くされたばかりの髪を手でかきながらやってくる。ロンより背が低くがっちりしていて、筋肉質の両腕は火傷や引っかき傷だらけだ。

「やあ、ハグリッド、どうしてる？」

「手紙を書こう書こうと思っちょったんだが。ノーバートはどうしちょる？」

「ノーバート？」チャーリーが笑った。「ノルウェー・リッジバックの？　いまはノーベルタって呼んでる」

「なんだって——ノーバートは女の子か？」

「ああ、そうだ」チャーリーが言う。

「どうしてわかるの？」ハーマイオニーが聞く。

「ずっと獰猛《どうもう》だ」チャーリーが答え、そして後ろを見て声を落とす。「おやじが早くもどってくるといいが。お袋がぴりぴりしてる」

みながいっせいにウィーズリー夫人を見た。マダム・デラクールと話をしてはいるが、始終門を気にして、ちらちら見ている。

「アーサーを待たずに始めたほうがいいでしょう」

それからしばらくして、おばさんが庭全体に呼びかけた。

「あの人はきっとなにか手が離せないことが——あっ！」

みなも同時にそれを見た。庭を横切って一条の光が走り、テーブルの上で輝く銀色のイタチになる。イタチは後足で立ち上がり、ウィーズリー氏の声で告げた。

「魔法大臣が一緒に行く」

守護霊《しゅごれい》はふっと消え、フラーの家族が、驚いて消えたあたりを凝視している。

「私たちはここにはいられない」間髪《かんはつ》を入れず、ルーピンが言う。「ハリー――すまない――別の機会に説明するよ――」

ルーピンはトンクスの手首をにぎって引っ張り、垣根まで歩いてそこを乗り越え、姿を消した。ウィーズリーおばさんは当惑した顔だ。

「大臣――でもなぜ――？　わからないわ――」

話し合っている間はない。その直後に、門のところにウィーズリーおじさんが忽然《こつぜん》と現れた。白髪交じりのたてがみのような髪で、すぐそれとわかるルーファス・スクリムジョールが同行している。

突然現れた二人は、裏庭を堂々と横切って、提灯《ちょうちん》に照らされたテーブルにやってくる。テーブルにはその夜の会食者が、二人の近づくのをじっと見つめながら黙って座っている。提灯の光の中に入ったスクリムジョールの姿が、前回会ったときよりずっと老けて見えるのにハリーは気づいた。頬はこけ、厳しい表情をしている。

「お邪魔してすまん」足を引きずりながらテーブルの前まできて、スクリムジョールが挨拶する。「その上、どうやら宴席への招かれざる客になったようだ」

大臣の目が一瞬、巨大なスニッチ・ケーキに注がれる。

「誕生日おめでとう」

「ありがとうございます」ハリーが返した。

「君と二人だけで話したい」スクリムジョールが言葉を続ける。「さらに、ロナルド・ウィーズリー君、それとハーマイオニー・グレンジャーさんとも、個別に」

「僕たち？」ロンが驚いて聞き返す。「どうして僕たちが？」

「どこか、もっと個別に話せる場所に行ってから、説明する」スクリムジョールは言い、「そういう場所があるかな？」ウィーズリー氏に向きなおってたずねる。

「はい、もちろんです」ウィーズリーおじさんは落ち着かない様子だ。「あー、居間です。そこを使ってはいかがですか？」

「案内してくれたまえ」スクリムジョールがロンに向かって言う。「アーサー、君が一緒にくる必要はない」

ハリー、ロン、ハーマイオニーの三人が立ち上がる際、ウィーズリーおじさんが心配そうにおばさんと顔を見合わせるのをハリーは見た。三人とも一言も口をきかなかったが、先に立って家の中に入るハリーは、あとの二人も自分と同じことを考えているだろうと思っていた。スクリムジョールは、三人がホグワーツ校を退学するという計画をどこからか聞きつけたにちがいない。

散らかった台所を通り「隠れ穴」の居間に入るまで、スクリムジョールも終始無言だった。庭には夕暮れの柔らかな金色の光が満ちているが、居間はすでに暗かった。

部屋に入りながら、ハリーは石油ランプに向けて杖《つえ》を振る。ランプの明かりが、質素ながらも居心地のよい居間を照らす。スクリムジョールは、いつもウィーズリーおじさんが座っているクッションのへこんだ肘掛《ひじかけ》椅子に腰を落としたので、ハリー、ロン、ハーマイオニーは、ソファーに並んで窮屈に座るしかない。全員が腰掛けるのを待って、スクリムジョールが口を開いた。

「三人にいくつか質問があるが、それぞれ個別に聞くのが一番よいと思う。君と君は」

スクリムジョールは、ハリーとハーマイオニーを指さす。

「上の階で待っていてくれ。ロナルドから始める」

「僕たち、どこにも行きません」ハリーが宣言する。ハーマイオニーもしっかりうなずく。「三人一緒に話すのでなければ、なにも話さないでください」

スクリムジョールは、冷たく探るような目でハリーを見る。ハリーは、大臣が初手から対立する価値があるかどうか判断に迷っている、という印象を受けた。

「いいだろう。では、一緒に」大臣は肩をすくめ、それから咳《せき》ばらいをひとつして話しはじめた。「私がここにきたのは、君たちも知っているとおり、アルバス・ダンブルドアの遺言のためだ」

ハリー、ロン、ハーマイオニーは、顔を見合わせる。

「どうやら寝耳に水らしい！　それでは、ダンブルドアが君たちに遺《のこ》した物があることを知らなかったのか？」

「ぼ――僕たち全員に？」ロンが聞いた。「僕とハーマイオニーにも？」

「そうだ、君たち全――」

ハリーがその言葉を遮《さえぎ》る。

「ダンブルドアが亡くなったのは、一か月以上も前だ。僕たちへの遺品を渡すのに、どうしてこんなに長くかかったのですか？」

「見え透いたことだわ」

スクリムジョールが答えるより早く、ハーマイオニーが言う。

「私たちに遺してくれたものがなんであれ、この人たちは調べたかったのよ。あなたにはそんな権利なんかないのに！」

ハーマイオニーの声は、かすかに震えている。

「私にはちゃんと権利がある」スクリムジョールが素気なく言い放つ。「『正当な押収に関する省令』により、魔法省には遺言書に記された物を押収する権利がある」

「それは、闇の物品が相続されるのを阻止するために作られた法律だわ」ハーマイオニーが異議を唱える。「差し押さえる前に、魔法省は、死者の持ち物が違法であるという確かな証拠を持っていなければならないはずです！　ダンブルドアが、呪いのかかった物を私たちに遺そうとしたとでもおっしゃりたいんですか？」

「魔法法関係の職に就こうと計画しているのかね、ミス・グレンジャー？」

スクリムジョールが聞く。

「いいえ、ちがいます」ハーマイオニーが言い返す。「私は、世の中のためになにかよいことをしたいと願っています！」

ロンが笑った。スクリムジョールの目がさっとロンに飛んだが、ハリーが口を開いたので、また視線をもどした。

「それじゃ、なぜ、いまになって僕たちに渡そうと決めたんですか？　保管しておく口実を考えつかないからですか？」

「ちがうわ。三十一日の期限が切れたからよ」ハーマイオニーが即座に言い切る。「危険だと証明できなければ、それ以上は物件を保持できないの。そうですね？」

「ロナルド、君はダンブルドアと親しかったと言えるかね？」スクリムジョールは、ハーマイオニーを無視して質問した。ロンはびっくりしたような顔をする。

「僕？　いや――そんなには……それを言うなら、ハリーがいつでも……」

ロンは、ハリーとハーマイオニーの顔を見た。するとハーマイオニーが、「いますぐ黙れ！」という目つきでロンを見ている。しかし、遅かった。スクリムジョールは、思うつぼの答えを得たという顔をしている。そして、獲物を狙う猛禽類《もうきんるい》のように、ロンの答えに襲いかかった。

「君が、ダンブルドアとそれほど親しくなかったのなら、遺言で君に遺品を残したという事実をどう説明するかね？ 個人的な遺贈品《いぞうひん》は非常に少なく、例外的だった。ほとんどの持ち物は――個人の蔵書、魔法の計器類、そのほかの私物などだが――ホグワーツ校に遺《のこ》された。なぜ、君が選ばれたと思うかね？」

「僕……わからない」ロンが答える。「僕……そんなには親しくなかったと僕が言ったのは……つまり、ダンブルドアは、僕のことを好きだったと思う……」

「ロン、奥ゆかしいのね」ハーマイオニーが援護に出る。「ダンブルドアはあなたのことを、とてもかわいがっていたわ」

これは、真実と言えるぎりぎりの線だ。ハリーの知るかぎり、ロンとダンブルドアは一度も二人きりになったことはなく、直接の接触もなきに等しい。しかし、スクリムジョールは聞かなかったかのように振る舞った。マントの内側に手を入れ、ハリーがハグリッドからもらったものよりずっと大きい巾着袋《きんちゃくぶくろ》を取り出す。その中から羊《よう》皮紙《ひし》の巻物を取り出し、大臣は広げて読み上げた。

『アルバス・パーシバル・ウルフリック・ブライアン・ダンブルドアの遺言書』

……そう、ここだ……『ロナルド・ビリウス・ウィーズリーに、〝灯消《ひけ》しライター〟を遺贈する。使うたびに、わしを思い出して欲しい』

スクリムジョールは、巾着からハリーに見覚えのある物を取り出した。銀のライターのように見えるものだが、カチッと押すたびに周囲の灯《あか》りを全部吸い取り、また元にもどす力を持っている。スクリムジョールは前屈みになって、「灯消しライター」をロンに渡す。受け取ったロンは、唖然《あぜん》とした顔でそれを手の中でひっくり返している。

「それは価値のある品だ」スクリムジョールがじっとロンを見ながら言う。「たった一つしかない物かもしれない。まちがいなくダンブルドア自身が設計したものだ。それほど珍しい物を、なぜ彼は君に遺したのかな？」

ロンは困惑したように頭を振る。

「ダンブルドアは、何十人という生徒を教えたはずだ」スクリムジョールはなおも食い下がる。「にもかかわらず、遺言書で遺贈されたのは、君たち三人だけだ。なぜだ？　ミスター・ウィーズリー、ダンブルドアはこの『灯消しライター』を君がどのように使用すると考えたのかね？」

「灯を消すため、だと思うけど」ロンがつぶやく。「ほかになにに使えるっていうわけ？」

スクリムジョールは当然、なにも意見はないようだった。しばらくの間、探るような目でロンを見ていたが、やがてまたダンブルドアの遺言書に視線をもどす。

『ミス・ハーマイオニー・ジーン・グレンジャーに、わしの蔵書から〝吟遊詩人《ぎんゆう》ビードルの物語〟を遺贈《いぞう》する。読んでおもしろく、役に立つ物であることを望む』」

スクリムジョールは、巾着《きんちゃく》から小さな本を取り出した。上の階に置いてある『深い闇の秘術』と同じくらい古い本のように見える。表紙は汚れ、あちこち革がめくれている。ハーマイオニーは黙って本を受け取り、膝《ひざ》に載せてじっと見つめる。ハリーは、本の題がルーン文字で書かれているのを見た。ハリーが勉強したことのない記号文字だ。ハリーが見つめていると、表紙に型押しされた記号に、涙が一粒落ちる。

「ミス・グレンジャー、ダンブルドアは、なぜ君にこの本を遺《のこ》したと思うかね？」

「せ……先生は、私が本好きなことをご存知でした」

ハーマイオニーは袖《そで》で目を拭《ぬぐ》いながら、声を詰まらせる。

「しかし、なぜこの本を？」

「わかりません。私が読んで楽しいだろうと思われたのでしょう」

「ダンブルドアと、暗号について、または秘密の伝言を渡す方法について、話し合ったことがあるかね？」

「ありません」ハーマイオニーは、袖で目を拭い続けている。「それに、魔法省が三十一日かけても、この本に隠された暗号が解けなかったのなら、私に解けるとは思いません」

ハーマイオニーは、すすり泣きを押し殺す。身動きできないほどぎゅうぎゅう詰めに座っていたので、ロンは、片腕を抜き出してハーマイオニーの両肩に腕を回すのに苦労していた。スクリムジョールは、また遺言書に目を落とす。

「『ハリー・ジェームズ・ポッターに』」スクリムジョールが読み上げると、ハリーは急に興奮を感じ、腸《はらわた》がぎゅっと縮まる気がした。「『スニッチを遺贈する。ホグワーツでの最初のクィディッチ試合で、本人が捕まえたものである。忍耐と技は報いられるものである。そのことを思い出すためのよすがとして、これを贈る』」

スクリムジョールは、胡桃《くるみ》大の小さな金色のボールを取り出した。銀の羽がかなり弱々しく羽ばたいている。ハリーは、高揚していた気持ちががっくり落ち込むのをどうすることもできなかった。

「ダンブルドアは、なぜ君にこのスニッチを遺したのかね？」スクリムジョールが聞く。

「さっぱりわかりません」ハリーが答える。「いま、あなたが読み上げたその理由だと思います……僕に思い出させるために……忍耐となんとかが報いられることを」

「それでは、単に象徴的な記念品だと思うのかね？」

「そうだと思います」ハリーが答えた。「ほかになにかありますか？」

「質問しているのは、私だ」

スクリムジョールは、肘掛椅子《ひじかけいす》を少しソファーのほうに引きながら言う。外は本格的に暗くなってきている。窓から見えるテントが、垣根の上にゴーストのような白さでそびえ立つ。

「君のバースデーケーキも、スニッチの形だった」スクリムジョールがハリーに向かってたずねる。「なぜかね？」

ハーマイオニーが、嘲《あざけ》るような笑いを投げかける。

「あら、ハリーが偉大なシーカーだからというのでは、あまりにもあたりまえすぎますから、そんなはずはないですね」ハーマイオニーが言い放つ。「ケーキの砂糖衣に、ダンブルドアからの秘密の伝言が隠されているにちがいない！　とか」

「そこに、なにかが隠されているとは考えていない」スクリムジョールが言う。「しかしスニッチは、小さなものを隠すには格好の場所だ。君は、もちろんそのわけを知っているだろうね？」

ハリーは肩をすくめたが、ハーマイオニーが答えた。身に染みついた習慣で、ハーマイオニーは、質問に正しく答えるという衝動を抑えることができないのだろう。

「スニッチは肉の記憶を持っているからです」ハーマイオニーが指摘する。

「えっ？」

ハリーとロンが同時に声を上げた。二人とも、クィディッチに関するハーマイオニーの知識は、なきに等しいと思っていた。

「正解だ」スクリムジョールが言う。「スニッチというものは、空に放たれるまで素手で触れられることがない。作り手でさえも手袋をはめている。最初に触れる者がだれかを認識できるように呪文がかけられている。判定争いになったときのためだ。このスニッチは――」

スクリムジョールは、小さな金色のボールを掲げる。

「君の感触を記憶している。ポッター、ダンブルドアはいろいろ欠陥があったにせよ、並外れた魔法力を持っていた。そこで思いついたのだが、ダンブルドアはこのスニッチに魔法をかけ、君だけのために開くようにしたのではないかな」

ハリーの心臓が激しく打ちはじめた。スクリムジョールの言うとおりだと思う。大臣の前で、どうやったら素手でスニッチに触れずに受け取れるだろう?

「なにも言わんようだな」スクリムジョールが踏み込んでくる。「おそらくもう、スニッチの中身を知っているのではないかな?」

「いいえ」

ハリーは、スニッチに触れずに触れたように見せるには、どうしたらいいかを考え続けていた。「開心術」ができたら、本当にできたら、そしてハーマイオニーの考えが読めたらいいのに。隣で、ハーマイオニーの脳が激しくうなりを上げているのが聞こえるようだ。

「受け取れ」スクリムジョールが低い声で言う。

ハリーは大臣の黄色い目を見た。従うしかない。ハリーは手を出し、スクリムジョールはふたたび前屈みになって、ゆっくりと慎重にスニッチをハリーの手のひらに載せる。

何事も起こらない。ハリーは指を折り曲げてスニッチをにぎったが、スニッチは疲れた羽をひらひらさせてじっとしている。スクリムジョールも、ロンとハーマイオニーも、スニッチがなんらかの方法で変身することをまだ期待しているのか、半分手に隠れてしまった球を食い入るように見つめ続けている。

「劇的瞬間だった」ハリーが冷静に言い、ロンとハーマイオニーが笑った。

「これでおしまいですね？」

ハーマイオニーが、ソファーのぎゅうぎゅう詰めから抜け出そうとしながら聞く。

「いや、まだだ」

いまや不機嫌そのものの顔のスクリムジョールが言う。

「ポッター、ダンブルドアは、君にもう一つ形見を遺《のこ》した」

「なんですか？」興奮にまた火が点《つ》く。

スクリムジョールは、もう遺言書を読もうともしない。

「ゴドリック・グリフィンドールの剣《つるぎ》だ」

ハーマイオニーもロンも身を硬くした。ハリーは、ルビーをちりばめた柄《つか》の剣がどこかに見えはしないかと、あたりを見回す。しかし、スクリムジョールは革の巾着《きんちゃく》から剣を取り出そうとはしなかった。いずれにしても巾着は、剣を入れるには小さすぎる。

「それで、どこにあるんですか？」ハリーが疑わしげに聞く。

「残念だが」スクリムジョールが言う。「あの剣は、ダンブルドアが譲り渡せるものではない。ゴドリック・グリフィンドールの剣は、重要な歴史的財産であり、それゆえその所属先は――」

「ハリーです！」ハーマイオニーが熱を込めてさけぶ。「剣はハリーを選びました。ハリーが見つけ出した剣です。『組分け帽子』の中からハリーの前に現れたものです――」

「信頼できる歴史的文献によれば、剣は、それにふさわしいグリフィンドール生の前に現れると言う」スクリムジョールがハーマイオニーを遮《さえぎ》る。「とすれば、ダンブルドアがどう決めようと、ポッターだけの専有財産ではない」スクリムジョールは、剃《そ》り残したひげがまばらに残る頬をかきながら、ハリーを詮索《せんさく》するように見る。「君はどう思うかね？　なぜ――？」

「なぜダンブルドアが、僕に剣《つるぎ》を遺《のこ》したかったかですか？」

ハリーは、やっとのことで癇癪《かんしゃく》を抑えつけながら言った。

「僕の部屋の壁に掛けると、きれいだと思ったんじゃないですか？」

「冗談事ではないぞ、ポッター！」スクリムジョールが凄《すご》む。「ゴドリック・グリフィンドールの剣のみが、スリザリンの継承者を打ち負かすことができると、ダンブルドアが考えたからではないのか？ ポッター、君にあの剣を遺したかったのは、ダンブルドアが、そしてほかの多くの者もそうだが、君こそ『名前を言ってはいけないあの人』を滅ぼす運命にある者だと、信じたからではないのか？」

「おもしろい理論ですね」ハリーが皮肉る。「だれか、ヴォルデモートに剣を刺してみたことがあるんですか？ 魔法省で何人かを、その任務に就けるべきじゃないんですか？ 『灯消《ひけ》しライター』をひねくり回したり、アズカバンからの集団脱走を隠蔽《いんぺい》したりする暇があるのなら。それじゃ大臣、あなたは部屋にこもってなにをしていたのかと思えば、スニッチを開けようとしていたのですか？ たくさんの人が死んでいるというのに。僕もその一人になりかけた。ヴォルデモートが州を三つもまたいで僕を追跡してきたことにも、マッド-アイ・ムーディを殺したことにも、どれに関しても、魔法省からは一言もない。そうでしょう？ それなのにまだ、僕たちが協力すると思っているなんて！」

「言葉がすぎるぞ！」

スクリムジョールが立ち上がって大声を出す。ハリーもさっと立ち上がった。スクリムジョールは足を引きずってハリーに近づくや、杖《つえ》の先で強くハリーの胸を突《つ》いた。火の点いたタバコを押しつけられたように、ハリーのTシャツが焦げて穴があいた。

「おい！」

ロンがぱっと立ち上がって、杖を上げる。しかしハリーが制した。

「やめろ！　僕たちを逮捕する口実を与えたいのか？」

「ここは学校ではないということを、思い出したかね？」スクリムジョールは、ハリーの顔に荒い息を吹きかける。「私が、君の傲慢《ごうまん》さも不服従をも許してきたダンブルドアではないということを、思い出したかね？　ポッター。その傷痕《きずあと》を王冠のようにかぶっているのはいい。しかし、十七歳の青二才が、私の仕事に口出しするのはお門違《かどちが》いだ！　そろそろ敬意というものを学ぶべきだ！」

「そろそろあなたが、それを勝ち取るべきです」ハリーが言い返す。

床が振動した。だれかが走ってくる足音がして居間のドアが勢いよく開き、ウィーズリー夫妻が駆け込んできた。

「なにか――なにか聞こえたような気が――」ハリーと大臣がほとんど鼻突き合わ

せて立っているのを見て、すっかり仰天したウィーズリーおじさんが言った。

「――大声を上げているような」ウィーズリーおばさんが、息をはずませながら後を受ける。

スクリムジョールは二、三歩ハリーから離れ、ハリーのTシャツにあけた穴をちらりと見る。癇癪《かんしゃく》を抑え切れなかったことを、悔いているようだ。

「べつに――別になんでもない」スクリムジョールがうなるように答える。「私は……君の態度を残念に思う」もう一度ハリーの顔をまともに見ながら、スクリムジョールが言い募る。「どうやら君は、魔法省の望むところが、君とは――ダンブルドアとは――ちがうと思っているらしい。我々は、ともに事に当たるべきなのだ」

「大臣、僕はあなたたちのやり方が気に入りません」ハリーが返す。「これを覚えていますか？」

ハリーは右手の拳《こぶし》を挙げて、スクリムジョールに一度見せたことのある傷痕《きずあと》を突きつける。手の甲にまだ白く残る傷痕は、〝私は嘘をついてはいけない〟と読める。スクリムジョールは表情を強張らせ、それ以上なにも言わずにハリーに背を向けて足を引きずりながら部屋から出ていった。ウィーズリーおばさんが、急いでそのあとを追う。おばさんが勝手口で立ち止まる音がして、間もなくおばさんの知らせる声が聞こえてきた。

「行ってしまったわよ！」

「大臣はなにをしにきたのかね？」

おばさんが急いでもどってくると、おじさんは、ハリー、ロン、ハーマイオニーを見回しながら聞いた。

「ダンブルドアが僕たちに遺《のこ》した物を渡しに」ハリーが答える。「遺言書にあった品物を、魔法省が解禁したばかりなんです」

庭のディナーのテーブルで、スクリムジョールがハリーたちに渡した三つの品が、手から手へと渡された。みなが「灯消《ひけ》しライター」と『吟遊《ぎんゆう》詩人ビードルの物語』とに驚き、スクリムジョールが剣《つるぎ》の引き渡しを拒んだことを嘆いたが、ダンブルドアがハリーに古いスニッチを遺した理由については、だれも思いつかなかった。ウィーズリーおじさんが「灯消しライター」を念入りに調べること三回か四回目に、おばさんが遠慮がちに切り出した。

「ねえ、ハリー、みんなとてもお腹が空いているの。あなたがいないときに始めたくなかったものだから……もう夕食を出してもいいかしら？」

全員が急いで食事をすませ、あわただしい「♪ハッピー・バースデー」の合唱、それからほとんど丸呑《まるの》みのケーキのあと、パーティは解散した。ハグリッドは翌日の結婚式に招待されていたが、すでに満杯の「隠れ穴」にはとても泊まれない図体のこともあり、近くで野宿をするためのテントを張りに出ていった。

「あとで僕たちの部屋に上がってきて」ウィーズリーおばさんを手伝って、庭を元の状態にもどしながら、ハリーがハーマイオニーにささやく。

「みんなが寝静まってから」

屋根裏部屋では、ロンが「灯消《ひけ》しライター」を入念に眺め、ハリーは、ハグリッドからのモーク革の巾着《きんちゃく》に、金貨ではなく、一見ガラクタのような物も含めて自分にとって一番大切な物を詰め込んでいた――忍びの地図、シリウスの両面鏡のかけら、R・A・Bのロケットなど。ハリーは巾着の紐《ひも》を固く締めて首にかけ、それから古いスニッチを持って座り、弱々しい羽ばたきを見つめる。やがてハーマイオニーが、ドアをそっとたたいて忍び足で入ってきた。

「マフリアート！　耳塞ぎ！」ハーマイオニーは、階段に向けて杖《つえ》を振りながら唱える。

「君は、その呪文を許してないと思ったけど？」ロンが言う。

「時代が変わったの」ハーマイオニーが答える。「さあ、『灯消しライター』、使ってみせて」

ロンはすぐに要求を聞き入れ、ライターを高く掲げてカチッと鳴らす。一つしかないランプの灯がすぐに消えた。

「要するに」暗闇でハーマイオニーがささやく。「同じことが『ペルー産インスタント煙幕』でも、できただろうってことね」

カチッと小さな音がしてランプの光の球が飛んで天井へともどり、ふたたび三人を照らす。

「それでも、こいつはかっこいい」ロンは弁解がましく言う。「それに、さっきの話じゃ、ダンブルドア自身が発明したものだぜ！」

「わかってるわよ。でも、ダンブルドアが遺言であなたを選んだのは、単に灯《あか》りを消すのを手伝うためじゃないわ！」

「魔法省が遺言書を押収して、僕たちへの遺品を調べるだろうって、ダンブルドアは知っていたんだろうか？」ハリーが聞いた。

「まちがいないわ」ハーマイオニーが答える。「遺言書では、私たちにこういうものを遺《のこ》す理由を教えることができなかったのよ。でも、まだ説明がつかないのは……」

「……生きているうちに、なぜヒントを教えてくれなかったのか、だな？」ロンがわけ知り顔で念を押す。

「ええ、そのとおり」

『吟遊《ぎんゆう》詩人ビードルの物語』をぱらぱらめくりながら、ハーマイオニーが言う。

「魔法省の目が光っている、その鼻先で渡さなきゃならないほど重要なものなら、私たちにその理由を知らせておくはずだと思うでしょう？……ダンブルドアが、言う必要もないほど明らかだと考えたのなら別だけど」

「それなら、まちがった考えだな、だろ？」ロンが言う。「ダンブルドアはどこかずれてるって、僕がいつも言ってたじゃないか。ものすごい秀才だけど、ちょっとおかしいんだ。ハリーに古いスニッチを遺《のこ》すなんて――いったいどういうつもりだ？」

「わからないわ」ハーマイオニーが言った。「スクリムジョールがあなたにそれを渡したとき、ハリー、私、てっきりなにかが起きると思ったわ！」

「うん、まあね」ハリーが答える。

スニッチをにぎって差し上げながら、ハリーの鼓動がまた速くなる。

「スクリムジョールの前じゃ、僕、あんまり真剣に試すつもりがなかったんだ。わかる？」

「どういうこと？」ハーマイオニーが聞く。

「生まれてはじめてのクィディッチ試合で、僕が捕まえたスニッチとは？」ハリーが謎をかける。「覚えてないか？」

ハーマイオニーはまったく困惑した様子だったが、ロンはハッと息を呑《の》み、声も出ないほど興奮してハリーとスニッチを交互に指さし、本当に声も出せなかった。

「それ、君が危うく飲み込みかけたやつだ！」

「正解」

心臓をどきどきさせながら、ハリーはスニッチを口に押し込んだ。開かない。焦燥感と苦い失望感が込み上げてくる。ハリーは金色の球を取り出した。しかし、そのときハーマイオニーがさけんだ。

「文字よ！　なにか書いてある。早く、見て！」

ハリーは驚きと興奮でスニッチを落とすところだった。ハーマイオニーの言うとおり。滑らかな金色の球面の、さきほどまではなにもなかったところに、短い言葉が刻まれている。ハリーにはそれとわかる、ダンブルドアの細い斜めの文字……。

私は　終わる　ときに　開く

ハリーが読むか読まないうちに、文字はふたたび消えてなくなった。

「〝私は終わるときに開く〟……どういう意味だ？」

ハーマイオニーもロンも、ぽかんとして頭を振る。

「私は終わるときに開く……終わるときに……私は終わるときに開く……」

三人で何度その言葉を繰り返してみても、どんなにいろいろな抑揚をつけてみても、その言葉からなんの意味もひねり出すことはできなかった。

「それに、剣《つるぎ》だ」

スニッチの文字の意味を言い当てるのを三人ともにあきらめてしまったあとで、ロンが言った。

「ダンブルドアは、どうしてハリーに剣を持たせたかったんだろう？」

「それに、どうして僕に、ちょっと話してくれなかったんだろう？」ハリーがつぶやくように言う。「剣はあそこにあったんだ。一年間、僕とダンブルドアが話している間、剣はあの校長室の壁にずっと掛かっていたんだ！　剣を僕にくれるつもりだったのなら、どうしてそのときにくれなかったんだろう？」

ハリーは、試験を受けているような気がした。答えられるはずの問題を前にしているのに、脳みそは鈍く、反応しない。ダンブルドアとの一年間、何度も長い話をした中で、なにか聞き落としたことがあるのだろうか？　この謎のすべての意味を、ハリーはわかっているべきなのだろうか？　ダンブルドアは、ハリーが理解することを期待していたのだろうか？

「それに、この本だけど」ハーマイオニーが言った。「『吟遊《ぎんゆう》詩人ビードルの物語』……こんな本、私、聞いたことがないわ！」

「聞いたことがないって？『吟遊詩人ビードルの物語』を？」ロンが信じられない

という調子で言う。「冗談のつもりか？」

「本当よ！」ハーマイオニーが驚く。「それじゃ、ロン、あなたは知ってるの？」

「ああ、もちろんさ！」

ハリーは、急に興味を引かれて顔を上げた。ロンがハーマイオニーの読んでいない本を読んでいるなんて、前例がない。一方ロンは、二人が驚いていることに当惑している。

「なに驚いてるんだよ！　子供の昔話はみんなビードルの物語のはずだろ？　『たくさんの宝の泉』……『魔法使いとポンポン飛ぶポット』……『ぺちゃくちゃウサちゃんとぺちゃくちゃ切り株』……」

「なんですって？」ハーマイオニーがくすくす笑った。「最後のはなんですって？」

「いいかげんにしろよ！」ロンは信じられないという顔で、ハリーとハーマイオニーを見る。「聞いたことあるはずだぞ、ぺちゃくちゃウサちゃんのこと――」

「ロン、ハリーも私もマグルに育てられたってこと、よく知ってるじゃない！」ハーマイオニーが言う。「私たちが小さいときは、そういうお話は聞かなかったわ。聞かされたのは『白雪姫と七人の小人』だとか『シンデレラ』とか――」

「なんだ、そりゃ？　病気の名前か？」ロンが茶化す。

「それじゃ、これは童話なのね？」ハーマイオニーがもう一度本を覗き込み、ルーン文字を見ながら聞いた。

「ああ」ロンは自信なさそうに答える。「つまり、そう聞かされてきたのさ。そういう昔話は、全部ビードルからきてるって。元々の話がどんなものだったのかは、僕、知らない」

「でも、ダンブルドアは、どうして私にそういう話を読ませたかったのかしら?」

下の階でなにかが軋《きし》む音がした。

「たぶんチャーリーだ。ママが寝ちゃったから、髪の毛を伸ばしにこっそり出ていくとこだろ」ロンがおどおどしながら言う。

「いずれにしても、私たちも寝なくちゃ」ハーマイオニーがささやく。「明日は寝坊したら困るでしょ」

「まったくだ」ロンが相槌《あいづち》を打つ。「『花婿の母親による、残忍な三人連続殺人』となれば、結婚式にちょいとケチがつくかもしれないしな。僕が灯《あか》りを消すよ」

ハーマイオニーが部屋を出ていくのを待って、ロンは「灯消《ひけ》しライター」をもう一度カチッと鳴らした。

第8章　結婚式

翌日の午後三時、ハリー、ロン、フレッド、ジョージの四人は、果樹園の巨大な白いテントの外に立ち、結婚式に出席する客の到着を待っていた。ハリーはポリジュース薬をたっぷり飲んで、近くのオッタリー・セント・キャッチポール村に住む赤毛のマグルになりすましている。フレッドが「呼び寄せ呪文」で、その少年の髪の毛を盗んでおいたというわけだ。ハリーを変装させて親戚の多いウィーズリー一族にまぎれ込ませ、〝いとこのバーニー〟として紹介するという計画になっている。

客の案内にまちがいがないよう、四人とも席次表をにぎりしめている。一時間前に、白いローブを着たウェイターが大勢到着し、金色の上着を着たバンドマンたちも一緒に着いていた。その魔法使いたち全員が、四人から少し離れた木の下に座っている。そこからパイプの青い煙が立ち昇っているのが、ハリーのいる場所から見える。ハリーの背後にあるテントの入口からは紫の絨毯《じゅうたん》が伸び、その両側には金色の華《きゃ》奢《しゃ》な椅子が何列も何列も並んでいる。テントの支柱には白と金色の花が巻きつけられ、ビルとフラーがまもなく夫婦の誓いをする場所の真上には、フレッドとジョージがくくりつけた金色の風船の巨大な束が浮かんでいる。テントの外の草むらや生け垣の上には、蝶や蜂がのんびりと飛び回っている。姿を借りたマグルの少年が自分より少し太っていたこともあり、照りつける真夏の陽射しの下、ドレスローブが窮屈で暑苦しく、ハリーはかなり難儀していた。

「おれが結婚するときは——」フレッドが、着ているローブの襟《えり》を引っ張りながら言う。「こんなばかげたことは、いっさいやらないぞ。みんな好きなものを着てくれ。おれは、式が終わるまでお袋に『全身金縛《かなしば》り術』をかけてやる」

「だけど、お袋にしちゃ、今朝はなかなか上出来だったぜ」ジョージが言う。「パーシーがきていないことでちょっと泣いたけど、あんなやつ、きてどうなる？　おっとどっこい、緊張しろ——見ろよ、おいでなすったぞ」

華やかな彩りの姿が、庭のかなたの境界線にどこからともなく一つまた一つと現れる。間もなく行列ができ、庭を通ってテントのほうにくねくねとやってくる。魔女淑女の帽子は珍しい花々で飾られ、魔法にかけられた鳥が羽ばたいている。魔法使い紳士のネクタイには、宝石が輝いているものが多い。客たちがテントに近づくにつれて興奮したざわめきが次第に大きくなり、飛び回る蜂の羽音を消してしまった。

「いいぞ、フラーのいとこのヴィーラが何人かいるぜ」ジョージがよく見ようと首を伸ばしながら言う。「あいつら、イギリスの習慣を理解するのに助けがいるな。おれにまかせろ……」

「焦るな、耳無し」言うが早いか、フレッドは行列の先頭でガーガーしゃべっている中年の魔女たちをすばやく飛ばして、かわいいフランスの女性二人にいいかげんなフランス語で話しかける。

「さあ――ペルメテ・モア　あなたたちをアシステします」

二人はくすくす笑いながら、フレッドにエスコートさせて中に入った。ジョージには中年魔女たちが残された。ロンは魔法省の父親の同僚、年老いたパーキンズの係になり、ハリーの担当は、かなり耳の遠い年寄り夫婦だった。

「よっ」

ハリーがテントの入口にもどってくると、聞き覚えのある声がかかる。列の一番前にトンクスとルーピンが立っている。トンクスの髪は、この日のためにブロンドになっていた。

「アーサーが、髪がくるくるの男の子が君だって教えてくれたんだよ。昨夜はごめん」二人を案内するハリーに、トンクスが小声で謝る。「魔法省はいま、相当反人狼的になっているから、私たちがいると君のためによくない、と思ったの」

「気にしないで。わかっているから」ハリーはトンクスよりも、むしろルーピンに話しかける。ルーピンはハリーにさっと笑顔を見せたが、互いに視線を外したとたん、ルーピンの顔がまた翳《かげ》り、顔のしわに惨《みじ》めさが刻まれた。ハリーにはその理由が理解できなかったが、しかしそんなことを考えている暇はなかった。ハグリッドがちょっとした騒ぎを引き起こしている。フレッドの案内を誤解したハグリッドは、後方に魔法で用意されていた特別の強化拡大椅子に座らず、普通の椅子を五席まとめて腰掛けたため、いまやそのあたりは金色のマッチ棒が積み重なったような有様になっている。

ウィーズリーおじさんが被害を修復し、ハグリッドがだれかれなく片っ端から謝っている間に、ハリーは急いで入口にもどった。そこにはロンが、とびきり珍妙な姿の魔法使いと向き合って立っていた。片目がやや斜視で、綿菓子のような白髪を肩まで伸ばし、帽子の房は鼻の前に垂れ下がっている。着ているローブは、卵の黄身のような目がちかちかする黄色。首にかけた金鎖のペンダントには、三角の目玉のような奇妙な印が光っている。

「ゼノフィリウス・ラブグッドです」男はロンに手を差し出す。「娘と二人であの丘の向こうに住んでいます。ウィーズリーご夫妻が、ご親切にも私たちをこの宴に招いてくださいました。君は、娘のルーナを知っていますね？」ゼノフィリウスがロンに聞く。

「ええ」ロンが答える。「ご一緒じゃないんですか？」

「あの子はしばらく、お宅のチャーミングな庭で遊んでいますよ。庭小人《にわこびと》に挨拶をしてましてね。すばらしい蔓延《はびこ》りぶりです！　あの賢い庭小人たちからどんなにいろいろ学べるかを、認識している魔法使いがいかに少ないことか！――学名で呼ぶならゲルヌンブリ・ガーデンシですがね」

「家の庭小人は、たしかにすばらしい悪態のつき方をたくさん知ってます」ロンが言う。「だけど、フレッドとジョージがあいつらに教えたんだと思うけど」

ロンは、魔法戦士の一団を案内してテントに入った。そこへルーナが走ってきた。

「こんにちは、ハリー！」ルーナが挨拶する。

「あー――僕の名前はバーニーだけど」ハリーは度肝を抜かれた。

「あら、名前も変えたの？」ルーナが明るく聞く。

「どうしてわかったの――？」

「うん、あんたの表情」ルーナが言った。

ルーナは父親と同じ、真っ黄色のローブを着ている。髪には大きなひまわりをつけて、アクセサリーにしている。まぶしい色彩に目が慣れてくれば、全体的にはなかなか好感が持てる。少なくとも、耳たぶから赤蕪《あかかぶ》はぶら下がっていない。

知人との会話に夢中になっていたゼノフィリウスは、ルーナとハリーのやり取りを聞き逃していた。話し相手の魔法使いに「失礼」と挨拶をして、ゼノフィリウスは娘のほうを見る。娘は指を挙げて見せながら言った。

「パパ、見て――庭小人《にわこびと》がほんとに噛《か》んだよ!」

「すばらしい! 庭小人の唾液はとても有益なんだ!」

ラブグッド氏はルーナが差し出した指をつかんで、血の出ている噛み傷を調べながら続ける。

「ルーナや、もし今日突然新しい才能が芽生えるのを感じたら――たとえば急にオペラを歌いたくなったり、マーミッシュ語で大演説したくなったら――抑えつけるんじゃないよ! ゲルヌンブリの才能を授かったかもしれない!」

ちょうどすれちがったロンが、プーッと吹き出す。

「ロンは笑ってるけど」ハリーがルーナとゼノフィリウスを席まで案内したとき、ルーナがのんびりと言った。「でもパパは、ゲルヌンブリの魔法について、たくさん研究したんだもン」

「そう?」ハリーはもうとっくに、ルーナやその父親の独特な見方には逆らうまいと決めている。「でもその傷、ほんとになにかつけなくてもいいの?」

「あら、大丈夫だもン」ルーナは夢見るように指をなめながら、ハリーを上から下まで眺めて言い足す。「あんた素敵だよ。あたし、パパに、たいていの人はドレスローブとか着てくるだろうって言ったんだ。だけどパパは、結婚式には太陽の色を着るべきだって信じてるの。ほら、縁起がいいもン」

ルーナが父親のあとに従いてどこかに行《い》ってしまったあとに、年老いた魔女に腕をがっちりつかまれたロンがふたたび現れた。鼻は嘴《くちばし》の形で目のまわりが赤く、羽根のついたピンクの帽子をかぶった魔女の姿は、機嫌の悪いフラミンゴのようだ。

「……それにお前の髪は長すぎるぇ、ロナルド。わたしゃ、一瞬お前を妹のジネブラと見まちがえたぇ。なんとまあ、ゼノフィリウス・ラブグッドの着てる物はなんだぇ？　まるでオムレツみたいじゃないか。それで、あんたはだれかぇ？」魔女がハリーに吠《ほ》え立てる。

「ああ、そうだ、ミュリエルおばさん、いとこのバーニーだよ」

「またウィーズリーかね？　お前たちゃ庭小人算で増えるじゃないか。ハリー・ポッターはここにおるのかぇ？　会えるかと思ったに。お前の友達かと思ったが、ロナルド、自慢してただけかぇ？」

「ちがうよ――あいつはこられなかったんだ――」

「ふむむ。口実を作ったというわけかぇ？　それなら新聞の写真で見るほど愚かしい子でもなさそうだ。わたしゃね、花嫁にわたしのティアラの最高のかぶり方を教えてきたところだよ」魔女は、ハリーに向かって大声で言う。「ゴブリン製だよ、なにせ。そしてわが家に何百年も伝わってきたんだぇ。花嫁はきれいな子《小鬼》だ。しかしどうひねくってもーフランス人だぞぇ。やれやれ、ロナルド、よい席を見つけておくれ。わたしゃ百七歳だぇ。あんまり長いこと立っとるわけにはいかないぞぇ」

ロンは、ハリーに意味ありげな目配せをして通り過ぎ、しばらくの間、出てこなかった。次に入口でロンを見つけたときは、ハリーは十二人もの客を案内して出てきたところだった。テントはいまやほとんど満席になっていて、入口にはもうだれも並んではいない。

「悪夢だぜ、ミュリエルは——」ロンが額《ひたい》の汗を袖《そで》で拭《ぬぐ》いながら言う。「以前は毎年クリスマスにきてたんだけど、ありがたいことに、フレッドとジョージが祝宴のときにおばさんの椅子の下で糞《くそ》爆弾を破裂させたのに腹を立ててさ。親父は、おばさんの遺言書から二人の名前が消されてしまうだろうって言うけど——あいつら気にするもんか。最後はあの二人が、親戚のだれよりも金持ちになるぜ。そうなると思う……うわおぉっ」

ハーマイオニーが急いで二人のほうにやってくるのを見て、ロンは目を瞬《しばた》かせながら声を上げた。

「すっごくきれいだ!」

「意外で悪かったわね」そう言いながらも、ハーマイオニーはにっこりする。ハーマイオニーはライラック色のふわっとした薄布のドレスに、同じ色のハイヒールを履いている。髪はまっすぐで艶《つや》やかだ。

「あなたのミュリエル大おばさんは、そう思っていらっしゃらないみたい。ついさっき二階で、フラーにティアラを渡していらっしゃるところをお目にかかったわ。そしたら、『おや、まあ、これがマグル生まれの子かぇ？』ですって。それからね、『姿勢が悪い。足首ががりがりだぞぇ』」

「君への個人攻撃だと思うなよ。おばさんはだれに対しても無礼なんだから」ロンがなだめる。

「ミュリエルのことか？」フレッドと一緒にテントから現れたジョージが同調する。「まったくだ。たったいま、おれの耳が一方に偏ってるって言いやがった。あの老いぼれコウモリめが。だけど、ビリウスおじさんがまだ生きてたらよかったのになぁ。結婚式には打ってつけのおもしろい人だったのに」

「その人、死神犬のグリムを見て、二十四時間後に死んだ人じゃなかった？」ハーマイオニーが聞いた。

「ああ、うん。最後は少しおかしくなってたな」ジョージが認める。

「だけど、いかれっちまう前は、パーティを盛り上げる花形だった」フレッドが思い出すように言う。「ファイア・ウィスキーを一本まるまる飲んで、それからダンスフロアに駆け上がり、ローブをまくり上げて花束をいくつも取り出すんだ。どっからって、ほら——」

「ええ、ええ、さぞかしパーティの花だったでしょうよ」ハリーは大笑いしたが、ハーマイオニーは〝しょうがない〟という顔をしてつんと言い放った。

「一度も結婚しなかったな。なぜだか」ロンが言う。

「それは不思議ね」ハーマイオニーが皮肉めかして受けた。あまりに笑いすぎて、遅れて到着した客がロンに招待状を差し出すまで、だれも気がつかなかった。黒い髪に大きな曲がった鼻、眉《まゆ》の濃い青年だ。青年はハーマイオニーを見ながら言う。

「君はすヴァらしい」

「ビクトール！」

ハーマイオニーが金切り声を上げて、小さなビーズのバッグを落とす。バッグは、小さいくせに不釣合いに大きな音を立てた。ハーマイオニーは頰を染め、あわててバッグを拾いながら挨拶をする。

「私、知らなかったわ。あなたが——まあ——またお会いできて——お元気？」

ロンの耳が、また真っ赤になる。招待状の中身など信じるものかと言わんばかりに、ロンはクラムの招待状を一目見るなり、不必要に大きな声で聞いた。

「どうしてここにきたんだい？」

「フラーに招待された」クラムは眉を吊り上げる。

クラムになんの恨みもないハリーは、握手のあと、ロンのそばから引き離すほうが賢明だと思い、クラムを席に案内した。

「君の友達は、ヴぉくに会ってうれしくない」いまや満員のテントに入りながら、クラムが不平を口にし、「友達でなく親戚か？」ハリーのくるくる巻いた赤毛をちらりと見ながら聞いた。

「いとこだ」ハリーはぼそぼそと答えたが、クラムは答えを聞こうとしているわけではなかった。クラムが現れたことで、客がざわめく。とくにいとこのヴィーラたちが色めき立った。なにしろ有名なクィディッチ選手がきたのだからむりもない。姿をよく見ようとみなが首を伸ばしているところに、ロン、ハーマイオニー、フレッド、ジョージの四人が花道を急ぎ足でやってくる。

「着席する時間だ」フレッドがハリーに言う。「座らないと花嫁に轢《ひ》かれるぞ」

ハリー、ロン、ハーマイオニーは二列目の、フレッドとジョージの後ろの席に座る。ハーマイオニーは相当に上気しているように見え、ロンも耳がまだ真っ赤だった。しばらくして、ロンがハリーにブツブツ言う。

「あいつ、まぬけなちょび顎《あご》ひげなんか生やしてやがったの、見たか?」

ハリーは、どっちつかずにうなった。

ぴりぴりした期待感が暑いテントを満たし、ガヤガヤという話し声にときどき興奮した笑い声が交じる。ウィーズリー夫妻が親戚に向かって笑顔で手を振りながら、花道を歩いてくる。ウィーズリー夫人は真新しいアメシスト色のローブを羽織り、お揃いの帽子をかぶっている。

その直後に、ビルとチャーリーがテントの正面に立った。二人ともドレスローブを着て、襟《えり》には大輪の白バラを挿している。フレッドがピーッと冷やかしの口笛を吹き、いとこのヴィーラたちがくすくす笑う。金色の風船から聞こえてくるらしい音楽が高らかに響き、会場が静かになった。

「わぁぁぁっ!」ハーマイオニーが、腰掛けたまま入口を振り返り、歓声を上げる。

ムッシュー・デラクールとフラーがバージンロードを歩きはじめると、会場の客がいっせいにため息をついた。フラーは滑るように、ムッシューは満面の笑みではずむように歩いてくる。すっきりした白いドレスを着たフラーは、銀色の強い光を放っているようだ。いつもはその輝きで、他の者すべてが色褪《いろあ》せてしまうのだが、今日はその光に当たった者すべてが美しく見える。金色のドレスを着たジニーとガブリエールは、いつにも増してかわいらしく見え、ビルはフラーが隣に立ったとたん、フェンリール・グレイバックに遭遇したことさえ嘘のように思えた。

「お集まりのみなさん」少し抑揚のある声が聞こえてきた。髪の毛のふさふさした小さな魔法使いが、ビルとフラーの前に立っている。ダンブルドアの葬儀を取り仕切ったあの同じ魔法使いなのに気づいて、ハリーは少しどきりとする。「本日ここにお集まりいただきましたのは、二つの誠実なる魂が結ばれんがためであります……」

「やっぱり、わたしのティアラのおかげで場が引き立つぞぇ」ミュリエルおばさんが、とてもよく聞こえるささやき声を上げる。「しかし、どう見てもジネブラの胸開きは広すぎるぞぇ」

ジニーがちらりと振り向き、悪戯《いたずら》っぽく笑ってハリーにウィンクしたが、すぐにまた正面を向く。ハリーの心はテントをはるか離れて、ジニーと二人きりで過ごした午後の、だれもいない校庭の片隅での想い出へと飛んでいく。あの日々が遠い昔のことのようだ。すばらしすぎて、現実とは思えなかったあの時間。ハリーにとっては、普通の人の人生から輝かしい時を盗み取ったかのような時間だった。額《ひたい》に稲妻形の傷のない普通の人から……。

「汝《なんじ》、ウィリアム・アーサーは、フラー・イザベルを……」

最前列では、ウィーズリー夫人とマダム・デラクールが二人とも小さなレースの布切れを顔に押し当てて、そっとすすり泣いている。テントの後ろから鼻をかむトランペットのような音が聞こえ、ハグリッドがテーブルクロス大のハンカチを取り出したことを全員に知らせている。ハーマイオニーはハリーを見てにっこりしたが、その目も涙で一杯だった。

「……されば、ここに二人を夫婦となす」

ふさふさした髪の魔法使いは、ビルとフラーの頭上に杖《つえ》を高く掲げた。すると二人の上に銀の星が降り注ぎ、抱き合っている二人を、螺旋《らせん》を描きながら取り巻いた。フレッドとジョージの音頭でみながいっせいに拍手すると、頭上の金色の風船が割れ、中から極楽鳥や小さい金の鈴が飛び出して宙に浮かび、鳥の歌声や鈴の音が祝福の賑《にぎ》わいをいっそう華やかにする。

「お集まりの紳士、淑女のみなさま！」ふさふさ髪の魔法使いが呼びかけた。「ではご起立願います」

全員が起立する。ミュリエルおばさんは、聞こえよがしに不平を言いながら立ち上がる。ふさふさ髪の魔法使いが杖を振ると、いままで座っていた椅子が優雅に宙に舞い上がり、テントの壁の部分が消えて、一同は金色の支柱に支えられた天蓋《てんがい》の下にいた。太陽を浴びた果樹園と、その周囲のすばらしい田園が見える。次にテントの中心から熔けた金が流れ出し、輝くダンスフロアができた。浮かんでいた椅子が、白いテーブルクロスを掛けたいくつもの小さなテーブルを囲んで何脚かずつ集まり、みな一緒に優雅に地上にもどってきてダンスフロアのまわりに収まった。すると金色の上着を着たバンドマンが、ぞろぞろと舞台に上っていく。

「うまいもんだ」ロンが感心したように言う。

ウェイターが銀の盆を掲げて四方八方から現れた。かぼちゃジュースやバタービール、ファイア・ウィスキーなどが載った盆もあれば、山盛りのタルトやサンドイッチがぐらぐら揺れているのもある。

「お祝いを言いに行かなきゃ！」

ビルとフラーが祝い客に取り囲まれて姿が見えなくなったあたりを爪先立ちで見ながら、ハーマイオニーが言った。

「あとで時間があるだろ」ロンは肩をすくめ、通り過ぎる盆からすばやくバタービールを三本かすめて、一本をハリーに渡しながら言う。「ハーマイオニー、取れよ。テーブルを確保しようぜ……そこじゃない！　ミュリエルに近づくな――」

ロンは先に立って、左右をちらちら見ながらだれもいないダンスフロアを横切る。ハリーは、クラムに目を光らせているにちがいないと思った。テントの反対側まできてしまったが、大部分のテーブルは埋まっている。ルーナが一人で座っているテーブルが、一番空いていた。

「ここ、座ってもいいか?」ロンが聞く。

「うん、いいよ」ルーナがうれしそうに言う。「パパは、ビルとフラーにプレゼントを渡しにいったんだもン」

「なんだい? 一生分のガーディルートか?」ロンが聞いた。

ハーマイオニーは、テーブルの下でロンを蹴ろうとして、ハリーを蹴ってしまった。痛くて涙が滲《にじ》み、ハリーはしばらく話の流れを忘れていた。

バンド演奏が始まる。ビルとフラーが、拍手に迎えられて最初にフロアに出た。しばらくしてウィーズリーおじさんがマダム・デラクールをリードし、次にウィーズリーおばさんとフラーの父親が踊った。

「この歌、好きだもン」

ルーナは、ワルツのような調べに合わせて体を揺らしていたが、やがて立ち上がってすーっとダンスフロアに出ていき、目をつむって両腕を振りながら、たった一人で回転しはじめた。

「あいつ、すごいやつだぜ」ロンが感心したように言う。「いつでも希少価値だ」

しかし、ロンの笑顔はたちまち消える。ビクトール・クラムがルーナの空いた席にやってきたのだ。ハーマイオニーはうれしそうにあわてふためく。しかしクラムは、今回はハーマイオニーを褒《ほ》めにきたのではなかった。

「あの黄色い服の男はだれだ？」としかめ面で聞く。

「ゼノフィリウス・ラブグッド。僕らの友達の父さんだ」ロンが答える。

ゼノフィリウスは明らかに笑いを誘う姿ではあったが、ロンのけんか腰の口調は、そうはさせないぞと意思表示している。

「こいよ。踊ろう」ロンが、唐突にハーマイオニーを誘った。

ハーマイオニーは驚いたような顔をしたが、同時にうれしそうに立ち上がる。二人は、次第に混み合ってきたダンスフロアの渦の中に消えた。

「ああ、あの二人は、いま付き合っているのか？」クラムは、一瞬気が散ったように聞いた。

「んー――そんなような」ハリーが答える。

「君はだれだ？」クラムが聞く。

「バーニー・ウィーズリー」

二人は握手をする。

「君、バーニー――あのラヴグッドって男を、よく知っているか？」

「いや、今日会ったばかり。なぜ？」

クラムは、ダンスフロアの反対側で数人の魔法戦士と話をしているゼノフィリウスを、飲み物のグラスの上から恐い顔で睨《にら》みつけている。

「なぜならヴぁ《ば》」クラムが言う。「あいつがフラーの客でなかったら、ヴぉ《ぼ》くはたったいまここで、あいつに決闘を申し込む。胸にあの汚らわしい印をヴ《ぶ》ら下げているからだ」

「印？」ハリーもゼノフィリウスのほうを見る。不思議な三角の目玉が、胸で光っている。

「なぜ？　あれがどうかしたの？」

「グリンデルヴァルド。あれはグリンデルヴァルドの印だ」

「グリンデルバルド……ダンブルドアが打ち負かした、闇の魔法使い？」

「そうだ」

顎《あご》の筋肉を、なにかを噛《か》んでいるように動かしたあと、クラムはこう言った。

「グリンデルヴァルドはたくさんの人を殺した。ヴぉ《ぼ》くの祖父もだ。もちろん、あいつはこの国では一度も力を振るわなかった。ダンブルドアを恐れているからだと言われてきた――そのとおりだ。あいつがどんなふうに滅びたかを見れヴぁ《ば》わかる。しかし、あれは――」クラムはゼノフィリウスを指さす。「あれは、グリンデルヴァルドの印だ。ヴぉ《ぼ》くはすぐわかった。グリンデルヴァルドは生徒だったときに、ダームストラング校のかヴぇ《壁》にあの印を彫った。ヴぁ《ば》かなやつらが、驚かすためとか、自分を偉く見せたくて、本や服にあの印をコピーした。ヴぉ《ぼ》くらのように、グリンデルヴァルドのせいで家族を失った者たちが、そういう連中を懲《こ》らしめるまでは、それが続いた」

クラムは拳《こぶし》の関節を脅すようにポキポキ鳴らし、ゼノフィリウスを睨《にら》みつけている。ハリーはこんがらがった気持ちだった。ルーナの父親が闇の魔術の支持者だなど、どう考えてもありえないことのように思える。その上、テント会場にいるほかのだれも、ルーン文字のような三角形を見咎《みとが》めているようには見えない。

「君は――えーと――絶対にグリンデルバルドの印だと思うのか？」

「まちがいない」クラムは冷たく言い切る。「ヴぉく《ぼ》は、何年もあの印のそヴぁ《ば》を通り過ぎてきたんだ。ヴぉく《ぼ》にはわかる」

「でも、もしかしたら」ハリーが言う。「ゼノフィリウスは、印の意味を実は知らないのかもしれない。ラブグッド家の人はかなり……変わってるし。十分ありうることだと思うけど、どこかでたまたまあれを見つけて、しわしわ角《づの》スノーカックの頭の断面図かなにかだと思ったかもしれない」

「なんの断面図だって？」

「いや、僕もそれがどういうものか知らないけど、どうやらあの父娘《おやこ》は休暇中にそれを探しにいくらしい……」

ハリーは、ルーナとその父親のことを、どうもうまく説明できていないような気がした。

「あれが娘だよ」ハリーは、まだ一人で踊っているルーナを指さす。ルーナはユスリカを追いはらうような手つきで、両腕を頭のまわりで振り回している。

「なぜ、あんなことをしている？」クラムが聞いた。

「ラックスパートを、追いはらおうとしているんじゃないかな」

ラックスパートの症状がどういうものかを知っているハリーは、そう言った。

クラムはハリーにからかわれているのかどうか、判断しかねている顔をする。ローブから取り出した杖《つえ》で、クラムは脅すように自分の太股《ふともも》をトントンとたたく。杖先から火花が飛び散った。

「グレゴロビッチ！」ハリーは大声を上げた。

クラムがびくっとしたが、興奮しているハリーは気にしない。クラムの杖を見たとたん記憶がもどってきた。三校対抗試合の前に、その杖を手に取って丹念に調べたオリバンダーの記憶だ。

「グレゴロヴィッチがどうかしたか？」クラムが訝《いぶか》しげに聞く。

「杖作りだ！」

「そんなことは知っている」クラムが言った。

「グレゴロビッチが、君の杖を作った！　だから僕は連想したんだ――クィディッチって……」

クラムは、ますます訝しげな顔になる。

「グレゴロヴィッチがヴぉく《ぼ》の杖を作ったと、どうして知っている？」

「僕……僕、どこかで読んだ、と思う」ハリーが答える。「ファン――ファンの雑誌で」

とっさのでっち上げだったが、クラムは納得したようだ。

「ファンと、杖のことを話したことがあるとは、ヴぉく《ぼ》は気がつかなかった」

「それで……あの……グレゴロビッチは、最近、どこにいるの？」

クラムは怪訝《けげん》な顔をする。

「何年か前に引退した。ヴぉく《ぼ》は、グレゴロヴィッチの最後の杖を買った一人だ。最高の杖だ――もちろんヴぉく《ぼ》は、君たちイギリス人がオリヴァンダーを信頼していることを知っている」

ハリーはなにも言わずに、クラムと同様、ダンスする人たちを見ているふりをしながら、必死で考えを巡らせる。するとヴォルデモートは、有名な杖作りを探しているのか。それほど深く考えなくとも、ハリーにはその理由がわかる。あの晩、ヴォルデモートがハリーを空中で追跡したときに、ハリーの杖がしたことに原因があるにちがいない。柊《ひいらぎ》と不死鳥の尾羽根の杖が、借り物の杖を打ち負かしたのだ。そんなことは、オリバンダーには予測もできず、理解もできなかったことだ。グレゴロビッチならわかるのだろうか？　オリバンダーより本当に優れているのだろうか？　オリバンダーの知らない杖《つえ》の秘密を、グレゴロビッチは知っているのだろうか？

「あの娘《こ》はとてもきれいだ」

クラムの声で、ハリーは自分がどこにいるのかを思い出した。クラムが指さしているのは、たったいまルーナと踊り出したジニー。

「あの娘も君の親戚か？」

「ああ、そうだ」ハリーは急にいらだちが込み上げてきた。「それにもう付き合ってる人がいる。嫉妬深いタイプだ。でかいやつだ。対抗しないほうがいいよ」

クラムがうなる。

「ヴぉく《ぼ》は――」クラムはゴブレットをあおり、立ち上がりながら嘆く。「国際的なクィディッチ選手だ。しかし、かわいい娘《こ》がみんなもうだれかのものなら、そんなことになんの意味がある？」

そしてクラムは、鼻息も荒く立ち去っていった。残されたハリーは、通りがかったウェイターからサンドイッチを取り、混み合ったダンスフロアの縁を回って移動した。ロンを見つけてグレゴロビッチのことを話したかったのだが、ロンはフロアの真ん中で、ハーマイオニーと踊っている。ハリーは金色の柱の一本に寄りかかって、ジニーを眺めた。いまはフレッドやジョージの親友のリー・ジョーダンと踊っている。

ハリーは、ロンと約束を交わしたことを恨みに思うまいと努力した。

ハリーはこれまで結婚式に出席したことなどなかったので、魔法界の祝い事がマグルの場合とどうちがうかは判断できない。でも、ケーキのてっぺんに止まった二羽の作り物の不死鳥がケーキカットのときに飛び立つとか、シャンパンボトルが客の中をふわふわ浮いているとか、そういうことはマグルの祝いには絶対にないだろうとは思う。夜になって、金色の提灯《ちょうちん》が浮かべられたテントの中に蛾《が》が飛び込んできはじめるころ、宴はますます盛り上がり、歯止めがきかなくなっていた。フレッドとジョージはフラーのいとこ二人と、とっくに闇の中に消えていた。チャーリーとハグリッドは、紫の丸い中折れ帽をかぶったずんぐりした魔法使いと、隅のほうで「英雄オドの歌を歌っている。

自分のことを息子だと勘違いするほど酔っ払ったロンの親戚の一人から逃げようと、混雑の中をあちこち動き回っていたハリーは、ひとりぽつんと座っている老魔法使いに目を止める。その魔法使いは、ふわふわと顔を縁取る白髪のせいで、年老いたタンポポの綿毛のような顔に見えた。その上に虫の食ったトルコ帽が載っている。なんだか見たことのある顔だ。さんざん頭をしぼったあげく、ハリーは突然思い出す。エルファイアス・ドージという騎士団のメンバーで、ダンブルドアの追悼文《ついとうぶん》を書いた魔法使いだ。

ハリーはドージに近づいた。

「座ってもいいですか？」

「どうぞ、どうぞ」ドージは、かなり高いゼイゼイ声を出す。

ハリーは、顔を近づけてささやいた。

「ドージさん、僕はハリー・ポッターです」

ドージは息を呑《の》む。

「なんと！　アーサーが、君は変装して参加していると教えてくれたが……やれうれしや。光栄じゃ！」

喜びに胸を躍らせ、そわそわしながら、ドージはハリーにシャンパンを注いだ。

「君に手紙を書こうと思っておった」ドージが言う。「ダンブルドアのことのあとでな……あの衝撃……君にとっても、きっとそうだったじゃろう……」

ドージの小さな目が、突然涙であふれそうになる。

「あなたが『日刊予言者《にっかんよげんしゃ》』にお書きになった追悼文《ついとうぶん》を、読みました」ハリーが言う。「あなたが、ダンブルドア先生をあんなによくご存知だとは知りませんでした」

「だれよりもよく知っておった」ドージはナプキンで目を拭《ぬぐ》いながら言い募る。「もちろん、だれよりも長い付き合いじゃった。アバーフォースを除けばじゃがな——ただ、なぜかアバーフォースは、一度として勘定に入れられたことがないのじゃよ」

『日刊予言者』と言えば……ドージさん、あなたはもしや――」

「ああ、どうかエルファイアスと呼んでおくれ」

「エルファイアス、あなたはもしや、ダンブルドアに関するリータ・スキーターのインタビュー記事をお読みになりましたか？」

怒りからか、ドージの顔に血が上る。

「ああ、読んだとも、ハリー。あの女は、あのハゲタカと呼ぶほうが正確かもしれんが、わしから話を聞き出そうと、それはもうしつこくつきまといおったわ。わしは恥ずかしいことに、かなり無作法になって、あの女を出しゃばり婆《ばば》あ呼ばわりした。『鱒《ます》ばばあ』とな。その結果は、君も読んだとおりで、わしが正気でないと中傷しおった」

「ええ、そのインタビューで――」ハリーは言葉を続ける。「リータ・スキーターは、ダンブルドア校長が若いとき、闇の魔術にかかわったとほのめかしました」

「一言も信じるではない！」ドージが即座に否定する。「ハリー、一言もじゃ！　君のアルバス・ダンブルドアの想い出を、何物にも汚《けが》させるでないぞ！」

ドージの、真剣で苦痛に満ちた顔を見て、ハリーは確信が持てないばかりか、かえってやり切れない思いに駆られた。単にリータを信じないという選択だけですむほど簡単なことだと、ドージは本気でそう思っているのだろうか？　確信を持ちたい、なにもかも知りたいというハリーの気持ちが、ドージにはわからないのだろうか？　ドージはハリーの気持ちを察したのかも知れない。心配そうな顔で、急いで言葉を継いだ。

「ハリー、リータ・スキーターは、なんとも恐ろしい――」

そこへかん高い笑い声が割り込んできた。

「リータ・スキーター？　ああ、わたしゃ好きだぇ。いつも記事を読んどるぇ！」

ハリーとドージが見上げると、シャンパンを手に、帽子の羽根飾りをゆらゆらさせながらミュリエルおばさんが立っていた。

「それ、ダンブルドアに関する本を書いたんだぞぇ！」

「これはミュリエル、こんばんは」ドージが挨拶をする。「そう、その話をいましていたところじゃ――」

「そこのお前！　椅子をよこさんかぇ。わたしゃ、百七歳だぞぇ！」

別の赤毛のウィーズリーのいとこが、ぎくりとして椅子から飛び上がる。ミュリエルおばさんは驚くほどの力でくるりと椅子の向きを変え、ドージとハリーの間にすとんと座り込んだ。

「おや、また会ったね、バリー、とかなんとかいう名だったかぇ」ミュリエルがハリーを見る。「さーて、エルファイアス。リータ・スキーターについてなにを言っていたのかぇ？　リータはダンブルドアの伝記を書いたぞぇ。わたしゃ早く読みたいね。フローリシュ・アンド・ブロッツ書店に注文せにゃ！」

ドージは硬い厳しい表情になる。ミュリエルおばさんはゴブレットをぐいっと飲み干し、通りかかったウェイターを骨ばった指を鳴らして呼び止め、お代わりを要求する。そしてシャンパンをもう一杯がぶりと飲み、ゲップをしてから話し出した。

「二人ともなんだぇ、ぬいぐるみのカエルみたいな顔をして！　あんなに尊敬され、ご立派とかへったくれとか言われるようになる前は、アルバスに関するどーんとおもしろい噂《うわさ》がいろいろあったんだぞぇ！」

「まちがった情報に基づく中傷じゃ」ドージは、またしても赤蕪《あかかぶ》のような色になる。

「エルファイアス、あんたならそう言うだろうよ」

ミュリエルおばさんは高笑いした。

「あんたがあの追悼文《ついとうぶん》で、都合の悪いところをすっ飛ばしているのに、あたしゃ気づいたぇ！」

「あなたがそんなふうに思うのは、残念じゃ」

ドージは、めげずにますます冷たく言い放つ。

「わしは、心からあの一文を書いたのじゃ」

「ああ、あんたがダンブルドアを崇拝しとったのは、周知のことだぇ。アルバスがスクイブの妹を始末したのかもしれないとわかっても、きっとあんたはまだ、あの人が聖人君子だと考えることだろうぇ」

「ミュリエル！」ドージがさけぶ。

冷えたシャンパンとは無関係の冷たいものが、ハリーの胸に忍び込む。

「どういう意味ですか？」ハリーはミュリエルに聞いた。「妹がスクイブだなんて、だれが言ったんです？　病気だったと思うけど？」

「それなら見当ちがいだぞぇ、バリー！」

ミュリエルおばさんは、自分の言葉の反響に大喜びの様子だ。

「いずれにせよ、それについちゃ、お前が知るわけはなかろう？　お前が生まれることさえだれも考えていなかった大昔に起きたことだぇ。そのときに生きておったわたしらにしても、実はなにが起こったのか、知らんかったというのが本当のところだぇ。だからわたしゃ、スキーターの掘り出しもんを早く読みたいというわけぞぇ！　ダンブルドアはあの妹のことについちゃ、長く沈黙してきたのだぇ！」

「虚偽《うそ》じゃ！」ドージがゼイゼイ声を上げる。「まったくの虚偽《きょぎ》じゃ！」

「先生は妹がスクイブだなんて、一度も僕に言わなかった」

ハリーは胸に冷たいものを抱えたまま、無意識に言葉に出す。

「そりゃまた、なんでお前なんぞに言う必要があるのかぇ？」

ミュリエルがかん高い声を上げ、ハリーに目の焦点を合わせようとして、椅子に座ったまま体を少し揺らした。

「アルバスがけっしてアリアナのことを語らなかった理由は――」

エルファイアスは感情が高ぶって声を強張らせる。

「わしの考えではきわめて明白じゃ。妹の死でアルバスはあまりにも打ちのめされたからじゃ」

「だれも妹を見たことがないというのは、エルファイアス、なぜかぇ？」

ミュリエルがかん高くわめきたてる。

「柩《ひつぎ》が家から運び出されて葬式が行われるまで、わたしらの半数近くが、妹の存在さえ知らなかったというのは、なぜかぇ？　アリアナが地下室に閉じ込められていた間、気高いアルバスはどこにいたのかぇ？　ホグワーツの秀才殿だぇ。自分の家でなにが起こっていようと、どうでもよかったのよ！」

「どういう意味？　『地下室に閉じ込める』って？」ハリーが聞いた。「どういうこと？」

ドージは惨《みじ》めな表情のままだ。ミュリエルおばさんがまた高笑いしてハリーに答える。

「ダンブルドアの母親は恐い女だったぇ。まったくもって恐ろしい。マグル生まれだぇ。もっとも、そうではないふりをしておったと聞いたがぇ――」

「そんなふりは、一度もしておらん！　ケンドラはきちんとした女性じゃった」

ドージが悲しそうに小声で言う。しかしミュリエルおばさんは無視した。

「――気位が高くて傲慢《ごうまん》で、スクイブを生んだことを屈辱に感じておったろうと思われるような魔女だぇ――」

「アリアナはスクイブではなかった！」ドージがゼイゼイ声で抵抗する。

「あんたはそう言いなさるが、エルファイアス、それなら説明してくれるかぇ。どうして一度もホグワーツに入学しなかったのかぇ！」ミュリエルおばさんは、ハリーとの話にもどった。

「わたしらの時代には、スクイブはよく隠されていたものぇ。もっとも、小さな女の子を実際に家の中に軟禁して、存在しないかのように装うのは極端だがぇ――」

「はっきり言うが、そんなことは起こってはおらん！」ドージの言葉も、ミュリエルはがむしゃらに押し切り、相変わらずハリーに向かってまくしたてる。

「スクイブは通常マグルの学校に送られて、マグルの社会に溶け込むように勧められるものだぇ……魔法界になんとかして場所を見つけてやるよりは、そのほうが親切というものだぇ。魔法界では常に二流市民じゃからぇ。しかし、ケンドラ・ダンブルドアは娘をマグルの学校にやるなど、当然、夢にも考えもせなんだのぇ――」

「アリアナは繊細だったのじゃ！」ドージは必死で反論を試みる。「あの子の健康状態では、どうしたって――」

「家を離れることさえできんほどかぇ？」ミュリエルがかん高く言い放つ。「それなのに、一度も聖マンゴには連れていかれなんだぇ。癒者《いしゃ》が往診に呼ばれたこともなかったぞぇ！」

「まったく、ミュリエル、そんなことはわかるはずもないのに――」

「知らぬなら教えて進ぜようかぇ。エルファイアス、わたしのいとこのランスロットは、あの当時、聖マンゴの癒者だったのぇ。そのランスロットが、うちの家族にだけ極秘で話したがぇ。アリアナは一度も病院で診《み》てもらっておらん。ランスロットはどうも怪しいと睨《にら》んでおったぇ！」

ドージは、いまにも泣き出しそうな顔だ。ミュリエルおばさんは大いに楽しんでいる様子で、指を鳴らしてまたシャンパンを要求した。ぼうっとした頭で、ハリーはダーズリー一家のハリーに対する仕打ちを思う。かつてダーズリーは、魔法使いであるという罪でハリーを閉じ込め、鍵をかけ、人目に触れないようにした。ダンブルドアの妹は、逆の理由で、ハリーと同じ運命に苦しんだのだろうか？　魔法が使えないためにに閉じ込められたのか？　そして、ダンブルドアは本当に、そんな妹を見殺しにして、自分の才能と優秀さを証明するためにホグワーツに行ったのだろうか？

「ところで、ケンドラのほうが先に死んだのでなけりゃ――」ミュリエルがまた話し出す。「あたしゃ、アリアナを殺したのは母親だと言うだろうがのぇ――」

「ミュリエル、なんということを！」ドージがうめく。「母親が実の娘を殺す？　自分の言っていることを、よく考えなされ！」

「実の娘を何年も牢に入れておける母親なら、できないことはなかろうがぇ？」ミュリエルおばさんは肩をすくめた。「しかし、いまも言ったように、それでは辻褄《つじつま》が合わぬ。なにせ、ケンドラがアリアナより先に死んだのぇ――死因がなんじゃやら、だれも定かには――」

「ああ、アリアナが母親を殺したにちがいない」ドージは、勇敢にも笑い飛ばそうとした。「そうじゃろう？」

「そうだぇ。アリアナは自由を求めて自暴自棄になり、争っているうちにケンドラを殺したかもしれんぇ」ミュリエルおばさんが、考え深げに言う。「エルファイアス、否定したけりゃ、いくらでも好きなだけ首を振りゃぁええがぇ！　あんたはアリアナの葬式に列席しとったろうがぇ？」

「ああ、したとも」ドージが唇を震わせながら言い返す。「そしてわしの知るかぎり、あれほどに悲しい出来事はほかにない。アルバスは胸が張り裂けるほど――」

「張り裂けたのは胸だけではないぇ。アバーフォースが葬式の最中にアルバスの鼻をへし折ったろうがぇ？」

ドージが怯《おび》え切った顔になる。それまでも怯えた顔をしてはいたが、今度とはとうてい比べ物にならない。ミュリエルが、ドージを刺したのではないかと思われるほどの顔だ。ミュリエルは高笑いしてまたシャンパンをぐい飲みし、顎《あご》からだらだらとこぼした。

「どうしてそれを――？」ドージの声がかすれた。

「母が、バチルダ・バグショット婆《ばあ》さんと親しかったのぇ」ミュリエルおばさんが、得々として言う。「バチルダが母に一部始終を物語っとるのを、わたしゃドアの陰で聞いてたぇ。柩《ひつぎ》の横でのけんかよ！　バチルダが言うには、アバーフォースは、アリアナが死んだのはアルバスのせいだとさけんで、顔にパンチを食らわした。アルバスは防ごうともせんかったということだぇ。それだけで十分おかしいがぇ。アルバスなら両手を後手に縛られとっても、決闘でアバーフォースを打ち負かすことができたろうに」

ミュリエルは、またシャンパンをぐいと飲む。古い醜聞《しゅうぶん》を語ることがミュリエルを高揚させ、それと同じくらいドージを怯えさせているようだ。ハリーはなにをどう考えてよいやら、なにを信じてよいやらわからなくなった。真実が欲しかった。なのにドージは、そこに座ったまま、アリアナが病気だったと弱々しく泣き言を言うばかり。自分の家でそんな残酷なことが行われていたのなら、ダンブルドアが干渉しなかったはずはない。にもかかわらず、この話にはたしかになにか奇妙なところがある。

「それに、まだ話すことがあるがぇ」

ミュリエルはゴブレットを下に置き、しゃっくり交じりに続けた。

「わたしゃ、バチルダがリータ・スキーターに秘密を漏《も》らしたと思うがぇ。スキーターのインタビューでほのめかしていた、ダンブルドア一家に近い重要な情報源——バチルダがアリアナの一件をずっと見てきたことはまちがいないぇ。それで辻褄《つじつま》が合うがぇ！」

「バチルダは、リータ・スキーターなんかに話しはせん！」ドージがささやくような声で否定する。

「バチルダ・バグショット？」ハリーが聞いた。「『魔法史』の著者の？」

その名は、ハリーの教科書の表に印刷されていた。もっとも、ハリーが一番熱心に読んだ教科書とは言えない。

「そうじゃ」ドージはハリーの質問に、藁《わら》にすがる溺《おぼ》れる者のようにしがみついた。「魔法史家として最も優れた一人で、アルバスの古くからの友人じゃ」

「このごろじゃ、相当衰えとると聞くぇ」ミュリエルは楽しそうに言う。

「もしそうなら、スキーターがそれを利用したのは、恥の上塗りというものじゃ」

ドージが言う。「そしてバチルダが語ったであろうことは、なに一つ信頼できん！」

「ああ、記憶を呼び覚ます方法はあるし、リータ・スキーターはきっと、そういう方法をすべて心得ておると思うぇ」ミュリエルおばさんが追い討ちをかける。「しかし、たとえバチルダが完全に老いぼれとるとしても、まちがいなくまだ古い写真は持っとるぇ。おそらく手紙も。バチルダはダンブルドアたちと長年付き合いがあったのだぇ……まあ、ゴドリックの谷まで足を運ぶ価値があった、と、あたしゃそう思うとるぇ」

バタービールをちびちび飲んでいたハリーは、咽《む》せ返った。涙目でミュリエルを見ながら咳《せ》き込むハリーの背中を、ドージがバンバンたたく。なんとか声が出るようになったところで、ハリーはすぐさま聞いた。

「バチルダ・バグショットは、ゴドリックの谷に住んでるの？」

「ああ、そうさね。バチルダは永久にあそこに住んでいるがぇ！　ダンブルドア一家は、パーシバルが投獄されてから引っ越してきて、バチルダはその近所に住んでおったがぇ」

「ダンブルドアの家族も、ゴドリックの谷に住んでいたんですか？」

「そうさ、バリー、わたしゃ、たったいまそう言ったがぇ」

ミュリエルおばさんが焦《じ》れったそうに言い放った。

ハリーはすっかり力が抜け、頭の中が空っぽになる。この六年間、ダンブルドアはただの一度も、ハリーにそのことを話さなかった。自分たちが二人ともゴドリックの谷に住んだことがあり、二人とも愛する人をそこで失ったことを。なぜだ？　リリーとジェームズは、ダンブルドアの母親と妹の近くに眠っているのだろうか？　ダンブルドアは身内の墓を訪ねたことがあるのだろうか？　そのときに、リリーとジェームズの墓のそばを歩いたのではないだろうか？　それなのに、一度もハリーに話さなかった……話そうともしなかった……。

しかし、それがどうして大切なことなのか、ハリーは自分自身にも説明がつかない。にもかかわらず、ゴドリックの谷という同じ場所を、そしてそのような経験を共有していたということをハリーに話さなかったのは、ダンブルドアが嘘をついていたにも等しいような気がする。ハリーは、いまどういう場所にいるのかもほとんど忘れて、前を見つめたきりでいた。ハーマイオニーが混雑から抜け出してきたことも、ハリーの横に椅子を持ってきて座るまで気づかなかった。

「もうこれ以上は踊れないわ」靴を片方脱ぎ、足の裏をさすりながら、ハーマイオニーは息を切らせている。「ロンはバタービールを探しにいったわ。ちょっと変なんだけど、私、ビクトールがすごい剣幕でルーナのお父さんから離れていくところを見たの。なんだか議論していたみたいだったけど――」

ハーマイオニーはハリーを見つめて声を落とす。

「ハリー、あなた、大丈夫？」

ハリーは、どこから話を始めていいのかわからなかった。しかし次の瞬間、そんなことはどうでもよくなってしまった。なにか大きくて銀色のものがダンスフロアの上の天蓋《てんがい》を突き破って落ちてきた。優雅に光りながら、驚くダンス客の真ん中に、オオヤマネコがひらりと着地する。何人かがオオヤマネコに振り向く。すぐ近くの客は、ダンスの格好のまま、滑稽《こっけい》な姿でその場に凍りついている。すると守護霊《しゅごれい》の口がくぁっと開き、大きな深い声がゆっくりと話し出した。キングズリー・シャックルボルトの声だ。

「魔法省は陥落した。スクリムジョールは死んだ。連中が、そちらに向かっている」

第9章　隠れ家

なにもかもがぼやけて、ゆっくりと動くように見える。ハリーとハーマイオニーは、さっと立ち上がって杖《つえ》を抜く。ほとんどの客は事情を呑《の》み込めず、なにか異常なことが起きたと気づきはじめたばかりで、銀色のオオヤマネコが消えたあたりを窺《うかが》いつつあるところだった。守護霊《しゅごれい》が着地した場所から周囲へと、沈黙が冷たい波になって広がっていく。やがて、だれかが悲鳴を上げる。

ハリーとハーマイオニーは、恐怖にあわてふためく客の中に飛び込んだ。客は蜘蛛《くも》の子を散らすように走り出し、大勢が次々に「姿くらまし」する。「隠れ穴」の周囲に施された保護の呪文は破れていた。

「ロン！」ハーマイオニーがさけぶ。「ロン、どこなの？」

二人がダンスフロアを横切って突き進む間にも、ハリーは、仮面をかぶったマント姿が混乱した客の中に忽然《こつぜん》と現れるのを目にし、ルーピンとトンクスが杖を上げて

「プロテゴ！　護れ！」とさけぶのを聞いた。あちらこちらから同じ声が上がっている――。

「ロン！　ロン！」ハリーと二人で怯《おび》える客の流れに揉《も》まれながら、ハーマイオニーは半泣きになってロンを呼ぶ。ハリーはハーマイオニーと離れまいとして、しっかり手をにぎっていた。そのとき頭上を、一条の閃光《せんこう》が飛んだ。盾《たて》の呪文なのか、それとも邪悪な呪文なのか、ハリーには見分けがつかない――。

ロンがそこにいた。ロンがハーマイオニーの空いている腕をつかんだとたん、ハリーはハーマイオニーがその場で回転するのを感じた。周囲に暗闇が迫り、ハリーはなにも見えず、なにも聞こえなくなる。時間と空間の狭間に押し込まれながら、ハリーはハーマイオニーの手だけを感じていた。「隠れ穴」から離れ、降ってきた「死喰い人」からも、そしてたぶん、ヴォルデモートからも離れ……。

「ここはどこだ？」ロンの声がする。

ハリーは目を開けた。ハリーは一瞬、結局まだ結婚式場から離れていないのではないかと思う。依然として、大勢の人にまわりを囲まれている。

「トテナム・コート通りよ」ハーマイオニーが息を切らせながら答える。「歩いて、とにかく歩いて。どこか着替える場所を探さなくちゃ」

ハリーは、言われたとおりにする。暗い広い通りを、三人は半分走りながら歩く。通りには深夜の酔客があふれ、閉店した店が両側に並び、頭上には星が輝いている。二階建てバスがゴロゴロとそばを走り、パブで浮かれていたグループが、通りかかる三人をじろじろ見る。ハリーとロンは、ドレスローブ姿のままだ。

「ハーマイオニー、着替える服がないぜ」ロンが言う。若い女性がロンを見て、さもおかしそうに吹き出し、耳障《みみざわ》りなくすくす笑いをしている。

『透明マント』を肌身離さず持っているべきだったのに、どうしてそうしなかったんだろう？」ハリーはまぬけな自分を内心呪《のろ》う。「一年間ずっと持ち歩いていたのに……」

「大丈夫、『マント』は持ってきたし、二人の服もあるわ」ハーマイオニーが答える。「ごく自然に振る舞って。場所を見つけるまで――ここがいいわ」

ハーマイオニーは先に立って脇道に入り、そこから人目のない薄暗い横丁へと二人を誘《いざな》った。

「『マント』と服があるって言ったけど……」ハリーがハーマイオニーを見て顔をしかめる。ハーマイオニーは、たった一つ手に持った小さなビーズのバッグを引っかき回している。

「ええ、ここにあるわ」その言葉とともにハーマイオニーは、呆気《あっけ》に取られているハリーとロンの目の前に、ジーンズ一着とTシャツ一枚、栗色のソックス、そして最後に銀色の「透明マント」を引っ張り出した。

「いったい全体どうやって――？」

「『検知《けんち》不可能拡大呪文』」ハーマイオニーが言う。「ちょっと難しいんだけど。でも私、うまくやったと思うわ。とにかく必要なものはなんとか全部詰め込んだから」

ハーマイオニーは華奢《きゃしゃ》に見えるバッグをちょっと振る。すると中で重い物がたくさん転がる音がして、まるで貨物室の中のように響き渡った。

「ああ、しまった！　きっと本だわ」ハーマイオニーはバッグを覗き込みながら言う。「せっかく項目別に積んでおいたのに……しょうがないわね……ハリー、『透明マント』をかぶったほうがいいわ。ロン、急いで着替えて……」

「いつの間にこんなことをしたの？」

ロンがローブを脱いでいる間に、ハリーが聞いた。

「『隠れ穴』で言ったでしょう？　もうずいぶん前から、重要なものは荷造りをすませてあるって。急に逃げ出さなきゃならないときのためにね。ハリー、あなたのリュックサックは今朝、あなたが着替えをすませたあとで荷造りして、この中に入れたの……なんだか予感がして……」

「君ってすごいよ、ほんと」ロンが、丸めたローブを渡しながら言う。

「ありがと」ハーマイオニーはローブをバッグに押し込みながら、ちょっぴり笑顔になる。「ハリー、さあ、『透明マント』を着てちょうだい！」

ハリーは肩にかけたマントを引っ張り上げ、頭からかぶって姿を消す。いまになってやっと、ハリーはさっきの出来事の意味を意識しはじめていた。

「ほかの人たちは――結婚式にきていたみんなは――」

「いまはそれどころじゃないわ」ハーマイオニーが小声で言う。「ハリー、狙われているのはあなたなのよ。あそこにもどったりしたら、みんなをもっと危険な目にあわせることになるわ」

「そのとおりだ」ロンがうなずく。顔は見えないはずなのに、ハリーが反論しかけたのを見て取ったような言い方だ。「騎士団の大多数はあそこにいた。みんなのことは、騎士団が面倒みるよ」

ハリーはうなずいた。しかし、二人には見えないことに気づいたので声に出した。

「うん」。しかし、ジニーのことを考えると、胃に酸っぱいものが込み上げるように、不安がわき上がってくる。

「さあ、行きましょう。移動し続けなくちゃ」ハーマイオニーが言った。

三人は脇道にもどり、ふたたび広い通りに出る。道の反対側の歩道を、塊《かたまり》になって歌いながら、千鳥足で歩いている男たちがいる。

「後学《こうがく》のために聞くけど、どうしてトテナム・コート通りなの？」ロンがハーマイオニーに聞く。

「わからないわ。ふと思いついただけ。でも、マグルの世界にいたほうが安全だと思うの。死喰い人は、私たちがこんなところにいるとは思わないでしょうから」

「そうだな」ロンはあたりを見回しながら言う。「だけど、ちょっと──むき出しすぎないか？」

「ほかにどこがあるって言うの？」道の反対側で自分に向かって冷やかしの口笛を吹きはじめた男たちに眉《まゆ》をひそめながら、ハーマイオニーが言う。『漏《も》れ鍋《なべ》』の部屋なんか、とても予約できないでしょう？　それにグリモールド・プレイスは、スネイプが入れるからアウトだし……。私の家という手もありうるけど、連中がそこを調べにくる可能性もあると思うわ……ああ、あの人たちいやだわ、黙ってくれないかしら！」

「よう、ねえちゃん？」道の反対側で、よれよれに泥酔した男が大声をかけてくる。「一杯飲まねえか？　赤毛なんか振っちまって、こっちで一緒に飲もうぜ！」

「どこかに座りましょう」ロンがどなり返そうと口を開いたので、ハーマイオニーがあわてて言った。「ほら、ここがいいわ。さあ！」

小さなみすぼらしい二十四時間営業のカフェだ。プラスチックのテーブルはどれも、うっすらと油汚れがついていたが、客がいないのがいい。ボックス型のベンチ席にハリーが最初に入り込み、ロンがその隣に座る。向かいの席のハーマイオニーは、入口に背を向けて座るのが気になるらしく、始終背後を振り返って、まるで痙攣《けいれん》を起こしているみたいだ。ハリーはじっとしていたくなかった。歩いている間は、錯覚でもゴールに向かっているような気がしていた。透明マントの下で、ハリーは、ポリジュース薬の効き目が切れてきたのを感じた。両手が元の長さと形を取りもどしつつある。ハリーは、ポケットからメガネを取り出してかけた。

「あのさ、ここから『漏《も》れ鍋《なべ》』まで、そう遠くはないぜ。あれはチャリング・クロスにあるから――」間もなくしてロンが口にする。

「ロン、できないわ」ハーマイオニーが即座に撥《は》ねつける。

「泊まるんじゃなくて、なにが起こっているかを知るためだよ！」

「どうなっているかはわかっているわ！　ヴォルデモートが魔法省を乗っ取ったのよ。ほかになにを知る必要があるの？」

「オッケー、オッケー。ちょっとそう思っただけさ！」

三人ともぴりぴりしながら黙り込む。ガムを噛《か》みながら面倒くさそうにやってきたウェイトレスに、ハーマイオニーはカプチーノを二つ頼んだ。ハリーの姿が見えないのに、もう一つ注文するのは変だからだ。がっちりした労働者風の男が二人、カフェに入ってきて、隣のボックス席に窮屈そうに座る。ハーマイオニーは声を落としてささやく。

「どこか静かな場所を見つけて『姿くらまし』しましょう。そして地方のほうに行くの。そこに着いたら、騎士団に伝言を送れるわ」

「じゃ、君、あのしゃべる守護霊《しゅごれい》とか、できるの？」ロンが聞く。

「ずっと練習してきたわ。できると思う」ハーマイオニーが答える。

「まあね、騎士団のメンバーが困ったことにならないなら、それでいいけど。だけど、もう捕まっちまってるかもな。うえっ、むかつくぜ」

ロンが、泡だった灰色のコーヒーを一口すすり、吐き棄《はす》てるように言った。のろのろと隣の客の注文を取りにきたウェイトレスが、聞き咎《とが》めてロンにしかめ面を向ける。労働者風の二人のうち、ブロンドでかなり大柄なほうの男が、あっちへ行けとウェイトレスを手で追いはらうのをハリーは見ていた。ウェイトレスはむっとした顔で男を睨《にら》んでいる。

「それじゃ、もう行こうぜ。僕、こんな泥、飲みたくない」ロンが言う。「ハーマイオニー、支払いするのにマグルのお金持ってるのか？」

「ええ、『隠れ穴』に行く前に、住宅金融組合の貯金を全部下ろしてきたから。でも小銭はきっと、バッグの一番底に沈んでるに決まってるわ」

ハーマイオニーはため息をついて、ビーズのバッグに手を伸ばす。

二人の労働者が同時に動いた。ハリーも無意識に同じ動きをし、三人が杖《つえ》を抜いて構えた。ロンは一瞬遅れて事態に気づき、テーブルの反対側から飛びついて、ハーマイオニーをベンチ席に横倒しにした。死喰い人たちの強力な呪文が、それまでロンの頭があったところの背後のタイル壁を粉々に砕く。同時に、姿を隠したままのハリーがさけぶ。

「ステューピファイ！　麻痺《まひ》せよ！」

大柄のブロンドの死喰い人は、赤い閃光《せんこう》をまともに顔に受けて気を失いどさりと横向きに倒れた。もう一人はだれが呪文をかけたのかわからず、またロンを狙って呪文を発射した。黒く光る縄が杖先から飛び出し、ロンの頭から足までを縛り上げる――ウェイトレスは悲鳴を上げて出口に向かって逃げ出す――ロンを縛ったひん曲り顔の死喰い人に、ハリーはもう一発「失神《しっしん》の呪文」を撃ったが逸《そ》れて、窓で跳ね返った呪文がウェイトレスに当たる。ウェイトレスは出口の前に倒れた。

「エクスパルソ！　爆破！」死喰い人が大声で唱えると、ハリーの前のテーブルが爆発し、その衝撃でハリーは壁に打ちつけられた。杖が手を離れ、「マント」が滑り落ちた。

「ペトリフィカス　トタルス！　石になれ！」見えないところからハーマイオニー

がさけぶ。死喰い人は石像のように固まり、割れたカップやコーヒー、テーブルの破片などの上にバリバリと音を立てて前のめりに倒れた。ベンチの下から這《は》い出したハーマイオニーは、ぶるぶる震えながら髪の毛についた灰皿の破片を振り落とす。

「デー――ディフィンド、裂けよ」ハーマイオニーは杖をロンに向けて唱える。とたんにロンは、痛そうなさけび声を上げた。呪文はロンのジーンズの膝《ひざ》を切り裂き、深い切り傷を残していた。

「あぁぁっ、ロン、ごめんなさい。手が震えちゃって！　ディフィンド！」

縄が切れて落ちた。ロンは、感覚を取りもどそうと両腕を振りながら立ち上がる。ハリーは杖を拾い、破片を乗り越えてベンチに大の字になって倒れている大柄なブロンドの死喰い人に近づいた。

「こっちのやつは見破れたはずなのに。ダンブルドアが死んだ夜、その場にいたやつだ」そう言いながら、ハリーは床に倒れている色黒の死喰い人を、足でひっくり返した。男の目がすばやくハリー、ロン、ハーマイオニーを順に見る。

「そいつはドロホフだ」ロンが言う。「昔、お尋《たず》ね者のポスターにあったのを覚えてる。大きいほうは、たしかソーフィン・ロウルだ」

「名前なんかどうでもいいわ！」ハーマイオニーが、ややヒステリー気味に声を上げる。「どうして私たちを見つけたのかしら？　私たち、どうしたらいいの？」

ハーマイオニーがあわてふためいていることで、ハリーはかえって頭がはっきりした。

「入口に鍵をかけて」ハリーはハーマイオニーに指示を出す。「それから、ロン、明かりを消してくれ」

カチリと鍵がかかり、ロンが「灯消《ひけ》しライター」でカフェを暗くした。その間にハリーは、金縛りになっているドロホフを見下ろしながら、すばやく考えを巡らす。ついさっきハーマイオニーを冷やかした男たちの、別の女性に呼びかける声が、どこか遠くから聞こえてくる。

「こいつら、どうする？」暗がりでロンがハリーにささやく。それからいちだんと声を落とす。「殺すか？　こいつら、僕たちを殺すぜ。たったいま、殺《や》られるところだったしな」

ハーマイオニーは身震いして、一歩下がった。ハリーは首を振る。

「こいつらの記憶を消すだけでいい」ハリーが言う。「そのほうがいいんだ。連中は、それで僕たちを嗅《か》ぎつけられなくなる。殺したら、僕たちがここにいたことがはっきりしてしまう」

「君がボスだ」ロンは、心からほっとしたように応じた。「だけど、ぼく『忘却呪《ぼうきゃく》文』を使ったことがない」

「私もないわ」ハーマイオニーが言う。「でも、理論は知ってる」

ハーマイオニーは深呼吸して気を落ち着け、杖《つえ》をドロホフの額《ひたい》に向けて唱える。

「オブリビエイト！　忘れよ！」

たちまちドロホフの目がとろんとし、夢を見ているような感じになる。

「いいぞ！」ハリーは、ハーマイオニーの背中をたたきながら指示する。「もう一人とウェイトレスもやってくれ。その間に僕とロンはここを片付けるから」

「片付ける？」ロンが半壊したカフェを見回しながら聞く。「どうして？」

「こいつらが正気づいて、自分たちのいる場所が爆破されたばかりの状態だったら、なにがあったのかと疑うだろう？」

「ああ、そうか、そうだな……」

ロンは、尻ポケットから杖を引っ張り出すのに一瞬苦労していた。

「なんで杖が抜けないのかと思ったら、わかったよ、ハーマイオニー、君、僕の古いジーンズを持ってきたんだ。これ、きついよ」

「あら、悪かったわね」ハーマイオニーが癇《かん》に障《さわ》ったように小声で言い、ウェイトレスを窓から見えない位置まで引きずりながら、それならあそこに挿せばいいのにと別な場所をブツブツ言うのが、ハリーの耳に聞こえてきた。

カフェが元どおりになると、三人は、死喰い人たちが座っていたボックスに二人をもどし、向かい合わせにして寄りかからせた。

「だけどこの人たち、どうして私たちを見つけたのかしら？」ハーマイオニーが、放心状態の死喰い人たちの顔を交互に見ながら疑問を繰り返す。「どうして私たちの居場所がわかったのかしら？」

ハーマイオニーはハリーの顔を見る。

「あなた――まだ『臭い』をつけたままなんじゃないでしょうね、ハリー？」

「そんなはずないよ」ロンが言う。「『臭い』の呪文は十七歳で破れる。魔法界の掟《おきて》だ。おとなには『臭い』をつけることができない」

「あなたの知るかぎりではね」ハーマイオニーが抗弁する。「でも、もし死喰い人が、十七歳に『臭い』をつける方法を見つけ出していたら？」

「だけどハリーは、この二十四時間、死喰い人に近寄っちゃいない。だれがハリーに『臭い』をつけなおせたって言うんだ？」

ハーマイオニーは答えない。ハリーは自分に汚れた染みがついているような気になる。本当に死喰い人は、そのせいで自分たちを見つけたのだろうか？

「もし僕に魔法が使えず、君たちも僕の近くでは魔法が使えないということなら、使うと僕たちの居場所がばれてしまうのなら……」ハリーが切り出す。

「別れないわ！」ハーマイオニーがきっぱりと言い切った。

「どこか安全な隠れ場所が必要だ」ロンが言う。「そうすれば、よく考える時間ができる」

「グリモールド・プレイス」ハリーが言った。

二人があんぐり口を開ける。

「ハリー、ばかなこと言わないで。あそこにはスネイプが入れるのよ！」

「ロンのパパが、あそこにはスネイプ除けの呪詛《じゅそ》をかけてあるって言ってた――それに、その呪文が効かないとしても」ハーマイオニーが反論しかけるのを、ハリーは押し切って話し続ける。「それがどうしたって言うんだ？　いいかい、僕はスネイプに会えたら、むしろそれが百年目さ！」

「でも――」

「ハーマイオニー、ほかにどこがある？　残されたチャンスはあそこだよ。スネイプは死喰い人だとしてもたった一人だ。もし僕にまだ『臭い』があるのなら、僕らがどこへ行こうと、死喰い人が群れをなして追ってくる」

ハーマイオニーは、できることなら反論したそうな顔をしている。しかし、できない。ハーマイオニーがカフェの鍵を外す間に、ロンは「灯《ひ》消《け》しライター」をカチッと鳴らして明かりをもどした。それからハリーの三つ数える合図で呪文を解き、ウェイトレスも二人の死喰い人もまだ眠そうにもぞもぞ動いているのを尻目に、ハリー、ロン、ハーマイオニーはその場で回転してふたたび窮屈な暗闇の中へと姿を消した。
数秒後、ハリーの肺は心地よく広がり、目を開けると、三人は見覚えのある小さな寂《さび》れた広場の真ん中に立っていた。四方から、老朽化した丈の高い建物がハリーたちを見下ろしている。「秘密《ひみつ》の守人《もりびと》」だったダンブルドアから教えられていたので、ハリー、ロン、ハーマイオニーはグリモールド・プレイス十二番地の建物を見ることができる。あとを追けられていないか、見張られていないかを数歩ごとに確かめながら、三人は建物に向かって急ぐ。入口の石段を大急ぎで駆け上がり、ハリーが杖《つえ》で玄関の扉を一回だけたたく。カチッカチッと金属音が何度か続き、カチャカチャ言う鎖の音が聞こえて、扉がギーッと開く。三人は急いで敷居をまたいだ。

ハリーが扉を閉めると、旧式のガスランプがポッと灯《とも》り、玄関ホール全体にちらちらと明かりを投げかける。ハリーの記憶にあるままの場所だった。不気味で、蜘蛛《くも》の巣だらけで、壁にずらりと並んだしもべ妖精の首が、階段に奇妙な影を落としている。黒く長いカーテンは、その裏にシリウスの母親の肖像画を隠している。あるべき場所にないのは、トロールの足の傘立てだけだった。トンクスがまたしてもひっくり返したように、横倒しになっている。

「だれかがここにきたみたい」ハーマイオニーが、それを指さしてささやく。

「騎士団が出ていく際に、ひっくり返った可能性もあるぜ」ロンがささやき返す。

「それで、スネイプ除けの呪詛《じゅそ》って、どこにあるんだ？」ハリーが問いかける。

「あいつが現れたときだけ、作動するんじゃないのか？」ロンが意見を言う。

それでも三人は、それ以上中に入るのを恐れて、扉に背をくっつけて身を寄せ合ったまま、玄関マットの上に立っていた。

「さあ、いつまでもここに立っているわけにはいかない」

そう言うと、ハリーは一歩踏み出した。

「セブルス・スネイプか？」

暗闇からマッド‐アイ・ムーディの声がささやきかけくる。三人はぎょっとして飛び退《すさ》った。「僕たちはスネイプじゃない！」ハリーがかすれ声で答える。その直後、冷たい風のようになにかがシュッとハリーの頭上を飛び、ひとりでに舌が丸まって、ハリーはしゃべれなくなった。しかし、手を口の中に入れて調べる前に、舌がほどけて元どおりになる。

あとの二人も同じ不快な感覚を味わったらしい。ロンはゲエゲエ言い、ハーマイオニーは言葉がもつれている。

「こ、こ、これは――きっと――し、し――『舌もつれの呪い』で――マッド‐アイがスネイプに仕掛けたのよ！」

ハリーは、そうっともう一歩を踏み出す。ホールの奥の薄暗いところでなにかが動き、三人が一言も言う間を与えず、絨毯《じゅうたん》から埃《ほこり》っぽい色の恐ろしい姿がぬーっと立ち上がった。ハーマイオニーは悲鳴を上げ、同時にカーテンがパッと開き、ブラック夫人がわめき出す。灰色の姿はするすると三人に近づいてくる。腰までの長い髪と顎《あご》ひげを後ろになびかせ、徐々に速度を上げて近づいてくる。げっそりと肉の落ちた顔、目玉のない落ち窪んだ目。見知った顔がぞっとするほど変わり果てている。その姿は、やせ衰えた腕を挙げ、ハリーを指す。

「ちがう！」ハリーがさけぶ。杖《つえ》を上げたものの、ハリーにはなんの呪文も思いつかなかった。「ちがう！　僕たちじゃない！　僕たちがあなたを殺したんじゃない――」

「殺す」という言葉とともに、その姿は破裂し、もうもうと埃が立つ。咽《む》せ込んで涙目になりながら、ハリーはあたりを見回した。ハーマイオニーは両腕で頭を抱えて扉の脇の床にしゃがみ込み、ロンは頭のてっぺんから爪先まで震えながら、ハーマイオニーの肩をぎごちなくたたいている。

「もう、だ――大丈夫だ……もう、い――いなくなった……」

埃はガスランプの青い光を映して、ハリーのまわりで霧のように渦巻いた。ブラック夫人のさけびは、まだ続いている。

「穢《けが》れた血、クズども、不名誉な汚点、わが先祖の館を汚す輩《やから》――」

「黙れ！」ハリーは大声を出し、肖像画に杖を向ける。バーンという音、噴き出した赤い火花とともにカーテンがふたたび閉じて、夫人を黙らせた。

「あれ……あれは……」ロンに助け起こされながら、ハーマイオニーは弱々しい泣き声を出す。

「そうだ」ハリーが言う。「だけど、あれは本物のあの人じゃない。そうだろう？　単にスネイプを脅すための姿だよ」

そんなことでうまくいったのだろうか、とハリーは疑う。それともスネイプは、本物のダンブルドアを殺したと同じ気軽さで、あのぞっとするような姿を吹き飛ばしてしまったのだろうか？　神経を張りつめたまま、ほかにも恐ろしいものが姿を現すかもしれないと半ば身構えながら、ハリーは先頭に立ってホールを歩く。しかし、壁の裾《すそ》に沿ってちょろちょろ走るネズミ一匹以外に、動くものはなにもない。

「先に進む前に、調べたほうがいいと思うわ」ハーマイオニーは小声でそう言うと、杖を上げて唱えた。「ホメナム《ひと》　レベリオ《あらわれよ》」

何事も起こらない。

「まあ、君は、たったいま、すごいショックを受けたばかりだしな」ロンは思いやりを込めて言う。「いまのはなんの呪文のつもりだったの？」

「呪文はちゃんと効いたわ！」ハーマイオニーはかなり気を悪くしたようだ。「人がいれば姿を現す呪文よ。だけどここには、私たち以外に人はいないの！」

「それと『埃《ほこり》じいさん』だけだな」

ロンは、死人の姿が立ち上がった絨毯《じゅうたん》のあたりをちらりと見る。

「行きましょう」ハーマイオニーも同じ場所を怯《おび》えたように見たあと、先に立って軋《きし》む階段を上り、二階の客間に入った。

ハーマイオニーは杖《つえ》を振って古ぼけたガスランプを灯《とも》し、隙間風の入る部屋で少し震えながら両腕で自分の体をしっかり抱くようにして、ソファーに腰掛けた。ロンは窓際まで行って、分厚いビロードのカーテンを少し開ける。

「外にはなんにも見えない」ロンが報告する。「もしハリーがまだ『臭い』をつけているなら、やつらがここまで追ってきているはずだと思う。この家に連中が入れないことはわかってるけど――ハリー、どうした？」

ハリーは痛さにさけび声を上げていた。水に反射するまばゆい光のように、ハリーの心になにかが閃《ひらめ》き、傷痕《きずあと》がまた焼けるように痛む。大きな影が見え、自分のものではない激しい怒りが、電気ショックのように鋭く体を貫く。

「なにを見たんだ？」ロンがハリーに近寄って聞く。「あいつが僕の家にいたのか？」

「ちがう。怒りを感じただけだ――あいつは心から怒っている――」

「だけど、その場所、『隠れ穴』じゃなかったか」ロンの声が大きくなる。「ほかには？　なにか見なかったのか？　あいつがだれかに呪いをかけていなかったか？」

「ちがう。怒りを感じただけだ――あとはわからないんだ――」

ハリーはロンのしつこさにいらだちを覚え、頭が混乱した。その上ハーマイオニーのぎょっとした声にも追い討ちをかけられる。

「また傷痕なの？　いったいどうしたって言うの？　その結びつきはもう閉じられたと思ったのに！」

「そうだよ。しばらくはね」ハリーがつぶやく。傷痕の痛みが依然として続き、意識を集中できない。「ぼ――僕の考えでは、あいつが自制できなくなったんだ。だから また開くようになったんだと思う。以前もそうだったし――」

「だけど、ハリー、それなら、あなた、心を閉じなければ！」ハーマイオニーが金切り声になる。「ハリー、ダンブルドアは、あなたがその結びつきを使うことを望まなかったわ。あなたに、それを閉じて欲しかったのよ。『閉心術《へいしんじゅつ》』を使うのはそのためだったの！　でないと、ヴォルデモートは、あなたに嘘のイメージを植えつけることができるのよ。覚えて――」

「ああ、覚えてるよ。わざわざどうも」ハリーは歯を食いしばった。ハーマイオニーに言われるまでもない。ヴォルデモートが、まさにこのとおりの二人の間の結びつきを利用して、かつてハリーを罠《わな》にかけたことも、その結果シリウスが死んだことも覚えている。自分が見たことや感じたことを、二人に言わなければよかった。話題にすることで、まるでヴォルデモートがこの部屋の窓に張りついているかのように、その脅威がより身近なものに感じられる。しかし傷痕《きずあと》の痛みはますます激しくなり、ハリーは、吐《は》きたい衝動をこらえて痛みと戦った。

ハリーは、壁に掛かったブラック家の家系図の古いタペストリーを見るふりをして、ロンとハーマイオニーに背を向ける。そのときハーマイオニーが鋭い悲鳴を上げた。ハリーはふたたび杖《つえ》を抜いて振り返る。すると、ちょうど客間の窓を通り抜けて、銀色の守護霊《しゅごれい》が飛び込んでくるのが目に入った。三人の前で着地し、イタチの姿になった守護霊は、ロンの父親の声で話し出す。

「家族は無事。返事をよこすな。我々は見張られている」

守護霊は雲散霧消した。ロンは、悲鳴ともうめきともつかない音を出し、ソファーに座り込む。ハーマイオニーも座ってロンの腕をしっかりつかんでいる。

「みんな無事なのよ。みんな無事なのよ！」ハーマイオニーがささやくと、ロンは半分笑いながらハーマイオニーを抱きしめた。

「ハリー」ロンが、ハーマイオニーの肩越しに言う。「僕——」

「いいんだよ」ハリーは頭痛で吐きそうになりながら返す。「君の家族じゃないか。心配して当然だ。僕だってきっと君と同じ気持ちになると思う」ハリーはジニーを思う。「僕だって、ほんとに君と同じ気持ちだよ」

傷痕の痛みが最高に達する。「隠れ穴」の庭で感じたと同じ、焼けるような痛みだ。かすかにハーマイオニーの声が聞こえる。

「私、一人になりたくないわ。寝袋を持ってきて、今夜はここで一緒に寝てもいいかしら？」

ロンの承諾する声が聞こえる。ハリーはこれ以上痛みに耐えられなくなり、ついに降参した。

「トイレに行く」小声でそう言うなり、ハリーは走りたいのをこらえて足早に部屋を出る。

やっと間に合った。震える手でバスルームの内側から閂《かんぬき》をかけ、割れるように痛む頭を抱えてハリーは床に倒れた。苦痛が爆発し、ハリーは自分のものではない怒りが心に入り込むのを感じた。暖炉の明かりだけの、細長い部屋。大柄なブロンドの死喰い人が床で身もだえし、さけび声を上げている。それを見下ろして、杖を突き出したか細い姿が立っている。ハリーはかん高い、冷たく情け容赦のない声を出す。

「まだまだだ、ロウル。それともこれで終《しま》いにして、おまえをナギニの餌《えさ》にしてくれようか？　ヴォルデモート卿《きょう》は、今回は許さぬかもしれぬぞ……ハリー・ポッターにまたしても逃げられたと言うために、俺様《おれさま》を呼びもどしたのか？　ドラコ、ロウルに我々の不興をもう一度思い知らせてやれ……さあ、やるのだ。さもなければ俺様《おれさま》の怒りを、おまえにも思い知らせてくれるわ！」

暖炉の薪《まき》が一本崩れ、炎が燃え上がる。その明かりが、顎《あご》の尖《とが》った、怯《おび》えて蒼白《そうはく》な顔をさっと横切る——深い水の底から浮かび上がるときのように、ハリーは大きく息を吸い、目を開けた。

ハリーは、冷たい黒い大理石の床に大の字に倒れていた。鼻先に、大きなバスタブを支える銀の脚の一本が見える。蛇の尾の形をしている。ハリーは上体を起こした。やつれて硬直したマルフォイの顔が、目の中に焼きついている。ドラコがヴォルデモートにどう使われているかを示すいま見た光景に、ハリーは吐《は》き気を催す。

扉を鋭くたたく音で、ハリーは飛び上がった。ハーマイオニーの声が響く。

「ハリー、歯ブラシは要る？　ここにあるんだけど」

「ああ、助かるよ。ありがとう」

何気ない声を出そうと奮闘しながら、ハーマイオニーを中に入れるために、ハリーは立ち上がった。

第10章　クリーチャー語る

翌朝早く、ハリーは、客間の床で寝袋に包《くる》まって目を覚ました。分厚いカーテンの隙間から見える夜と夜明けの間の光は、水に溶かしたインクのようなすっきりと澄んだブルーだ。ロンとハーマイオニーのゆっくりした深い寝息のほかに、聞こえるものはない。ハリーは横で寝ている二人の影に目を遣《や》る。昨晩、ロンが突然騎士道精神の発作を起こしてソファーのクッションを床に敷き、ハーマイオニーにその上で寝るべきだと言い張ったため、ハーマイオニーのシルエットはロンより高いところにある。ハーマイオニーの片腕が床まで曲線を描いて垂れ下がり、その指先がロンの指のすぐ近くにあった。ハリーは、二人が手をにぎり合ったまま眠り込んだのではないかと思う。そう思うと、不思議に孤独を感じた。

ハリーは暗い天井を見上げ、蜘蛛《くも》の巣の張ったシャンデリアを見る。陽の照りつけるテントの入口で、結婚式の招待客の案内に待機していたときから、まだ二十四時間と経っていない。それがもう別の人生のように遠く感じる。これからなにが起きるのだろう？　床に横になったまま、ハリーは分霊箱《ぶんれいばこ》のことを考え、ダンブルドアが自分に残した任務の、気が遠くなるような重さと複雑さを思う……ダンブルドア……。

ダンブルドアの死後、ずっとハリーの心を占めていた深い悲しみが、いまはちがったものに感じられる。結婚式でミュリエルから聞かされた非難、告発が頭に巣食い、その病巣が崇拝してきた魔法使いの記憶を蝕んでいく。ダンブルドアは、そんなことを黙認していたのだろうか？　ダドリーと同じように、だれが遺棄《いき》されようと虐待されようと、自分の身に降りかからないかぎりは平気で眺めていられたのだろうか？　監禁され隠されていた妹に、背を向けることができたのだろうか？

ハリーはゴドリックの谷を思い、ダンブルドアが一度も口にしなかった墓のことを思う。なんの説明もなしに遺《のこ》された謎の品々を思う。すると、薄暗がりの中で激しい恨みが突き上げてきた。ダンブルドアはなぜ話してくれなかったんだ？　なぜ説明してくれなかったんだ？　ハリーのことを本当に気にかけていてくれたのだろうか？　それともハリーは、磨いたり研ぎ上げたりするべき道具にすぎず、信用したり打ち明けたりする対象ではなかったのだろうか？

苦い思いだけを噛《か》みしめて横たわっているのは、耐えがたい。なにかして気をまぎらわせなければ居ても立ってもいられなくなり、ハリーは寝袋を抜け出し、杖《つえ》を持ってそっと部屋を出る。踊り場で「ルーモス、光よ」と小声で唱え、ハリーは杖灯《つえあか》りを頼りに階段を上りはじめた。

三階には、前回ロンと一緒だった寝室がある。踊り場から、ハリーはその部屋を覗き込む。洋箪笥《ようだんす》の戸は開けっ放しで、ベッドの上掛けははがされている。ハリーは、階下のトロールの足が横倒しになっていたことを思い出す。騎士団が引きはらった後、だれかがここを家捜しした。スネイプか？　それとも、シリウスの生前も死後もこの家から多くの物をくすねたマンダンガスか？　ハリーの視線は、フィニアス・ナイジェラス・ブラックの肖像がときどき現れた額に移る。シリウスの曾々祖父《そうそうそふ》だが、絵は泥色にべた塗りされた背景だけで、空っぽだった。フィニアス・ナイジェラスは、ホグワーツの校長室で夜を過ごしているにちがいない。

ハリーはさらに階段を上り、最上階の踊り場に出た。ドアは二つだけ。ハリーが向き合っているドアの名札には「シリウス」と書いてある。ハリーは、名付け親の部屋に入ったことがない。ドアを押し開け、なるべく遠くまで灯りが届くように、杖を高く掲げる。

部屋は広かった。かつては洒落《しゃれ》た部屋だったにちがいない。木彫のヘッドボードがついた大きなベッド、長いビロードのカーテンでほとんど覆われている縦長の大きな窓、分厚い埃《ほこり》の積もったシャンデリア、そこにまだ残っている蠟燭《ろうそく》の燃えさしには、垂れて固まった蠟《ろう》が霜のようについている。壁に掛かった絵やヘッドボードはうっすらと埃《ほこり》で覆われ、シャンデリアと大きな木製の洋箪笥《ようだんす》との間には蜘蛛《くも》の巣が張っている。部屋の奥まで入っていくと、ネズミがあわてて走り回る音が聞こえた。

十代のシリウスがびっしりと貼りつけたポスターやら写真で、銀鼠色《ぎんねずいろ》の絹の壁紙はほとんど見えない。おそらくシリウスの両親は、壁に貼りつけるのに使われた「永久《えいきゅう》粘着《ねんちゃく》呪文」を解くことができなかったのだろう。そうとしか考えられない。なぜなら、両親は、長男の装飾の趣味が気に入らなかったにちがいないからだ。どうやらシリウスは、ひたすら両親をいらだたせることに努力したようだ。全員がスリザリン出身である家族と自分とはちがうということを強調するためだけに貼られたグリフィンドールの大バナーが何枚か、紅も金色も色褪《いろあ》せて残っている。マグルのオートバイの写真がたくさんある上に――ハリーはシリウスの度胸に感心したが――ビキニ姿の若いマグルの女性のポスターも数枚ある。色褪せた笑顔も生気のない目も紙に固定され、写真の中でじっと動かないことから、マグルの女性であることは明らかだ。それと対照をなすのが、壁に貼られた唯一の魔法界の写真。ホグワーツの四人の学生が肩を組み合い、カメラに向かって笑っている。

ハリーは父親を見つけて胸が躍る。くしゃくしゃの黒い髪はハリーと同じに後ろがぴんぴん立ち、ハリーと同じにメガネをかけている。隣はシリウスで、無頓着なのにハンサムだ。少し高慢ちきな顔は、シリウスが生前ハリーに見せたどの顔よりも若く、幸福そうだった。シリウスの右に立っているのはペティグリューで、頭一つ以上背が低く小太りで、色の薄い目をしている。みなの憧れの反逆児であるジェームズとシリウスがいる最高にかっこいいグループの仲間に入れてもらえたうれしさで、顔を輝かせている。ジェームズの左側にルーピンがいる。そのころにして、すでにややみすぼらしい。しかし、ペティグリューと同様、自分が好かれていることや仲間にしてもらえたことに驚き、喜んでいる……いや、そんなふうに見えるのは、ハリーがそのころの事情を知っているからにすぎないのだろうか？　ハリーは写真を壁からはがそうとした。これは結局、ハリーの物だ――シリウスはハリーにすべてを遺《のこ》したのだから――しかし写真はびくともしない。シリウスは、両親が自分の部屋の内装を変えるのを、あくまで阻止するつもりだったようだ。

ハリーは床を見回す。空が徐々に明るくなってきて、一条の光が、絨毯《じゅうたん》に散らばっている羊皮紙《ようひし》や本や小物を照らす。シリウスの部屋も漁られているのが一目でわかる。もっとも部屋の中にある物は、全部とは言わないまでも、大部分は価値がないと判断されたらしい。何冊かの本は、乱暴に振られたらしく表紙が外れて、ページがバラバラになって散乱していた。

ハリーはしゃがんで紙を何枚か拾い、内容を確かめる。一枚はバチルダ・バグショットの旧版の『魔法史』、もう一枚はオートバイの修理マニュアルの一部だ。三枚目の手書きの紙は丸めてあったので、開いて伸ばす。

親愛なるパッドフット

ハリーの誕生祝いをほんとに、ほんとにありがとう！　もうハリーのいちばんのお気に入りになったのよ。一歳なのに、もうおもちゃの箒《ほうき》に乗って飛び回っていて、自分でもとても得意そうなの。写真を同封しましたから見てください。地上からたった六十センチぐらいしか浮かばないのに、ハリーったら危うく猫を殺《か》してしまうところだったし、ペチュニアからクリスマスにもらった趣味の悪い花瓶《びん》を割ってしまったわ（これは文句じゃないんだけど）。ジェームズがとってもおもしろがって、こいつは偉大なクィディッチ選手になるなんて言ってるわ。でも飾り物は全部片付けてしまわないといけなくなったし、ハリーが飛んでいるときは目が離せないの。

誕生祝いは、バチルダおばあさんと一緒に、静かな夕食をしたの。バチルダはいつも優しくしてくれるし、ハリーをとってもかわいがっているの。あなたがこられなくてとても残念だったけど、騎士団のことが第一だし、ハリーはまだ小さいから、どうせ自分の誕生日だなんてわからないわ！　ジェームズはここにじっとしていることで少し焦っているの。表には出さないようにしているけど、わたしにはわかるわ――それに、ダンブルドアがまだジェームズの「透明マント」を持っていったままだから、ちょっとお出かけというわけにもいかないの。あなたがきてくだされば、ジェームズはどんなに元気が出るか。ワーミーが先週の週末、ここにきたわ。落ち込んでいるように見えたけれど、マッキノンたちの訃報《ふほう》のせいかもしれないわね。それを聞いたときは、わたし、一晩中泣きました。バチルダはほとんど毎日寄ってくれます。ダンブルドアについての驚くような話を知っている、おもしろいおばあさんです。ダンブルドアがそのことを知ったら、喜ぶかどうか！　実はどこまで信じていいか、わたしにはわからないの。だって信じられないのよ、あのダンブルドアが

ハリーは手足がしびれたようになる。神経の麻痺《まひ》した指に奇跡のような羊皮紙《ようひし》を持って、ハリーはじっと動かずに立っていた。体の中では、静かな噴火が起こり、喜びと悲しみが同じくらいの強さで血管を駆け巡っている。ハリーはよろよろとベッドに近づき、座った。

ハリーはもう一度手紙を読む。しかし最初に読んだとき以上の意味は読み取れず、

筆跡をじっと見つめるだけ。母親の「が」の書き方は、ハリーと同じだ。手紙の中で、ハリーは全部の「が」を一つひとつ拾う。そのたびに、その字がベールの陰から覗いて、小さくやさしく手を振ってくれているような気がする。この手紙は信じがたいほどの宝だ。リリー・ポッターが生きていたことの、本当に生きていたことの証だ。母親の温かな手が、一度はこの羊皮紙《ようひし》の上を動いて、インクでこういう文字を、こういう言葉をしたためた。自分の息子、ハリーに関するこういう言葉を。

濡れた目を拭《ぬぐ》うのももどかしく、今度は内容に集中して、ハリーはもう一度手紙を読む。かすかにしか覚えていない声を聞くような思いがする。

猫を飼っていたのか……両親と同じように、ゴドリックの谷でたぶん非業の死を遂げたのだろう……そうでなければ、だれも餌《えさ》をやる人がいなくなったときに逃げたのかもしれない……シリウスが、ハリーの最初の箒《ほうき》を買ってくれた人なんだ……両親はバチルダ・バグショットと知り合いだった。ダンブルドアが紹介したのだろうか？ダンブルドアがジェームズの「透明マント」を持っていったまま……なんだか変だ……。

ハリーは読むのを中断し、母親の言葉の意味を考える。ダンブルドアはなぜジェームズの「透明マント」を持っていったのだろう？ハリーは、校長先生が何年も前にハリーに言ったことを、はっきり覚えている。「わしはマントがなくても透明になれるのでな」。だれか騎士団のメンバーで、それほどの能力のない魔法使いが、マントの助けを必要としたのかもしれない。それでダンブルドアが運び役になったのか？

ハリーはその先を読んだ……。

ワーミーがここにきたわ……あの裏切り者のペティグリューが、「落ち込んでいる」ように見えたって？　それが生きたジェームズとリリーに会う最後になると、やつにはわかっていたのだろうか？

最後はまたバチルダだ。ダンブルドアに関して、信じられないような話をしたという。信じられないのよ、ダンブルドアが――。

ダンブルドアがどうしたって？　だけど、ダンブルドアに関しては、信じられないと言えそうなことはいくらでもある。たとえば、変身術の試験で最低の成績を取ったことがあるとか、アバーフォースと同じに「ヤギ使い」の術を学んだとか……。

ハリーは歩き回って、床全体をざっと見渡す。もしかしたら手紙の続きがどこかにあるかもしれない。ハリーは羊皮紙を探した。見つけたい一心で、最初にこの部屋を探し回った者と同じくらい乱暴に部屋を引っかき回した。引き出しを開け、本を逆さに振り、椅子に乗って洋箪笥《ようだんす》の上に手を這《は》わせたり、ベッドや肘掛椅子《ひじかけいす》の下を這い回ったりした。

最後に床に這《は》いつくばって、整理箪笥の下に羊皮紙の切れ端のような物を見つける。引っ張り出してみると、それは端の一部が欠けてはいたが、リリーの手紙に書いてあった写真だ。黒い髪の男の子が、小さな箒《ほうき》に乗って大声で笑いながら写真から出たり入ったりしている。追いかけている二本の足は、ジェームズのものにちがいない。ハリーは写真をリリーの手紙と一緒にポケットに入れ、また手紙の二枚目を探しにかかる。

しかし十五分も探したところで、母親の手紙の続きはなくなってしまったと考えざるをえなくなった。書かれてから十六年も経っているので、その間になくなったのか、それともこの部屋を家捜ししただれかに持ち去られてしまったのか？ ハリーは一枚目をもう一度読む。今度は、二枚目に重要なことが書かれていたのならそれはなにか、そのヒントを探しながら読んだ。おもちゃの箒が死喰い人にとって関心があるとはとうてい考えられない……唯一役に立つかもしれないと思われるのは、ダンブルドアに関する情報の可能性だ。信じられないのよ、ダンブルドアが――なんだろう？

「ハリー？　ハリー！　ハリー！」

「ここだよ！」ハリーが声を張り上げる。「どうかしたの？」

ドアの外でバタバタと足音がして、ハーマイオニーが飛び込んでくる。

「目が覚めたら、あなたがいなくなってたんですもの！」

ハーマイオニーは息を切らしながら言う。

「ロン！　見つけたわ！」ハーマイオニーが振り返ってさけんだ。

ロンのいらだった声が、数階下のどこか遠くから響いてくる。

「よかった！　ばかやろって言っといてくれ！」

「ハリー、黙って消えたりしないで、お願いよ。私たちどんなに心配したか！　でも、どうしてこんなところにきたの？」

さんざん引っかき回された部屋をぐるりと眺めて、ハーマイオニーがたずねる。

「ここでなにしてたの？」

「これ、見つけたんだ」

ハリーは、母親の手紙を差し出す。ハーマイオニーが手に取って読む間、ハリーはそれを見つめていた。読み終えると、ハーマイオニーはハリーを見上げた。

「ああ、ハリー……」

「それから、これもあった」

ハリーは破れた写真を渡した。ハーマイオニーは、おもちゃの箒に乗った赤ん坊が写真から出たり入ったりしているのを見てほほえむ。

「僕、手紙の続きを探してたんだ」ハリーが続ける。「でも、ここにはない」

ハーマイオニーは、ざっと見回す。

「あなたがこんなに散らかしたの？　それともあなたがここにきたときはもう、ある程度こうなっていたの?」

「だれかが、僕より前に家捜しした」ハリーが言った。

「そうだと思ったわ。ここに上がってくるまでに覗いた部屋は、全部荒らされていたもの。いったいなにを探していたのかしら?」

「騎士団の情報。スネイプならね」

「でも、あの人ならもう、必要なものは全部持ってるんじゃないかしら。だって、ほら、騎士団の中にいたんですもの」

「それじゃあ」

ハリーは自分の考えを検討してみたくて、うずうずした。

「ダンブルドアに関する情報っていうのは? たとえば、この手紙の二枚目とか。母さんの手紙に書いてあるこのバチルダのことだけど、だれだか知ってる?」

「だれなの?」

「バチルダ・バグショット。教科書の――」

「『魔法史』の著者ね」ハーマイオニーは、興味をそそられたようだ。「それじゃ、あなたのご両親はバチルダを知っていたのね? 魔法史家としてすごい人だわ」

「それに、彼女はまだ生きている」ハリーが言い足す。「その上、ゴドリックの谷に住んでる。ロンの大おばさんのミュリエルが、結婚式でバチルダのことを話したんだ。バチルダはダンブルドアの家族のこともよく知っていたんだよ。話をしたら、かなりおもしろい人じゃないかな？」

ハーマイオニーはハリーに向かって、すべてお見通しというほほえみ方をする。ハリーは気に入らなかった。ハリーは手紙と写真を取りもどし、本心を見透かされまいと、ハーマイオニーの目を避けてうつむいたまま首にかけた袋に入れる。

「あなたがなぜバチルダと話したいか、わかるわよ。ご両親のことや、ダンブルドアについてもね」ハーマイオニーが言う。「でも、それは私たちの分霊箱《ぶんれいばこ》探しには、あまり役に立たないんじゃないかしら？」

ハリーは答えなかった。ハーマイオニーはたたみかけるように話し続ける。

「ハリー、あなたがゴドリックの谷に行きたがる気持ちはわかるわ。でも、私、怖いの……昨日、死喰い人たちにあんなに簡単に見つかったことが怖いの。それで私、あなたのご両親が眠っていらっしゃるところは避けるべきだっていう気持ちが、前よりも強くなっているの。あなたがお墓を訪ねるだろうと、連中は絶対にそう読んでいるわ」

「それだけじゃないんだ」

ハリーは、相変わらずハーマイオニーの目を避けながら言う。

「結婚式で、ミュリエルがダンブルドアについてあれこれ言った。僕は本当のことが知りたい……」

ハリーは、ミュリエルに聞いたことすべてをハーマイオニーに話した。ハリーが話し終えると、ハーマイオニーが言う。

「もちろん、なぜあなたがそんなに気にするかはわかるわ、ハリー――」

「――別に気にしちゃいない」ハリーは嘘をつく。「ただ知りたいだけだ。本当のことなのかどうか――」

「ハリー、意地悪な年寄りのミュリエルとかリータ・スキーターなんかから、本当のことが聞けるなんて、本気でそう思っているの？　どうして、あんな人たちが信用できる？　あなたはダンブルドアを知っているでしょう！」

「知ってると思っていた」ハリーがつぶやく。

「でも、リータがあなたについていろいろ書いた中に、どのくらい本当のことがあったか、あなたにはわかっているでしょう！　ドージの言うとおりよ。そんな連中に、ダンブルドアの想い出を汚《けが》されていいはずがないでしょう？」

ハリーは顔を背け、腹立たしい気持ちを悟られまいとする。またか。どちらを信じるか決めろ、ときた。ハリーは真実が欲しいだけだ。どうしてだれもかれもが頑《かたく》なに、ハリーは真実を知るべきではないと言うのだろう。

「厨房《ちゅうぼう》に下りましょうか？」しばらく黙ったあとで、ハーマイオニーが言う。「なにか朝食を探さない？」

ハリーは同意したが、しぶしぶとだ。ハーマイオニーに従《つ》いて踊り場に出、階段を下りる手前にあるもう一つの部屋の前を通り過ぎた。暗い中では気づかなかったが、ドアに小さな字でなにか書いてあり、その下にペンキを深く引っかいたような跡がある。ハリーは、階段の上で立ち止まって文字を読んだ。パーシー・ウィーズリーが自分の部屋のドアに貼りつけそうな感じの、気取った手書き文字できちんと書かれた小さな掲示だ。

許可なき者の入室禁止

レギュラス・アークタルス・ブラック

ハリーの体にゆっくりと興奮が広がる。しかしなぜなのか、すぐにはわからなかった。ハリーはもう一度掲示を読んだ。ハーマイオニーはすでに一つ下の階にいる。

「ハーマイオニー」ハリーは自分の声が落ち着いているのに驚く。「ここまでもどってきて」

「どうしたの？」

「R・A・Bだ。僕、見つけたと思う」

驚いて息を呑《の》む音が聞こえ、ハーマイオニーが階段を駆けもどってくる。

「お母様の手紙に？　でも私は見なかったけど――」

ハリーは首を振ってレギュラスの掲示を指さす。ハーマイオニーはそれを読むと、ハリーの腕をぎゅっとにぎった。あまりの強さに、ハリーはたじろぐ。

「シリウスの弟ね？」ハーマイオニーがささやくように言う。

「死喰い人だった」ハリーが言った。「シリウスが教えてくれた。弟はまだとても若いときに闇の一団に参加して、それから怖気《おじけ》づいて抜けようとした――それで連中に殺されたんだ」

「それでぴったり合うわ」ハーマイオニーがもう一度息を呑《の》んだ。「この人が死喰い人だったのならヴォルデモートに近づけたし、失望したのならヴォルデモートを倒したいと思ったでしょう！」

ハーマイオニーはハリーの腕を放し、階段の手すりから身を乗り出してさけんだ。

「ロン！　ロン！　こっちにきて。早く！」

ロンはすぐさま息せき切って現れた。杖《つえ》を構えている。

「どうした？　またおっきな蜘蛛《くも》だって言うなら、その前に朝食を食べさせてもらうぞ。それから――」

ロンは、ハーマイオニーが黙って指さすレギュラスのドアの掲示を、しかめ面で見る。

「なに？　シリウスの弟だろ？　レギュラス・アークタルス……レギュラス……R・A・B！　ロケットだ――もしかしたら――？」

「探してみよう」ハリーが言う。

ドアを押したが、鍵がかかっている。ハーマイオニーが、杖をドアの取っ手に向けて唱えた。

「アロホモーラ！」カチリと音がして、ドアがパッと開く。

三人は一緒に敷居をまたぎ、目を凝らして中を見回した。レギュラスの部屋はシリウスのよりやや小さかったが、同じようにかつての豪華さを思わせる。シリウスは他の家族とはちがうことを誇示しようとしたが、レギュラスはその逆を強調しようとしていた。スリザリンのエメラルドと銀色が、ベッドカバー、壁、窓と、いたるところに見られる。ベッドの上には、ブラック家の家紋が「純血よ　永遠なれ」の家訓とともに念入りに描かれている。その下にはセピア色になった一連の新聞の切り抜きが、コラージュ風にギザギザに貼りつけてあった。ハーマイオニーは、そばまで行ってよく見る。

「全部ヴォルデモートに関するものだわ」ハーマイオニーが言う。「レギュラスは、死喰い人になる前の数年間、ファンだったみたいね……」

ハーマイオニーは、切り抜きを読もうとベッドに腰掛ける。ベッドカバーから埃《ほこり》が小さく舞い上がる。一方ハリーは、別の写真に気がついた。ホグワーツのクィディッチ・チームが額の中から笑いかけ、手を振っている。近くに寄って見ると、胸に蛇の紋章が描かれている。スリザリンだ。レギュラスはすぐに見分けがついた。前列の真ん中に腰を下ろしている少年。シリウスと同じく黒い髪で少し高慢ちきな顔だが、背は兄より少し低くやや華奢《きゃしゃ》で、往時のシリウスほどハンサムではない。

「シーカーだったんだ」ハリーが言葉に出す。

「なあに?」ヴォルデモートの切り抜きをずっと読みふけっていたハーマイオニーは、曖昧な返事をする。

「前列の真ん中に座っている。ここはシーカーの場所だ……別にいいけど」だれも聞いていないことに気づいて、ハリーがつけ足す。ロンは這《は》いつくばって、洋箪笥《ようだんす》の下を探している。ハリーは部屋を見回して隠し場所になりそうなところを探し、机に近づく。ここもまた、だれかがすでに探し回っている。引き出しの中も、つい最近だれかに引っかき回され、埃さえもかき乱されていたが、目ぼしい物はなにもなかった。古い羽根ペン、手荒に扱われた跡が見える古い教科書、最近割られたばかりのインク壺《つぼ》などで、引き出しの中身は、こぼれたインクでまだべとべとしている。

「簡単な方法があるわ」

ハリーがインクのついた指をジーンズにこすりつけているとハーマイオニーが言い、そして杖《つえ》を上げて唱えた。

「アクシオ！　ロケットよ、こい！」

何事も起こらない。色褪《いろあ》せたカーテンの襞《ひだ》を探っていたロンは、がっかりした顔をする。

「それじゃ、これでおしまいか？　ここにはないのか？」

「いいえ、まだここにあるかもしれないわ。でも、呪文避けをかけられて――」ハーマイオニーが答える。「ほら、魔法で呼び寄せられないようにする呪文よ」

「ヴォルデモートが、洞窟の石の水盆《すいぼん》にかけた呪文のようなものだね」

ハリーは、偽《にせ》のロケットに「呼び寄せ呪文」が効かなかったことを思い出す。

「それじゃ、どうやって探せばいいんだ？」ロンが聞いた。

「手作業で探すの」ハーマイオニーが答える。

「名案だ」ロンは呆《あき》れたように目をぐるぐるさせて、カーテン調べにもどった。

三人は一時間以上、隈《くま》なく部屋を探したが、ロケットはここにはないと結論せざるをえなかった。

すでに太陽が昇り、煤《すす》けた踊り場の窓を通してでさえ、光がまぶしい。

「でも、この家のどこかにあるかもしれないわ」

階段を下りながらハーマイオニーが、二人を奮い立たせるような調子で言う。ハリーとロンが気落ちすればするほど、ハーマイオニーは決意を固くするようだ。

「レギュラスが破壊できたかどうかは別にして、ヴォルデモートからは隠しておきたかったはずでしょう？ 私たちが前にここにいたとき、いろいろ恐ろしい物を捨てなければならなかったこと、覚えてる？ だれにでもボルトを発射する掛け時計とか、ロンを絞め殺そうとした古いローブとか。レギュラスは、ロケットの隠し場所を守るために、そういうものを置いといたのかもしれないわ。ただ、私たち、そうとは気づかなかっただけで……あ……あ」

ハリーとロンはハーマイオニーを見た。ハーマイオニーは片足を上げたまま、「忘《ぼう》却《きゃく》術」にかかったような、ぼうっとした顔で立っている。目の焦点が合っていない。

「……あのときは」ハーマイオニーはささやくように言い終えた。

「どうかしたのか？」ロンが聞く。

「ロケットが、あったわ」

「えぇっ？」ハリーとロンの声が重なった。

「客間の飾り棚に――。だれも開けられなかったロケット。それで私たち……私たち……」

ハリーは、レンガが一個、胸から胃に滑り落ちたような気がする。思い出した。みなが順番にこじ開けようとして手から手へ渡したロケット。ハリーも実際、それをいじっている。それは、ゴミ袋に投げ入れられた。「瘡蓋粉《かさぶたこ》」の入った嗅《か》ぎタバコ入れや、みなを眠りに誘うオルゴールなどと一緒に……。

「クリーチャーが、僕たちからずいぶんいろんなものをかすめ取った」ハリーが言う。

最後の望みだ。残された唯一のかすかな望みだ。どうしてもあきらめざるをえなくなるまで、ハリーはその望みにしがみつこうとする。

「あいつは厨房《ちゅうぼう》脇の納戸に、ごっそり隠していた。行こう」

ハリーは二段跳びで階段を走り下りた。そのあとを、二人が足音を轟《とどろ》かせて走る。あまりの騒音に、三人が玄関ホールを通り過ぎるとシリウスの母親の肖像画が目を覚ました。

「クズども！　穢《けが》れた血！　塵芥《ちりあくた》の輩《やから》！」地下の厨房に疾走する三人の後ろから、肖像画がさけぶ。三人は厨房の扉をバタンと閉めた。

ハリーは厨房を一気に横切り、クリーチャーの納戸の前で急停止すると、ドアをぐいと開ける。そこには、しもべ妖精がかつてねぐらにしていた、汚らしい古い毛布の巣があった。しかしクリーチャーがいままで漁ってきたキラキラ光るガラクタの山はもう見当たらない。『生粋の貴族――魔法界家系図』の古本があるだけだ。そんなはずはないと、ハリーははぎ取った毛布を振る。死んだネズミが一匹落ちてきて、惨《みじ》めに床に転がる。ロンはうめき声を上げて厨房《ちゅうぼう》の椅子に座り込み、ハーマイオニーは目をつむった。

「まだ終わっちゃいない」そう言うなり、ハリーは声高にしもべ妖精を呼ぶ。「クリーチャー！」

バチンという大きな音とともに、ハリーがシリウスからしぶしぶ相続したしもべ妖精が火の気のない寒々とした暖炉の前に忽然《こつぜん》と現れた。人間の半分ほどの小さな体に、青白い皮膚が折り重なって垂れ下がり、コウモリのような大耳から白い毛がぼうぼうと生えている。最初に見たときと同じ、汚らしいボロを着たままの姿だ。ハリーを見る軽蔑した目が、持ち主がハリーに変わっても、ハリーに対する態度は着ているものと同様、変わっていないことを示している。

「ご主人様」

クリーチャーは食用ガエルのような声を出し、深々とお辞儀をしながら自分の膝《ひざ》に向かってぶつくさ悪態をつく。

「奥様の古いお屋敷にもどってきた。血を裏切るウィーズリーと穢《けが》れた血も一緒に――」

「だれに対しても『血を裏切る者』とか『穢れた血』と呼ぶことを禁じる」

ハリーが叱りつける。豚のような鼻、血走った眼――シリウスを裏切ってヴォルデモートの手に渡したことを別にしても、どのみちハリーはクリーチャーを好きにはなれない。

「おまえに質問がある」

心臓が激しく高鳴るのを感じながら、ハリーはしもべ妖精を見下ろした。

「それから、正直に答えることを命じる。わかったか？」

「はい、ご主人様」クリーチャーはまた深々と頭を下げる。しかしその唇は動いていた。禁じられてしまった侮辱の言葉を、声を出さずに唱えているにちがいない。

「二年前に」ハリーの心臓は、いまや激しく肋骨《ろっこつ》をたたいている。「二階の客間に大きな金のロケットがあった。僕たちはそれを捨てた。おまえはそれをこっそり取りもどしたか？」

一瞬の沈黙の後、クリーチャーは背筋を伸ばしてハリーをまともに見る。そして「はい」と答えた。

「それは、いまどこにある？」

ハリーは小躍りして聞く。ロンとハーマイオニーは大喜びだ。

クリーチャーは、次の言葉に三人がどう反応するか見るに耐えないというように、目をつむる。

「なくなりました」

「なくなった?」

ハリーは繰り返した。高揚した気持ちが一気に萎《しぼ》む。

「なくなったって、どういう意味だ?」

しもべ妖精は身震いし、体を揺らしはじめる。

「クリーチャー」ハリーは厳しい声を出す。「命令だ——」

「マンダンガス・フレッチャー」クリーチャーは固く目を閉じたまま、しわがれ声で答える。「マンダンガス・フレッチャーが全部盗みました。ミス・ベラやミス・シシーの写真も、奥様の手袋も、勲一等マーリン勲章も家紋入りのゴブレットも、それに、それに——」

クリーチャーは息を吸おうと喘《あえ》いだ。へこんだ胸が激しく上下している。やがて両眼をかっと開き、クリーチャーは血も凍るようなさけび声を上げた。

「——それにロケットも。レギュラス様のロケットも。クリーチャーめは過ちを犯しました。クリーチャーはご主人様の命令を果たせませんでした!」

ハリーは本能的に動いた。火格子《ひごうし》のそばの火掻《ひか》き棒《ぼう》に飛びつこうとするクリーチャーに飛びかかり、床に押さえつける。ハーマイオニーとクリーチャーの悲鳴とが交じり合う。しかしハリーのどなり声のほうが大きかった。

「クリーチャー、命令だ。動くな！」

しもべ妖精をじっとさせてから、ハリーは手を放した。クリーチャーは冷たい石の床にべったりと倒れたまま、弛《たる》んだ両眼からぼろぼろ涙をこぼしている。

「ハリー、立たせてあげて！」ハーマイオニーが小声で言う。

「こいつが火掻き棒で、自分をなぐれるようにするのか？」ハリーは、フンと鼻を鳴らしてクリーチャーのそばに膝《ひざ》を着く。「そうはさせない。さあ、クリーチャー、本当のことを言うんだ。どうしておまえは、マンダンガス・フレッチャーがロケットを盗んだと思うんだ？」

「クリーチャーは見ました」しもべ妖精は喘ぎながら答えた。涙があふれ、豚のような鼻を通って汚らしい歯の生えた口へと流れる。

「あいつが、クリーチャーの宝物を腕一杯に抱えて、クリーチャーの納戸から出てくるところを見ました。クリーチャーはあのこそ泥に、やめろと言いました。マンダンガス・フレッチャーは笑って、そして逃――逃げました……」

「おまえはあれを、『レギュラス様のロケット』と呼んだ」ハリーが言い。「どうしてだ？　ロケットはどこから手に入れた？　レギュラスは、それとどういう関係があるんだ？　クリーチャー、起きて座れ。そして、あのロケットについて知っていることを全部僕に話すんだ。レギュラスが、どうかかわっているのかを全部！」

しもべ妖精は体を起こして座り、濡れた顔を膝の間に突っ込んで丸くなり、前後に体を揺すりはじめる。話し出すと、くぐもった声にもかかわらず、しんとした厨房《ちゅうぼう》にはっきりと響いた。

「シリウス様は、家出しました。やっかい払いができました。悪い子でしたし、無法者で奥様の心を破った人です。でもレギュラス坊ちゃまは、きちんとしたプライドをお持ちでした。ブラック家の家名と純血の尊厳のために、なすべきことをご存知でした。坊ちゃまは何年も闇の帝王の話をなさっていました。隠れた存在だった魔法使いを陽の当たるところに出し、マグルやマグル生まれを支配する方だと……そして十六歳におなりのとき、レギュラス坊ちゃまは闇の帝王のお仲間になりました。とてもご自慢でした。とても。あの方にお仕えすることをとても喜んで……」

「そして一年が経ったある日、レギュラス坊ちゃまは、クリーチャーに会いに厨房に下りていらっしゃいました。坊ちゃまは、ずっとクリーチャーをかわいがってくださいました。そして坊ちゃまがおっしゃいました……おっしゃいました……」

年老いたしもべ妖精は、ますます激しく体を揺する。

「……闇の帝王が、しもべ妖精を必要としていると」

「ヴォルデモートが、しもべ妖精を必要としている？」

ハリーはロンとハーマイオニーを振り返りながら、繰り返した。二人ともハリーと同じく、怪訝《けげん》な顔をしている。

「さようでございます」クリーチャーがうめく。「そしてレギュラス様は、クリーチャーを差し出したのです。坊ちゃまはおっしゃいました。これは名誉なことだ。自分にとっても、クリーチャーにとっても名誉なことだから、クリーチャーは闇の帝王のお言いつけになることはなんでもしなければならないと……そのあとで帰――帰ってこいと」

クリーチャーの揺れがますます速くなり、すすり泣きの間に切れ切れに息をしていた。

「そこでクリーチャーは、闇の帝王のところへ行きました。闇の帝王は、クリーチャーになにをするのかを教えてくれませんでした。ただ、一緒に海辺の洞窟《どうくつ》に連れていきました。洞窟の奥に洞穴《ほらあな》があって、洞穴には大きな黒い湖が……」

ハリーは首筋がぞくっとして、毛が逆立った。クリーチャーの声が、あの暗い湖を渡って聞こえてくるようだ。そのときなにが起こったのか、まるで自分がそこにいるようによくわかる。

「……小舟がありました……」

そのとおりだ、小舟があった。ハリーはその小舟を知っている。緑色の幽光《ゆうこう》を発する小さな舟には魔法がかけられ、一人の魔法使いと一人の犠牲者を乗せて中央の島へと運ぶようになっている。そういうやり方で、ヴォルデモートは分霊箱《ぶんれいばこ》の守りをテストしたのだ。使い捨ての生き物である屋敷しもべ妖精を借りて……。

「島に、す――水盆《すいぼん》があって、薬で満たされていました。や――闇の帝王は、クリーチャーに飲めと言いました……」

しもべ妖精は全身を震わせている。

「クリーチャーは飲みました。飲むと、クリーチャーは恐ろしいものを見ました……内臓が焼けました……クリーチャーは、レギュラス坊ちゃまに助けを求めてさけびました。ブラック奥様に、助けてとさけびました。でも、闇の帝王は笑うだけでした……クリーチャーに薬を全部飲み干させました……そして空の水盆にロケットを落として……薬をまた満たしました」

「それから闇の帝王は、クリーチャーを島に残して舟で行ってしまいました……」

ハリーにはその場面が見えるようだ。まもなく死ぬであろうしもべ妖精が身もだえしているのを、非情な赤い眼で見つめながら、ヴォルデモートの青白い蛇のような顔が暗闇に消えていく。まもなく薬の犠牲者は、焼けるような喉《のど》の渇きに耐えかねて……しかし、ハリーの想像はそこまでだった。クリーチャーがどのようにして脱出したのかが、わからない。

「クリーチャーは水が欲しかった。クリーチャーは島の端まで這《は》っていき、黒い湖の水を飲みました……すると手が、何本もの死人の手が水の中から現れて、クリーチャーを水の中に引っ張り込みました……」

「どうやって逃げたの？」ハリーは、知らず知らず自分がささやき声になっているのに気づく。

クリーチャーは醜い顔を上げ、大きな血走った眼でハリーを見る。

「レギュラス様が、クリーチャーに帰ってこいとおっしゃいました」

「わかってる——だけど、どうやって亡者《もうじゃ》から逃れたの？」

クリーチャーは、なにを聞かれたのかわからない様子だった。

「レギュラス様が、クリーチャーに帰ってこいとおっしゃいました」

クリーチャーは繰り返す。

「わかってるよ、だけど——」

「そりゃ、ハリー、わかり切ったことじゃないか？」ロンが言う。「『姿くらまし』したんだ！」

「でも……あの洞窟《どうくつ》からは『姿くらまし』で出入りできない」ハリーが反論する。「できるんだったらダンブルドアだって——」

「しもべ妖精の魔法は、魔法使いのとはちがう。だろ？」ロンがハリーを遮《さえぎ》る。「だって、僕たちにはできないのに、しもべ妖精はホグワーツに『姿現わし』も『姿くらまし』もできるじゃないか」

しばらくだれもしゃべらなかった。ハリーは、すぐには事実を飲み込めずに考え込む。ヴォルデモートは、どうしてそんなミスを犯したのだろう？　しかし、考えがまとまらないうちに、ハーマイオニーが先に口を開いた。冷たい声だ。

「もちろんだわ。ヴォルデモートは、屋敷しもべ妖精がどんなものかなんて、気に止める価値もないと思ったのよ。純血たちが、しもべ妖精を動物扱いするのと同じようにね……あの人は、しもべ妖精が自分の知らない魔力を持っているかもしれないなんて、思いもしなかったでしょうよ」

「屋敷しもべ妖精の最高法規は、ご主人様のご命令です」クリーチャーが唱えるように言う。「クリーチャーは家に帰るようにと言われました。ですから、クリーチャーは家に帰りました……」

「じゃあ、あなたは、言われたとおりのことをしたんじゃない？」ハーマイオニーが優しく声をかける。「命令に背いたりしていないわ！」

クリーチャーは首を振って、ますます激しく体を揺らした。

「それで、帰ってきてからどうなったんだ？」ハリーが聞く。「おまえから話を聞いたあとで、レギュラスはなんと言ったんだい？」

「レギュラス坊ちゃまは、とてもとても心配なさいました」

クリーチャーはしわがれ声で答えを続けた。

「坊ちゃまは、クリーチャーに隠れているように、家から出ないようにとおっしゃいました。それから……しばらく日が経ってからでした……レギュラス坊ちゃまが、ある晩、クリーチャーの納戸にいらっしゃいました。坊ちゃまは変でした。いつもの坊ちゃまではありませんでした。正気を失っていらっしゃると、クリーチャーにはわかりました……そして坊ちゃまは、その洞穴《ほらあな》に自分を連れていけとクリーチャーに頼みました。クリーチャーが、闇の帝王と一緒に行った洞穴です……」

二人はそうして出発したのか。ハリーには、二人の姿が目に見えるようだ。年を取って怯《おび》えたしもべ妖精と、シリウスによく似た、やせて黒い髪のシーカー……クリーチャーは、地の底の洞窟《どうくつ》への隠された入口の開け方を知っているし、小舟の引き揚げ方も知っている。今度はいとしいレギュラス坊ちゃまが、一緒の小舟で毒の入った水《すい》盆《ぼん》のある島に行く……。

「それで、レギュラスは、おまえに薬を飲ませたのか？」ハリーはむかつく思いで言った。

しかしクリーチャーは首を振り、さめざめと泣きはじめた。ハーマイオニーの手がぱっと口を覆う。なにかを理解した様子だ。

「ご——ご主人様は、ポケットから闇の帝王の持っていたロケットと似た物を取り出しました」クリーチャーの豚鼻の両脇から、涙がぼろぼろこぼれ落ちる。「そしてクリーチャーにこうおっしゃいました。それを持っていろ、水盆《すいぼん》が空になったら、ロケットを取り替えろ……」

クリーチャーのすすり泣きは、ガラガラと耳ざわりな音に変わっている。ハリーは聞き取るのに、神経を集中しなければならなかった。

「それから坊ちゃまはクリーチャーに――命令なさいました――一人で去れと。そしてクリーチャーに――家に帰れと。――奥様にはけっして――自分のしたことを言うな――そして最初のロケットを――破壊せよと。そして坊ちゃまは、お飲みになりました――全部です。――そしてクリーチャーは、ロケットを取り替えました。――そして見ていました……レギュラス坊ちゃまが……水の中に引きこまれて……そして……」

「ああ、クリーチャー！」

泣き続けていたハーマイオニーが、悲しげな声を上げる。そしてしもべ妖精のそばに膝《ひざ》をつき、クリーチャーを抱きしめようとした。クリーチャーはすぐさま立ち上がり、あからさまにいやそうな様子で身を引いた。

「穢《けが》れた血がクリーチャーに触った。クリーチャーはそんなことをさせない。奥様がなんと仰せになるか！」

「ハーマイオニーを『穢れた血』って呼ぶな、と言ったはずだ！」ハリーがうなるようにどなる。しかし、しもべ妖精は早くも床に倒れて額《ひたい》を床に打ちつけ、自分を罰していた。

「やめさせて――やめさせてちょうだい！」ハーマイオニーが泣きさけぶ。「ああ、ねえ、わからないの？　しもべ妖精を隷従させるのがどんなにひどいことかって」

「クリーチャー――やめろ、やめるんだ！」ハリーがさけぶ。

しもべ妖精は震え、喘《あえ》ぎながら床に倒れている。豚鼻のまわりには緑色の洟《はなみず》が光り、青ざめた額には、いま打ちつけたところにもう痣《あざ》が広がっている。そして、腫《は》れ上がって血走った眼には、涙があふれていた。こんなに哀れなものを、ハリーはこれまで見たことがない。

「それでおまえは、ロケットを家に持ち帰った」話の全貌《ぜんぼう》を知ろうと固く心に決めていたハリーは、容赦なく聞く。「そして破壊しようとしたわけか？」

「クリーチャーがなにをしても、傷一つつけられませんでした」しもべ妖精がうめく。

「クリーチャーは全部やってみました。知っていることは全部。でもどれも、どれもうまくいきませんでした……外側のケースには強力な呪文があまりにもたくさんかかっていて、クリーチャーは、破壊する方法は中に入ること以外ないと思いましたが、どうしても開きません……クリーチャーは自分を罰しました。そして開けようとしてはまた罰し、罰してはまた開けようとしました。クリーチャーは、命令に従うことができませんでした。クリーチャーは、ロケットを破壊できませんでした！　そして、奥様はレギュラス坊ちゃまが消えてしまったので、狂わんばかりのお悲しみでした。それなのにクリーチャーは、なにがあったかを奥様にお話しできませんでした。レギュラス様に、き――禁じられたからです。か――家族のだれにも、ど――洞窟《どうくつ》でのことは話すなと……」

すすり泣きが激しくなり、言葉が言葉としてつながらなくなっていた。クリーチャーを見ているハーマイオニーの頬にも、涙が流れ落ちている。しかし、あえてまたクリーチャーに触れようとはしなかった。クリーチャーが好きでもないロンでさえ、いたたまれなさそうだ。ハリーは、しゃがみ込んだまま顔を上げ、頭を振ってすっきりさせようとした。

「クリーチャー、僕にはおまえがわからない」しばらくしてハリーが言う。「ヴォルデモートはおまえを殺そうとしたし、レギュラスはヴォルデモートを倒そうとして死んだ。それなのになお、おまえはシリウスをヴォルデモートに売るのがうれしかったのか？　おまえはナルシッサやベラトリックスのところへ行き、二人を通じてヴォルデモートに情報を渡すのがうれしかった……」

「ハリー、クリーチャーはそんなふうには考えないわ」

ハーマイオニーは手の甲で涙を拭《ぬぐ》いながら諭《さと》す。

「クリーチャーは奴隷なのよ。屋敷しもべ妖精は、不当な扱いにも残酷な扱いにさえも慣れているの。ヴォルデモートがクリーチャーにしたことは、普通の扱いとたいしたちがいはないわ。魔法使いの争いなんて、クリーチャーのようなしもべ妖精にとって、なんの意味があると言うの？　クリーチャーは、親切にしてくれた人に忠実なのよ。ブラック夫人がそうだったのでしょうし、レギュラスはまちがいなくそうだった。だからクリーチャーは、そういう人たちには喜んで仕えたし、その人たちの信条をそのまままねたんだわ。あなたがいま言おうとしていることはわかるわよ」

ハリーが抗議しかけるのを、ハーマイオニーが遮《さえぎ》る。

「レギュラスは考えが変わった……でもね、それをクリーチャーに説明したとは思えない。そうでしょう？　私にはなぜだかわかるような気がする。クリーチャーもレギュラスの家族も、全員、昔からの純血のやり方を守っていたほうが安全だったのよ。レギュラスは全員を守ろうとしたんだわ」

「シリウスは――」

「シリウスはね、ハリー、クリーチャーに対して酷《むご》かったのよ。そんな顔をしてもだめよ、あなたにもそれがわかっているはずだわ。クリーチャーは、シリウスがここにきて住みはじめるまで、長いことひとりぼっちだった。おそらく、ちょっとした愛情にも飢えていたんでしょうね。『ミス・シシー』も『ミス・ベラ』も、クリーチャーが現れたときには完璧に優しくしたにちがいないわ。だからクリーチャーは、二人のために役に立ちたいと思って、二人の知りたいことをすべて話したんだわ。しもべ妖精にひどい扱いをすれば、魔法使いはその報いを受けるだろうって、私がずっと言い続けてきたことだけど。まあ、ヴォルデモートは報いを受けたわ……そしてシリウスも……」

ハリーには、返す言葉もなかった。クリーチャーが床ですすり泣く姿を見ていると、ダンブルドアがシリウスの死後何時間と経たないうちに、ハリーに言った言葉が思い出される。

「クリーチャーが人間と同じように鋭い感情を持つ生き物だとみなしたこともなかったのじゃろう――」

「クリーチャー」しばらくして、ハリーが呼びかけた。「気がすんだら、ええと……座ってくれないかな」

数分経ってやっと、クリーチャーはしゃっくりをしながらも泣きやんだ。そして起き上がってふたたび床に座り、小さな子供のように拳《こぶし》で眼をこする。

「クリーチャー、君に頼みたいことがあるんだ」

　ハリーはハーマイオニーをちらりと見ながら、助けを求める。親切に指示を出したいのだが、同時にそれが命令でないような言い方はできない。しかし、口調が変わったことでハーマイオニーにも受け入れてもらえたらしく、ハーマイオニーはその調子よ、とほほえんだ。

「クリーチャー、お願いだから、マンダンガス・フレッチャーを探してきてくれないか。僕たち、ロケットがどこにあるか、見つけないとならないんだ──レギュラス様のロケットのある場所だよ。とても大切なことなんだ──レギュラス様のやりかけた仕事を、僕たちがやり終えたいんだ。僕たちは──えぇと──レギュラス様の死がむだにならないようにしたいんだ」

　クリーチャーは拳をぱたっと下ろし、ハリーを見上げる。

「マンダンガス・フレッチャーを見つける？」しわがれ声が言う。

「そしてあいつをここへ、グリモールド・プレイスへ連れてきてくれ」ハリーが頼む。「僕たちのために、やってくれるかい？」

　クリーチャーは、うなずいて立ち上がる。ハリーは突然閃《ひらめ》いた。ハグリッドにもらった巾着《きんちゃく》を引っ張り出し、偽《にせ》の分霊箱《ぶんれいばこ》を取り出す。レギュラスがヴォルデモートへのメモを入れた、すり替え用のロケットだ。

「クリーチャー、僕、あの、君にこれを受け取って欲しいんだ」ハリーはロケットをしもべ妖精の手に押しつけた。「これはレギュラスのものだった。あの人はきっと、これを君にあげたいと思うだろう。君がしたことへの感謝の証に——」しもべ妖精はロケットを一目見るなり、衝撃と悲しみで大声を上げ、またもや床に突っ伏してしまった。

「おい、ちょっとやりすぎだぜ」ロンが言う。

クリーチャーをなだめるのに、優に半時間はかかった。ブラック家の家宝を自分のものとして贈られ、感激に打ちのめされたクリーチャーは、きちんと立ち上がれないほど膝《ひざ》が抜けてしまっていた。やっとのことで、二、三歩ふらふらと歩けるようになると、三人とも納戸まで付き添い、クリーチャーが汚らしい毛布にロケットを後生大事に包み込むのを見守った。それから、クリーチャーの留守中は、ロケットを守ることを三人の最優先事項にすると固く約束する。そしてクリーチャーは、ハリーとロンにそれぞれ深々とお辞儀し、なんとハーマイオニーに向かっても小さくおかしな痙攣《けいれん》を送る。恭《うやうや》しく敬礼しようとしたのかもしれない。そしてクリーチャーは、いつものようにバチンと大きな音を立てて「姿くらまし」した。

本書は単行本二〇〇八年七月(静山社刊)、
携帯版二〇一〇年十二月(静山社刊)を
四分冊にした「1」です。

装画　おとないちあき
装丁　坂川事務所

ハリー・ポッター文庫17
ハリー・ポッターと死の秘宝〈新装版〉7-1

2022年11月1日　第1刷発行

作者　J.K.ローリング

訳者　松岡佑子

発行者　松岡佑子

発行所　株式会社静山社
〒102-0073　東京都千代田区九段北1-15-15
電話 03-5210-7221
https://www.sayzansha.com

印刷・製本　中央精版印刷株式会社

ISBN978-4-86389-696-3 Printed in Japan
Published by Say-zan-sha Publications Ltd.